Gabriele Reuter

# Vom Mädchen, das nicht lieben konnte

Salzwasser

**Gabriele Reuter**

# Vom Mädchen, das nicht lieben konnte

1. Auflage | ISBN: 978-3-84606-184-8

Erscheinungsort: Paderborn, Deutschland

Erscheinungsjahr: 2015

Salzwasser Verlag GmbH, Paderborn.

Nachdruck des Originals von 1933.

# Vom Mädchen, das nicht lieben konnte

# Vom Mädchen, das nicht lieben konnte

Roman

von

Gabriele Reuter

# I

Renate Rupprecht stand im zweiten Semester. War es ihr Wille gewesen, zu studieren? Sie wußte es nicht. Wußte auch nicht, welchen anderen Beruf sie hätte wählen sollen. Ihr Vater hatte ihr die Bitte, als Volontärin in seine Fabrik eintreten zu dürfen, mit lautem Gelächter beantwortet. Im Gespräch mit ihm kam ihr die Vorstellung, daß sie, in der Fabrik beschäftigt, noch jahrelang im Elternhaus hätte wohnen müssen, und sie wiederholte ihre Bitte niemals wieder.

Hier in der kleinen Stadt voller Textilfabriken eingeschlossen bleiben — nein — lieber in den Fluß springen! Renate haßte jede Straße, jeden und jede ihrer Bewohner, alle Spazierwege der Umgegend und die Art von Vergnügungen, die ihr geboten wurden. Vor allem aber haßte sie das Elternhaus. Die Kokosmatte vor der Eingangstür der Villa mit dem eingestickten „Salve" wurde, wenn ihr Fuß sie betreten mußte, jedesmal mit einem Stoß des Zornes bedacht.

Dünkte alles, was Renate bisher kennengelernt hatte, ihr täglich unerträglicher in seiner Gleichförmigkeit, so steigerte sich die Neugier auf ein Leben voll Farbe und heftiger Gefühle bis zum ungeduldigen Schmerz. Übrigens kränkte es sie maßlos, wenn einige Schulgefährtinnen ihr andeuteten, daß auch sie von ähnlichen Empfindungen gequält wurden. Wie konnten sie sich unterstehen, diese armseligen Kreaturen, ihr in irgendeiner Hinsicht gleichen zu wollen?

Oft dachte Renate Rupprecht an den Abend, da ihr Schicksal sich entschieden hatte. Die Familie Rupprecht war schon um den großen Mitteltisch unter dem schweren holländischen Messinglüster versammelt. Mama hielt darauf, daß niemand fehlte, wenn sie sich nach dem frühen Abendessen in dem weiten Lehnstuhl niederließ, sehr würdig und sehr korpulent, und mit den fetten, weißen Fingern zu einer umfangreichen Wollhäkelei griff. Frenzel brachte das Rauchzeug und legte lautlos die Zeitungen vor den kleinen hageren Hausherrn. Rudi, der jüngere Bruder, saß schon, die Finger in den Ohren, vor seinen Sportblättern. So verging der Abend meist in dem großen Raum, dessen Ecken sich in Dämmerung verloren, dessen Möbel sich mit anspruchsvoller Wucht gegen den Schimmer der Perserteppiche und den Glanz der Goldrahmen der Ölgemälde an den Wänden zu behaupten suchten. So saß sie also jeden Abend, als warte sie auf irgend etwas, das doch niemals eintrat, dachte Rena.

Oder doch? Und sollte heut der Anfang zu etwas Neuem kommen? Ein Fremdling saß schon zwischen Mama und Papa: die Kusine Ludo van Scholten, die zum Besuch bei ihren Verwandten eingetroffen war.

Ludo hatte vor kurzem den Doktortitel mit dem Zusatz „summa cum laude“ erworben. Zugleich erhielt sie den

Preis einer medizinischen Gesellschaft für ihre Arbeit: ‚Neue Wege zur Behandlung der Kinderlähmung'. Fügte man noch die Tatsache hinzu, daß Ludo, als bevorzugte Enkelin, die Haupterbin des bedeutenden Vermögens der holländischen Großmutter geworden war, so begriff Rena vollständig die hohe Achtung, die Papa und Mama ihr bewiesen. Aber nun sollte die kluge Ludo auch über ihre Zukunft und ihren Beruf zu Rate gezogen werden. Das war Rena peinlich — höchst peinlich, ja beinahe unerträglich.

Papa goß seinem Mündel Ludo schweren, leuchtenden Wein in das schön geschliffene Glas, hob das seine dann und rief gutgelaunt: „Liebfrauenmilch — das Beste, was mein Keller gibt — dem Fräulein Doktor!"

Rena hatte den Vater noch nie galant gesehen, sie fand, es stehe ihm gut. Ob er Augen hatte für die Schönheit dieses streng gemeißelten Gesichts? Sonderbar, wie fremd einem doch die Eltern bleiben. Renate saß ganz still auf ihrem Stuhl, die Hände im Schoß gefaltet, und machte ein Opferlammsgesicht, als endlich die Frage von der Mutter Munde erklang: „Also du meinst wirklich, liebe Ludo, daß die Intelligenz von unserer Kleinen reichen würde . . .?"

„Selbstverständlich kommt ein Studium in Frage", sagte Ludo ruhig und sicher. „Wählt sie die Medizin, so könnte ich ihr vielleicht den Weg ebnen."

Renate war schon vom Stuhl aufgesprungen, und das Opferlamm sprühte Empörung. „Nein — nein — diese Leichensache da in der Anatomie — pfui Teufel! Ich stürbe schon am ersten Tage vor Ekel! Dann hättest du gleich ein interessantes Objekt für deine Messer!"

„Aber Renate, wie häßlich du redest", klang der Mama allzu häufig wiederholte Mahnung.

„Das Tun ist viel häßlicher."

„Der Ekel vergeht, wenn sich uns erst das Geheimnis des Werdens und Vergehens, der ewigen Wandlung in der Natur enthüllt." Ludo sagte dies ohne jedes Pathos, leise, gelassen, das mußte Rena zugeben. Doch als sie fortfuhr: „Trotzdem, ich will dich nicht beeinflussen. Ich verstehe dich gut, Kleines, verstehe dich ganz und gar", unterbrach Rena sie mit dem ungezogenen Ausruf, sie liebe nicht, mit „Kleines" angeredet zu werden, und was das Verstehen anbeträfe, so sei das eine Angelegenheit, die sie nicht zu erörtern liebe. Sie wollte Ludo reizen, doch gelang es ihr nicht. Ludo blieb liebenswürdig, errötete nicht einmal, sondern meinte, Rena werde in jedem Falle etwas Tüchtiges leisten, sie sei doch eine van Scholten.

„Bitte, eine Rupprecht! Und heute wieder vom Widerspruchsteufel besessen!"

Renate lachte zufrieden. Sie hatte das Schmunzeln um Papas Mundwinkel längst bemerkt. Er hatte während seiner Ehe allzuviel von den „Van Scholtenschen" zu hören bekommen, um nicht mit Genugtuung zu bemerken, daß Rena sich zu seiner Seite bekannte.

„Philosophie soll sie studieren", erklärte der Bruder mit seiner rauhen Knabenstimme, trank sein Glas leer und stellte es vor sich hin, als hätte er etwas Endgültiges ausgesprochen. „Oh, sie grübelt ohnehin über jedem Butterbrot, warum und wozu der Weltgeist sie und nicht Herrn Piefke auserkoren hat, dieses Butterbrot zu genießen."

„Also Philosophie!" rief Rena und erhob ihr Glas. „Es ist beschlossene Sache — und nun kein Wort weiter! Gefällt es mir nicht in der Weisheitslehre, kann ich immer noch Klosettfrau werden und bin dann doch ein nützliches Glied der menschlichen Gesellschaft. Jetzt gehe ich zu Bett. Kommst du mit, Ludo?"

Rena sollte auf Ludos Vorschlag hin zunächst einmal die süddeutsche Hochschule besuchen, in der Stadt, in der die Medizinerin eine Anstellung als Assistentin am Kinderhospital gefunden hatte. Renate hatte fröhlich eingewilligt. Sie hoffte, in der Stadt südlich heiterer Lebenslust sich von der preußischen Nüchternheit und holländischen Schwere gründlich zu erholen.

Sie setzte sofort ein wichtig in lustige Paragraphen eingeteiltes Schreiben auf, durch dessen Unterschrift Ludovika van Scholten versprechen mußte, die Freiheit der Kusine weder durch Rat noch Tat irgendwie anzutasten. Weder über die Wahl der Wohnung noch des Umgangs sei ihr auch nur Einblick, geschweige denn Beurteilung gestattet. Ein gegenseitiger Verkehr mit Besuchen bleibe der freien Wahl überlassen. Alle diese Paragraphen mit der kuriosen Einschaltung „Religion sowie Liebe oder Verlobung bleibe Privatsache" waren so übermütig abgefaßt, daß Ludo beide Exemplare vergnügt unterschrieb und das Gelübde leistete, unverbrüchliches Schweigen über den Schritt zu bewahren.

Jede der jungen Damen hatte ein Exemplar an sich

genommen. Ludovika nahm das glatte, braune Köpfchen ihrer Kusine zwischen ihre großen, schönen Arzthände und küßte sie auf den Mund, der in seiner frischen Zartheit dem ihren glich. Rena wischte schnell mit dem Handrücken über die Lippen wie ein ungezogener kleiner Schulbub. Ihr Gesicht wurde plötzlich ernst, sie stand mit gesenkten Wimpern, befangen von der Angst, die sie oft vor dem Leben überfiel. —

Dann fuhr sie ab.

Die Mama weinte, Ludo tröstete, der Papa war belustigt. Herr Rupprecht fühlte viel von dem eigenen Wesen in der Tochter: in ihren heimlichen Ausschweifungen der Phantasie und des Geistes. Er wußte auch, daß er trotz solcher Abenteuer des Geistes ein ziemlich getreuer Ehemann und solider Geschäftsherr, Fabrikant von Tuchen und anderen Wollwaren, geblieben war. Er behandelte Rena deshalb mit der ironischen Kühle, die er gegen sich selbst anwandte. Rena verstand ihn besser als die Mutter, die selten aus dem Zustand einer sentimentalen Gekränktheit herauskam.

Herrn Rupprechts Abschiedswort an seine Tochter lautete: „Genieße dein Leben — schone deine Gesundheit, ein Mädel hat nichts Besseres, und um Gottes willen: verliebe dich nicht! Damit hat schon manche ihre Jugend vertrödelt!"

„Nehme deinen Rat zur Kenntnis", rief Rena fröhlich und schüttelte dem Vater, auf dem Tritt des Eisenbahnwagens stehend, kräftig die Hand.

## II

Zunächst schien es, als solle das van Scholtensche Erbe verschiedener bedeutender Gelehrten dieser Familie die Oberhand in dem jungen Sprößling behalten. Renate ergriff mit dem Eifer, den sie bei jedem neuen Lebensabschnitt zeigte, die verschiedenen Zweige ihres etwas sonderbar zusammengestellten Studiums. Philosophie, Geschichte und Literatur zogen sie an. Am Ende entschied doch die persönliche Sympathie für den „großen Byzantiner", den Lehrer für Geschichte des Hellenismus in seiner Auflösung im Christentum, Professor Kapeller. Seine farbige, lebendige Darstellung veranlaßte Renate, sich mehr und mehr ihm zuzuwenden. Sie versäumte keinen seiner Vorträge, die ihre Phantasie anregten, auch wo sie sich im Gewirr scholastischer Thesen hoffnungslos verirrt fand.

Kapeller aber freute sich über den Eifer, mit dem das junge Mädchen hingebungsvoll zuhörte und sich augenscheinlich oft eigene Gedanken über seine Worte machte. Ansichten, die oft kühn den seinen widersprachen, über die er den großen, grauen Kopf schütteln mußte und die ihn doch mehr fesselten, als die auf sicherem Wissen aufgebauten Thesen seiner männlichen Studenten.

Kam er später auf diesen oder jenen Ausspruch Renates zurück, hatte sie ihn längst vergessen und war erfüllt von etwas Neuem. Sehr tief ging ihr das alles wohl nicht, dachte er dann enttäuscht.

*

Der Winter verging mit Umschauen, mit Naschen an diesem und jenem Gebiet des Wissens, anfangs mit Eifer, dann mit gleichgültigem Beiseiteschieben. Renate sprang in das Studentenleben wie in ein frisches Bad, in dem Lebenskräfte zu finden waren. In allem, was sie ergriff oder fallen ließ, atmete sie gierig das prickelnde Gefühl der Freiheit. Während eines Kollegs, das sie langweilte, ließ sie ihre Blicke ungeniert über die Menge junger Männerköpfe schweifen, die sie umgaben.

Ihr kleines, sonderbar aufreizendes Gesicht mit dem nach oben strebenden Näschen und den spöttisch gebogenen Lippen wirkte beunruhigend auf manchen der Kommilitonen. Versuchte er einen Blick, so konnten die hellbraunen Augen in einem Strahl wie von Sonnenlicht aufglänzen, versuchte er einen zweiten, so waren sie erstarrt wie dunkle Topase im Schatten, der Mund verzog sich zu einer Fratze des Widerwillens.

„Ihr Lächeln ist einfach bezaubernd, und wenn sie den höhnischen Zug aufsetzt, könnte man sie gradezu ins Gesicht schlagen", sagte einer der älteren Semester, der sonst seiner Siege gewiß war, von Rena Rupprecht. „Aber sie hat verflucht hübsche Beine."

Im allgemeinen war sie beliebt. Ihre komischen, oft derben, immer treffenden Aussprüche gefielen. Im Seminar, bei Skiausflügen war sie die Munterste, zum Tanz schien ihre Gestalt, die nicht groß und nicht klein war, gut geformt in allen Gliedern, wie geschaffen. So konnte es nicht fehlen, daß sich bald ein Kreis um Renate bildete, der zumeist aus jungen Männern bestand.

Von den Mädchen interessierte die Rupprecht eigentlich nur Thora Elsinger, die blonde Schwedin, wie sie genannt wurde, weil ihre Mutter aus Skandinavien stammte. Sie stand nicht in gutem Ruf, obgleich man nichts Bestimmtes wußte; man ehrte ihr ungewöhnliches Wissen, — aber mancher der jungen Leute nannte ihren Namen mit einem sonderbaren Lächeln. Das eben reizte Rena.

Fräulein van Scholten sah sie wenig. Seit dem Staatsexamen war die Ärztin dem studentischen Kreise ferner gerückt. Ihre Arbeit in dem Kinderkrankenhaus an der Peripherie der Stadt nahm sie sehr stark in Anspruch.

Die Stadt war berühmt durch die großen Feste, die hier während des Karnevals gefeiert wurden. Rena hatte viel von ihnen reden gehört. Sie hoffte, dort endlich einmal aus ihrer kritischen Kühle herausgerissen und in den Taumel von Glück und Freude geschleudert zu werden, den die andern Menschen hier zu finden behaupteten.

„Ich glaube, Sie gehören gar nicht dort hin“, meinte zwar Thora Elsinger, aber was wußte die von Renas Sehnsucht nach Selbstvergessen, nach erlösendem Rausch.

Neckische Andeutungen waren zu ihr gedrungen, man wolle sie bei dieser Gelegenheit den Genuß eines Kusses von Männerlippen schon lehren. War sie wirklich so unempfindlich, könne sie unmöglich so hübsch und anziehend sein. Das sei alles törichte Prüderie oder abgefeimte Schauspielerei, die Zeiten seien vorüber, wo solches Geziere auf Männer wirke, man müsse ein sonst so liebenswürdiges Geschöpf unbedingt zur Natürlichkeit zurückführen.

Sie betrat die Redoutensäle am Arm einer Studentin, von der sie sich schnell löste, um allein durch das Gewühl zu irren. Musik umbrauste sie, ein Farbenstrom bewegte sich nach den jauchzenden und sentimentalen Melodien. Unter den Masken verschwand alles Persönliche. Das waren nicht mehr Menschen, sondern zu wilden Wirbeln aufgezogene Puppen, die da umherhüpften, sprangen, umeinanderglitten, schrien, jauchzten, flüsterten, sich umfaßten, sich tief in die Augen sahen. Schwere Parfüme stiegen von den Tanzenden auf, Zigarrendampf mischte sich hinein und lagerte sich wie Wolken über den erhitzten Köpfen. Sektgläser klangen, Betrunkene taumelten mit wüsten oder kindischen Späßen durch die Menge. In dem Dämmer der Logen saßen die großen Damen der Stadt mit ihren Herren beim Sekt, das Antlitz von schwarzer Seide und Spitzen verhüllt, durch die die rotgefärbten Lippen glühten. Ab und zu erhob sich eine, ließ den buntseidenen Domino an sich hinuntergleiten, verschwand in tiefdekolletierter Balltoilette mit ihrem Begleiter im Trubel des Festes, um nach einer Runde des Tanzes schnell wieder zurückzukehren.

Renate Rupprecht erschien der Menge als ein schlanker, rot und gelber Jockei. Mit einer feinen, schwippigen Gerte verstand er, sich Zudringliche fernzuhalten. Es forderte sie eine beleibte Dame auf, die sie ihrerseits ablehnte, und ein schön gewachsener Mann, der sehr gut und mit betonter Zurückhaltung tanzte. Er sprach kein Wort, und irgendwie fühlte sich Rena durch seine Schweigsamkeit eingeschüchtert, so daß sie keine Unterhaltung zu beginnen wagte.

Kurze Zeit nachher sah sich Rena von einem halben Dutzend junger Leute umringt, die sich bei den Händen faßten und sie so zur Gefangenen machten. „Jetzt entgeht sie uns nicht mehr", krähte ein junges Hähnchen.

„Lösegeld: Jedem ein Kuß!" rief ein zweiter, und sie tanzten mit tollen Sprüngen im Ringelreihen um sie her, alle im schwarzen Gesellschaftsanzug, das Faschingsabzeichen, die bunte Papiermütze, auf dem Kopf, und maskiert. Rena erkannte an Stimmen und Bewegungen sofort ihre Freunde aus dem archäologischen Seminar. Während sie lachend in ihrer Mitte stand, sprang einer vor, entriß ihr mit einer geschickten, kräftigen Bewegung die kleine Gerte. So stand sie waffenlos. Sie begriff sofort.

„Ich bin eure Gefangene und bereit, mich mit einem Kuß zu lösen. Zieht das Los!"

„Wir alle, wir alle", schrie einer der Studenten.

Das Mädchen sprang auf ihn zu, riß ihm die Papiermütze vom Kopf und zerfetzte sie im Nu zu kleinen Streifen.

„Kein Spielverderber sein", riefen die Kameraden dem Ärgerlichen belustigt zu. „Der Jockei hat zu bestimmen."

Das knabenhafte Mädchen nahm die Maske ab und stand mit ihrem kleinen, geröteten Gesicht feierlich und sachlich in der Mitte der jungen Leute. Einer nach dem andern trat heran, zog zwischen den heißen Fingern den Streifen bunten Papiers.

Das junge Hähnchen, der kleine Bardua, hatte das längste Los gezogen — die andern mußten sich mit dem Zusehen begnügen. Rena spitzte die Lippen, streckte das Mäulchen vor, die Arme hingen ihr an den Seiten nieder, ihre Lider hatten sich gesenkt — so stand sie, entschlossen und bereit zu einer peinlichen Operation. Der junge Bardua trat heran — eine Kühle ging von dem jungen Mädchen aus, daß er nicht wagte, ihren Körper zu umfassen. Mit ebenso gespitztem Munde berührte er ihre starren Lippen und trat sofort, dunkel errötend, zurück.

Rena rief, man solle sie durchlassen — verlegen und irgendwie schamhaft öffnete man den Kreis, blieb kopfschüttelnd und achselzuckend zurück und hatte sich gleich darauf der entfesselten Lust im Saale hingegeben.

Der kleine Bardua behielt die Gerte zum Andenken. Nein, dieser Kuß war keine reine Freude gewesen. Frauen schienen in der Tat rätselhafte Geschöpfe zu sein.

Tatlos und tief verstimmt warf das Knaben-Mädchen in einer Art von kindischem Zorn händeweis bunte Konfetti-Kügelchen und Papierschlangen nach den schäkernden Pärchen. Wie eine prüde, alte Jungfer, die den andern ihr Glück nicht gönnt, gebärde ich mich, dachte sie erbittert. Warum bin ich nur hierhergekommen? Nachdem sie einen Harlekin, der sie umfassen und auf den Tanzplatz ziehen wollte, grob abgewiesen hatte, kümmerte sich niemand mehr um sie, und Rena fühlte sich todesverlassen in der wirbelnden, tobenden, kosenden Menge. Sie traf auf Thora Elsinger, die ihr Gesicht längst von der Maske befreit hatte, auf einer Tischecke saß, mitten zwischen Gläsern und Flaschen. Mit ihren langen Beinen schlenkernd, ein unbestimmbares, aus vielfarbigen Lappen und Bändern bestehendes Kostüm zerfetzt und beschmutzt, das goldene Haar in Verwirrung, den breiten, tomatenroten Mund in wildem Lachen weit geöffnet, bot sie den Anblick einer fessellos berauschten antiken Mänade. Thora winkte Rena, die sich eilig durch die Menge drängte; das laute, kreischende Gelächter schien ihr zu gelten. Eine sonderbar glühende Scham peinigte sie. Als aus einem grauseidenen Domino eine Männerhand nach ihrem Arm griff und sie gleichsam schützend mit einer gütigen Bewegung freundlich an sich zog, schmiegte sie sich erlöst an das lange, seidene Gewand, und aus den Augenhöhlen der Maske traf sie der schelmische, heitere Blick, den sie gut kannte. Vertrauensvoll ließ sie sich nun von ihrem Lehrer führen, mit dem sie lustige Neckereien wechselte. Dann nahm der Geheimrat Kapeller schnell die Maske ab, lachte über das ganze geistreiche Gesicht, das dadurch seltsam jung erschien, und rief: „Am Ton erkennt man die Spottdrossel schnell! Also, da auch ich kein interessanter Fremdling mehr für Sie bin — warum dies schauderhafte, heiße Ding länger aushalten?"

Geheimrat Kapeller warf auch die Kapuze von dem grauen Haupt und forderte Rena auf, einen kleinen Imbiß und ein Glas Wein in einer der Logen mit ihm zu nehmen, wo ihr der Geheimrat noch einen bekannten Historiker vorstellte. Mit diesen beiden Grauköpfen wurde sie wieder frisch und natürlich; deren ritterliche und diskrete Huldigung behagte ihr, und die Freunde machten untereinander die Bemerkung, daß ein junges Ding doch ganz anders fröhlich aus sich herausgehe, wenn sie die Ehefrau aus Seh- und Hörweite wisse. Aber dann kam eine der Göttinnen aus einer der benachbarten Logen in voller Kriegsrüstung ihrer stolzen Schönheit zu ihnen herein und forderte Kapeller zu einem Tanze auf. Den Tango tanze er wie kein anderer. Er machte eine entschuldigende Bewegung gegen Rena und folgte der Dame. Das nette Trio war gestört. Rena wurde schweigsam. Ihr Tischnachbar versuchte vergebens, die Unterhaltung weiterzuführen. Sie gähnte ungeniert und bat ihn bald, sie zur Garderobe zu führen und sie bei Kapeller zu entschuldigen. Sie sah im Vorüberstreifen dann den Geheimrat mit der Dame in eifrigem und vertraulichem Gespräch stehen. Er sah sie nicht. Auch er wie alle andern, dachte Rena müde und traurig.

## III

Frau Geheimrat Kapeller lud die junge Studentin häufig am Sonntag zur Teestunde ein. Sie sah, daß ihr Mann Gefallen an dem herb-graziösen Geschöpfchen fand, und auch sie selbst wurde belustigt von ihrem originellen Wesen. Sie besaß keine Kinder und fühlte sich gern als mütterliche Schützerin der jungen Mädchen — soweit sie es verdienten und solchem Schutz nicht offensichtlich widerstrebten. Das tat nun Rena nicht — sie war zu klug, um sich die einflußreiche Frau zur Feindin zu machen. Außerdem war sie gern bei Kapellers.

Es war zu Anfang des Frühlings, als Geheimrat Kapeller während eines solchen Besuches und einem Hin und Her munterer Neckereien Renate eine Weile kritisch betrachtete. Plötzlich sagte er nachdenklich: „Ich kann es nicht begreifen, Fräulein Rupprecht, warum Sie eigentlich studieren?"

„Ja, das weiß ich auch nicht", antwortete Rena schnell.

„Ausgezeichnet! Dann sind wir ja einig. Aus Ihnen wird doch im Leben nicht eine richtige Gelehrte."

„Glaube ich auch nicht. Aber — was sonst?"

„Sie sollten heiraten und Kinder haben, mit so netten Himmelfahrtsnasen wie die Ihre! An Bewerbern kann es Ihnen doch nicht fehlen?"

„Ich will es nicht ableugnen, daran fehlt es wirklich nicht. Der erste Heiratsantrag kam von einem Bübchen aus der Quarta, das mir mit orthographischen Fehlern schrieb, ob ich auf ihn warten wolle — er spare schon das Geld für die Frühstückssemmel zum künftigen Hausstand."

Das Ehepaar Kapeller lachte und Rena fuhr lebendig fort: „Wüßte ich, daß ich meinen Sprößlingen die schöne van Scholtensche Nase meiner Kusine Ludo vererben könnte — das wäre vielleicht verlockend. Aber da ist noch ein Hindernis." Sie senkte züchtig die Lider, machte ein spitzes Mäulchen: „Ich fürchte, mir fehlt zur Ehe die rechte Demut."

„Oh, der Grund braucht Sie nicht abzuschrecken", rief der Geheimrat. „Mir fehlte die Demut gänzlich, als ich an den Traualtar trat — im Lauf der Jahre habe ich sie gut genug gelernt."

Frau Kapeller klopfte mit der Fußspitze leicht auf den Boden. Ihr behagten solche Späße ihres Gatten nicht, am wenigsten mit seinen Schülerinnen.

„Warum haben Sie ein so schwieriges Spezialfach zum Studium gewählt, wie die byzantinisch-frühchristliche Zeit, liebes Fräulein Rupprecht?" fragte sie ablenkend. „Mir scheint, moderne Literatur wäre Ihrer Geistesrichtung angemessener."

Renate zog die Schultern hoch. „Moderne Literatur als Studium — nicht als Vergnügen, erscheint mir immer ein bißchen dilettantisch. Wenn einmal Wissenschaft, dann auch etwas ganz Herbes, wobei man sich in der Sachlichkeit übt. Mich fesselt dieser Geist, der sich nichts vormacht. Dieser strenge, große Stil der Heiligenbilder und dabei diese innere Wahrhaftigkeit, diese Inbrunst ... Die modernen Dichter und Literaten kennen nur die Erregungen zwischen den Geschlechtern. Damit weiß ich nichts anzufangen."

Der graue Gelehrtenkopf hatte sich vorgeneigt und die kleinen, freundlichen, grauen Augen auf den roten Mädchenmund gerichtet.

„Merkwürdig" — sagte er sinnend. „Sehr merkwürdig, was heute alles in den jungen Gehirnen durcheinanderquirlt. Ganz so ideal, wie Sie sie schildern, war die Zeit damals doch nicht. Denken Sie an die Streitigkeiten der alexandrinischen Philosophen."

„Deren Studium ist mir ein Greuel", platzte Renate kindlich heraus. „Das raschelt aus den Seiten wie aus einem Bund Bohnenstroh. Mit meinem Griechisch reicht's auch an keiner Ecke zum Verständnis."

An dieser Stelle des Gespräches war es, daß Frau Kapeller mit dem Vorschlag hervortrat, ob der junge

Justus Fräulein Rupprecht nicht zu einigen Nachhilfe-stunden empfohlen werden könne. Er sei, wie ihr Mann ihr öfter versichert habe, ein firmer Grieche. Als Sohn eines ihnen befreundeten Schulrats ein vertrauenswürdiger junger Mann. Die kleine pekuniäre Beihilfe sei ihm, da er fünf Geschwister habe, sehr zu gönnen. Sie wolle gern die Vermittlung übernehmen. Rena richtete ihre Augen mit hellem Blick einen Moment auf die weltgewandte Dame und hatte nichts gegen den Vorschlag einzuwenden. Die armen Ehefrauen, dachte sie, immer auf der Lauer, um die Festung zu verteidigen! — Ein unbequemer Zustand.

*

So kam Renate Rupprecht zu einem Freunde, sie wußte nicht wieso und warum. Mehrmals in der Woche wanderte Philipp Justus, der solide Sohn des Oberschulrats, den weiten Weg hinaus in die Vorstadt, an deren äußerster Ecke es seiner Schülerin gefallen hatte, ihre Studentenbude bei der Witwe Burger zu mieten. Er pflegte niemals einen Hut über der steilen Stirn und dem strohblonden Schopf zu tragen. Wenn Justus die Treppe zu seiner Schülerin emporstieg, geschah es ihm jedesmal, daß einige der Bücher, die er ungeschickt unter den Arm geklemmt trug, die Stufen herabpolterten, so daß er sie einzeln auflesen mußte und beinahe regelmäßig unter Getöse und heftigem An-der-Klingel-Reißen oben anlangte.

Renate hatte ihren unbequemen Aufenthaltsort unter vielen angenehmeren gewählt, weil zwischen den zwei

Fensterchen der schrägen Wände ein winziges Balkönchen schwebte, von dem aus man in eine Weite von Wiesen, Feldern und Baumgruppen schauen konnte. Am Horizont in der großen Ferne aber wurde ein Gebilde sichtbar von gewaltigen Formen, das, in Wolken schwebend, in zackigen Linien zum Himmel strebte. Ein nie zu erreichendes Land der Sehnsucht schienen diese meist verschleierten, oft ganz unsichtbaren, und wieder an manchen Abenden von zauberischem Goldgeflimmer umschwebten Schneehäupter. So wenig, wie Rena meinte sich aus den Menschen zu machen, so stark erfreute sie zuzeiten diese ferne Vision der Alpen.

Immer schimpfte Herr Justus von neuem verdrießlich über den Staub, die Hitze oder die Regennässe des weiten Weges. Dann konnten Renas hellbraune Augen ihn feindlich anblitzen — jede Bewegung ihrer schlanken Gestalt drückte Verachtung aus. Oft gestand sich Philipp Justus, es sei nicht eben leicht, mit Fräulein Rupprecht zu verkehren. Niemals wußte man, wie man mit ihr dran sei. Kehrte man den sachlich ernsten Lehrer heraus, so spielte sie mit ihm wie die Katze mit der Maus. Er war verwirrt — es entzückte ihn auch — aber es ging nicht an, immer nur Maus zu sein. Er empfand des Mädchens Wesen und die Art, wie sie mit ihm umsprang, als Eingriff in seine Würde.

Oft war er entschlossen, die Unterrichtsstunden aufzugeben, Renate auf diese Weise eine unvergeßliche letzte Lektion zu erteilen. Dann überzeugte er seinen verletzten Stolz, er müsse den durch sein Studium schwer belasteten

Eltern schon das Opfer bringen, diesen Nebenverdienst nicht aufzugeben.

Wenn er aber des längeren und des breiteren den ehernen Klang eines griechischen Satzes in den grammatischen Formen suchte und, weitläufig erklärend, endlich, durch etwas Undefinierbares gestört, zu seiner Schülerin aufblickte, sah er das verdächtige Zucken ihrer Mundwinkel, das niemals Gutes bedeutete.

Richtete er, schon verwirrt, die Frage an sie, ob sie ihn verstanden habe, konnte es geschehen, daß sie antwortete: „Nein, ich habe nicht zugehört. Ich mußte Sie beobachten. Wissen Sie, Justuschen, es ist für Sie ein Jammer, daß die Mode des Spitzbartes bei jungen Männern abgekommen ist. Der verbarg so barmherzig allzu weiche Münder und jedes zurückfliehende Kinn."

Sie pflegte solche Dinge ganz behaglich auszusprechen. Er wurde dunkelrot, stotterte: „Meinen Sie?" Und er ärgerte sich, daß er sich nicht besser beherrschen konnte, ihr seine Kränkung zeigte. Das zurückweichende, kleine, unbedeutende Kinn war jeden Morgen, wenn er sich vor dem Spiegel die Krawatte band, ein neuer Schmerz.

Gleich darauf konnte sie schwesterlich lieb sein, machte starken Kaffee, holte Kuchen herbei und freute sich, wenn es ihm schmeckte.

Hatte dieses Mädchen eine Seele — oder hatte sie vielleicht keine? Es sollte das ja geben! Schlimm für ihn, in die Nähe solches Rätsel-Wesens gekommen zu sein.

## IV

Zwischen Renate und den Kommilitonen ihrer Fakultät war seit der einzigen Redoute, die sie besucht hatte, eine kühle Reserve getreten. Man grüßte sich nur aus der Ferne in den Hörsälen. Das freundliche Scherzwort, das leichte Geplauder beim Kommen und Gehen wurde vermieden. Dann erhielt Renate — vielleicht auf Anlaß von Philipp Justus — einen lustigen Brief von den gesamten Teilnehmern des byzantinischen Seminars: De- und wehmütig wurde um Verzeihung gebeten, daß man es gewagt habe, eine ehr- und tugendsame Jungfrau zu der Sünde eines Kusses verleiten zu wollen und sie dadurch in die Gefahr ewigen Schmorens im Höllenfeuer zu bringen, ein Zustand, der sicherlich die von ihnen allen geliebte Munterkeit des Fräuleins stark beeinträchtigt haben würde.

Renate antwortete im gleichen Ton, sie sei selbst aufs tiefste zu bedauern, daß sie an der erwähnten, für den Kenner gewiß höchst angenehmen Sünde keinen Geschmack zu finden vermöge.

Nach dieser Korrespondenz wurde die vergnügliche Freundschaft zwischen den jungen Leuten durch eine gemeinsame Skitour neu befestigt. Hier im sausenden Winterwind, der schon einen Hauch von Frühling mit sich führte, die weiten, weißen Hänge der Vorberge hinabgleitend, war Rena in ihrem Element. Und mancher der Jungen dachte, ihrem strahlenden, rotwangigen, kleinen Gesicht oder ihren kühnen Bewegungen nachschauend, es sei ein Jammer, daß dieses reizende Geschöpf anscheinend nicht so leicht zu erobern sei wie andere Mädels der Universitätsstadt.

Das Tauwetter kam, die Osterferien trieben die Seminar-Genossen auseinander, das zweite Semester von Renate Rupprechts Studienzeit begann.

*

Helle und dunkle, lachende und diskutierende Stimmen junger Männer füllten Renas Dachstube. Sie hockte auf dem Bettdiwan, sprang auf, bereitete Tee, bot Backwerk an, die Burgerin, ihre Wirtin, schleppte einen gewaltigen Bierkrug herbei — schon qualmten die Zigaretten.

„Famos — himmlisch, daß ihr gekommen seid“, rief Rena atemlos, „es war ein gräßlich öder Abend. Bei diesem Regensäuseln kriegte man ja Weltschmerz und hätte sich am liebsten umgebracht.“

Die Kollegen hatten sie überfallen und aus großen, weißen Tüten die Zutaten zu einem gemeinsamen kalten Abendbrot auf den tintenfleckigen Holztisch geschüttet, wo nun Tomaten, Wurst, Schinkenscheiben, Käse, Brot und Kuchen sich vertragen konnten. Zwischen diesen leckeren Dingen eine Flasche Schnaps — für die Damen, wie ihr Spender wichtig erklärte.

„Bezahlt ist nichts“, rief die blonde Thora. „Alles auf Ihren Namen, Rupprecht. Sie scheinen guten Kredit hier zu haben. Doktor Marburg meinte, wir dürfen so etwas nicht wagen. Ich sagte: wir dürfen.“

„Selbstverständlich, Kinder! Ich schicke die Rechnungen

an Papa! Selige Erinnerungen an die Zeit, wo er, vor hundert Jahren, studiert hat. Aber das Rauchzeug wird nicht reichen!"

„Hat Doktor Marburg besorgt", krähte eine sehr junge Knabenstimme.

„Darum ..." neckte Rena den großen breitschultrigen Kerl an ihrer Seite. „Wird einmal ein sparsamer Hausvater. Justus, Sie wissen ja, wo mein Vorrat verborgen ist. Her damit, her damit! Kisten und Kasten müssen leer werden heut abend. Prost, Doktor Marburg, auf die Verschwendung, auf die Freiheit!"

Sie hob den schweren Maßkrug gegen ihren Nachbar, tat einen kräftigen Zug. Weißer Schaum lag um ihre roten Lippen, als sie absetzte.

„Das Krügel paßt gar nicht in Ihr feines, kleines Händchen", flüsterte Doktor Marburg und rückte ein wenig näher, duftend nach Schweiß, Fett und Bier.

„Doktor Marburg, bitte, quetschen Sie sich drüben zwischen die Zöpfigen, damit sie aufhören, sich über mich zu empören. Sehen Sie nur, wie sie miteinander flüstern." „Die Zöpfigen" war eine Sammelbezeichnung für die fleißigen Arbeitsbienen unter den Studentinnen, ausgezeichnet durch solide Haartracht.

Während der angehende Privatdozent sich seufzend erhob und sich zu den beiden Studentinnen begab, schickte Renate Thora zur Burgerin, um noch eine Kanne Bier zu holen.

„Die Burgerin wälzt sich schon in ihrem Federbett", berichtete Thora gleich darauf. „Sie war saugrob und schrie mich an: wir hätten alle schon genug und sollten uns nach Hause trollen."

„Erst recht nicht", krähte der Jüngste begeistert und schwenkte die leere Kanne.

Justus nahm sie ihm aus der Hand.

„Bitte, hier habe ich ältere Rechte", nahm den Hausschlüssel von dem bekannten Haken neben der Tür; man hörte ihn die Treppen hinunterpoltern.

Renate warf sich in die bunten Seidenkissen des Diwans zurück, zog die Beine herauf und gähnte ungeniert. „Ich glaube, wir sollten Kaffee haben", meinte sie müde.

Dies plötzliche Versagen überfiel sie oft mitten in der Lustigkeit. Alle Menschen wurden ihr dann zuwider, jeder Ton reizte sie unsäglich, am meisten der Klang von Männerstimmen.

Sie bat um einen Kognak, rauchte schweigend. Zugleich breitete sich die Flauheit über die ganze im Augenblick noch so fröhliche Gesellschaft aus. Die Gespräche wurden zu zweien leiser, ernster oder gleichgültiger geführt. Statt sich den Zöpfigen zu widmen, beobachtete Doktor Marburg Renate. Das pikante, kleine Gesicht, das kurze, nußbraune Haar erinnerte ihn an ein bekanntes modernes Bild. Er wußte nur nicht, an welches, denn er war Jurist und interessierte sich nicht für Kunst. War auch nur in den Kreis geraten, weil ihm jemand gesagt hatte — nun, ja, eben — dabei war ja kein Unrecht . . .! Sie habe ein bedeutendes Vermögen zu erwarten. Aber das Mädchen gefiel ihm.

Justus kam zurück, die neue Kanne mit komischer Vorsicht tragend. Alles drängte sich ihm entgegen mit

Gläsern und Krügen. Rena sprang auf und schrie: „Die Zöpfigen sollen einschenken. Justus, her zu mir! Von der hochmögenden, verehrungswürdigen Frau Geheimrätin Kapeller selbst mir angetraut zur treuen Kameradschaft! Ist's nicht so, Lippus? Auf du und du hinfort — du tapferer Griechenjüngling!"

Sie verschränkten die Arme, tranken einer aus des andern Glas, alles jubelte, klatschte bravo, hob die Gläser. Justus war dunkelrot geworden, flüsterte Rena vorwurfsvoll zu: „Warum das nur — so vor den Leuten allen?"

„Etwa allein?" fragte sie und lachte etwas unsinnig. Die ältere der Zöpfigen sagte spitzig:

„Frau Professor Kapeller hat neulich mit viel Sympathie über Sie gesprochen, Rupprecht. Sie sollten mit mehr Liebe von ihr reden."

„Ach — Liebe! Wenn ich doch keine fühle! Wahrhaftig. Was ist eigentlich Liebe?"

Sie sprang auf den Diwan, stand schlank und zierlich dort oben und rief übermütig:

„Wir sind hier lauter Jugend zusammen — Sie alle haben sicher schon viel über diese ‚Liebe' nachgedacht. Was wohl die viel Besungene, Beschriebene, in den Himmel Erhobene und in die Hölle Verdammte in ihrem wahren, letzten Grunde ist? Eine kosmische Angelegenheit — eine soziale Frage — ein Naturtrieb, der mit diesem Namen verschönt werden muß, um in guter Gesellschaft erwähnt zu werden — oder einfach eine Pflicht gegen die Allgemeinheit, der man sich zu unterziehen hat, ob's einem Spaß macht oder nicht . . .? Das letzte scheint mir die vernünftigste

Auslegung. Also, bitte, meine teuren Kommilitonen, keinen Ulk geschwatzt, keine dreckigen Gesichter geschnitten — wissenschaftlich und sachlich vorgegangen. Ich beabsichtige, meine Doktorarbeit über die Liebe zu schreiben!"

Allgemeines Gelächter antwortete ihr.

„Über die Liebe — von der Sie nichts zu wissen behaupten!" rief eine Stimme.

„Wissen Sie etwas von der Erziehung zum Siegeswillen der römischen Kohorten? Sie haben doch höchstens viel darüber gelesen. Das habe ich über die Liebe auch — und bin so klug als wie zuvor!"

Wie ein gefiederter Pfeil flog die schnelle Antwort auf den spärlichen Jüngling mit dem Pickelgesicht zu, und ein dröhnendes Lachen der Gesellschaft brach aus — die meisten wußten, wie der arme Kerl unter seinem Thema ächzte.

Der Mut — der Mut und die Grazie, dachte die kleine Gezöpfte im welken Kleidchen. Sie starrte Rena verzückt an. Wie soll unsereiner dazu kommen bei dem ewigen Hungergefühl und der Nachtarbeit! Sie liebte die Bevorzugten des Schicksals mit einer tiefen, hoffnungslosen Liebe zu Heiterkeit und unbesorgtem Dasein.

Der Protest wurde übertäubt von dem Lärm, der in der kleinen Dachstube entstanden war und von Rena auf ihrer erhöhten Diwanlehne aus scharf beobachtet wurde. Fessellos schwatzten, brüllten, lachten die Stimmen durcheinander, man wurde heftig, ja zornig, Privatmeinungen verfechtend. Die jungen Leute flüsterten sich zynische, zwei- und eindeutige Witze in die Ohren, alle Bemühungen

Renas, dem Gespräch eine ruhigere Wendung zu geben, verloren sich in einem Tumult von Meinungen, in denen keiner mehr sein eigenes Wort verstand.

Die ältere Arbeitsbiene sprach vom Mutterrecht, dem Matriarchat, an dem die Welt genesen werde — Rena schrie, sie würde lieber von Unteroffizieren als von Müttern regiert werden —

Erlesene Mädchen sollten in Frauenkonvikten leben, zu denen nur erlesene Männerexemplare Zutritt fänden zur Erzeugung einer vollkommeneren Menschheit, forderte jemand.

„Die Liebe ist strengste Privatangelegenheit ..."

„Unter gesetzlichem Schutz ..."

„Ich meine ja doch eine ganz andere Liebe", klagte Rena. Aussichtslos war's, sich verständlich zu machen.

Thora Elsinger, die blonde Schwedin, saß still in dem Getöse, öffnete zuweilen ihren korallenroten Mund, sagte aber kein Wort. Mitunter lächelte sie versonnen.

Plötzlich öffnete sich weit die Tür. Die Burgerin erschien; in gestreiftem Unterrock, Pantoffeln an bloßen, breiten Füßen, ein graues Wolltuch umgewickelt, zausiges Haar um das schlafrote Gesicht hängend, schrie sie zornig: „Jeatzt wird's mir zu wild. Ich sag euch, geht's hoam oder ich läut nach der Polizei — habt's gehört, ihr Sauvolk, ihr? Benehmt man sich so bei einem feinen Fräulein und einer ehrsamen Wittib? Schamt's euch! Baggasch ihr!"

„Mir dischkurieren ja nur über die Liebe", sagte sanft eine bescheidene Stimme.

Unter dem schmetternden Gelächter der Alten fand der Diskussionsabend bei Renate Rupprecht schnell sein Ende.

*

Bei Gelegenheit der nächsten griechischen Unterrichtsstunde erzählte Philipp Justus, Doktor Marburg habe sich bei ihm erkundigt, wie er eigentlich mit Fräulein Rupprecht stehe — er wolle ja nicht in fremdem Revier wildern — habe indessen ernste Absichten.

„Sein Brief ist schon gekommen und auch schon beantwortet", sagte Rena trocken.

„Er ist doch ein recht ansehnlicher Herr — und hat auch, wie er mir sagte, gute Aussichten auf Karriere."

„Ja, ja, hat er mir auch mitgeteilt", sagte Rena ungeduldig. „Ich weiß aber nicht, warum ich mich mein Leben lang totlangweilen soll, damit irgendein Mann mit meinem Gelde Karriere macht!"

Der Ausdruck ihres Gesichtes veränderte sich, sie blickte Philipp Justus freundlich an. „Vorläufig ist mir unsere Kameradschaft lieber!"

Der lustige Abend bei Renate Rupprecht gab Anlaß zu phantastischen Gerüchten, die durch alle Fakultäten liefen.

Rena wurde zu einem „gemütlichen Teestündchen" bei Frau Kapeller eingeladen. Es war an einem Wochentage und der Geheimrat nicht anwesend. Rena erschien es als Feigheit auszuweichen.

Bei zartem Gebäck, einer Spezialität von Frau Kapellers Köchin, wurde sie in zarten Worten darauf hingewiesen, daß es sich für eine junge Studentin grade in der Freiheit des studentischen Lebens empfehle, ihren Umgang vorsichtig zu wählen, und jedenfalls die Herren nicht auf ihrer sogenannten „Bude" zu empfangen.

„Es ist ja gar nichts geschehen", platzte Rena heraus. Sie gab zu, man wäre etwas laut geworden bei einer wissenschaftlichen Disputation und habe den Schlaf der guten Wirtin gestört, aber daß die Polizei wegen groben Unfugs habe eingreifen müssen, sei eine böswillige Verleumdung.

Über welches Thema sie denn so eifrig geworden seien, erkundigte sich Frau Kapeller, obgleich sie es natürlich längst wußte.

„Über die Liebe", bekannte Rena gelassen — aber eigentlich hätten ihre Gäste gar nicht über die Liebe geredet, sondern nur über neuartige Formen gesetzlich zu regelnden — Eheersatzes. Sie hatte ein anderes Wort brauchen wollen, besann sich aber und dachte dabei, wie steinalt diese Damen seien, die sich für so vorgeschritten hielten und mit denen man nicht einmal mit ungeschminkten Ausdrücken über Dinge reden durfte, welche die Welt erfüllten! — Aber waren die jungen Männer anders? Sie wurden gleich schmutzig. Auf einer wüsten Insel lebte man, und es war doch vielleicht das beste, allein — ganz allein zu bleiben.

Renate wurde herzlich ermahnt, so bedenkliche Themen besser zu vermeiden, eine kluge Frau fände stets Gelegenheit, eine Unterhaltung geschickt auf andere Gebiete zu lenken. Renate hörte kaum noch zu, verabschiedete sich schnell, riß draußen den Hut vom Kopf, schüttelte sich und dachte: Armer Professor! Guter, großer Mann — aber er wollte es doch — er kann sie wahrscheinlich gar nicht mehr entbehren!

## V

Den langen, kühlen Gang des Krankenhauses, in dem es immer nach Jodoform roch, kamen zwei hohe Gestalten in weißen Ärztemänteln entlang. Sie sprachen lebhaft, doch halblaut miteinander, ihre Gesichter waren gerötet vom Eifer der Diskussion. Ludo van Scholten hielt dem Kollegen ihre schönen vertrauenerweckenden Hände entgegen, beschrieb in der Handfläche der Linken mit dem Zeigefinger der Rechten eine Linie, die sich krümmte und durch eine andere geschnitten wurde. Der Kollege beobachtete aufmerksam das Fingerspiel; er stieß, weitergehend, an eine schmale Bahre, die unter dem Fenster stand.

„So ist es" — sagte die Frauenstimme in sicherem Tonfall. „So erscheint es mir, und ich kann es nicht anders sehen. Bin gespannt, ob die nächsten Tage den Professor nicht zu meiner Ansicht bekehren — vielleicht schon die nächsten Stunden!"

„Ich bewundere Ihren Mut, dem Gewaltigen gradeswegs zu widersprechen", sagte der junge Mann und blickte beinahe andächtig in das geistvolle Antlitz.

„Er ist ein Gewaltiger, wenn er das Messer führt",

sagte Ludo leise. „Nur gehen seine Diagnosen zuweilen fehl, das ist ja ein anderes Gebiet der ärztlichen Begabung." Sie lächelte. „Um Gottes willen — das bleibt unter uns — ist Vertrauenssache . . ."

Der Begleiter verbeugte sich leicht. Auf seinem Gesicht war die Freude eines Kindes, das unerwartet etwas geschenkt erhält. — „Sie werden erwartet, Kollegin." — „Ah — ja . . . Auf morgen!"

Sie trat schnell auf Rena Rupprecht zu, die an der Treppenstufe ihrer wartete.

Die Zimmer der Assistenzärzte lagen im obersten Stockwerk des weitläufigen Gebäudes. Ludo stieß das Fenster des schmalen Raumes auf, lehnte sich hinaus, atmete tief den sommerlichen Duft ein, der aus dem Garten zu ihr emporstieg, warf sich dann auf das schmale Sofa. Sie hatte seit der kurzen Begrüßung noch kein Wort gesprochen.

„Du bist erschöpft — soll ich gehen?" fragte Rena.

„Nein — bleib — bring mich auf andere Gedanken. Ach — da steht Kaffee. Bitte!" Sie streckte die Hände aus.

„Er ist kalt", bemerkte die verwöhnte Rena.

„Schadet nichts!" Die Ärztin trank gierig.

„Was gab es denn?"

„Eine schwere Operation! Ein sechsjähriger Junge, so ein liebes, tapferes Bübchen — überfahren — gräßlich zugerichtet. Wird kaum mit dem Leben davonkommen. Die Mutter —" Ludo schloß die Augen, ein Zug tiefen Leidens zeigte sich in ihrem bleich gewordenen Gesicht.

„Daß ihr noch fühlt, daß auch die Menschen nicht wie Ameisen sind, von denen es doch gleichgültig ist, ob ein paar Tausend zugrunde gehen." Rena setzte sich, zog ihr Etui hervor, begann zu rauchen.

„Vielleicht kommt das später ..." murmelte die Ärztin, „ich hoffe es — sonst bin ich verloren. Manchmal sehne ich mich schon jetzt zurück zu meinen Bazillen unter dem Mikroskop."

„Bazillen oder Menschen — wahrscheinlich gar nicht viel Unterschied vor dem Weltenschöpfer — ja, ich könnte mir denken, daß ihm die Bazillen lieber sind — aus ihnen kann noch so vielerlei entstehen, während die Menschen doch wohl am Ende angelangt sind."

„Was willst du eigentlich mit diesen Phantasien?" fragte Ludo müde. Der hohnvolle Ton Renas irritierte sie.

„Ach — nur so. — Hast du von dem Klatsch gehört, der aus einem harmlosen Bierabend auf meiner Bude entstanden ist?"

„Doktor Hoffauer sprach mir davon. Was hast du nur angestellt, Kleines?"

„Über die Diminutive bin ich nun hinausgewachsen, Ludo — ja — höre nur, als es anfing langweilig zu werden, stellte ich ein Thema zur Diskussion: man sollte mir sagen, was im Grunde die Liebe sei. Ganz ernst gemeint — denn es ist doch die Lebenswurzel der Welt — wie man behauptet. Also sollte man sich doch über diese Angelegenheit klar werden. Aber was glaubst du — diese Jünglinge des Geistes benahmen sich alberner als die Affen, sie wurden wie die Wilden, schrien, gröhlten, lachten, bis die Burgerin kam und mit der Polizei drohte. Was mich aber traurig gemacht hat — wahrhaftig traurig, Ludo —, daß wirklich niemand etwas Wesentliches von der Liebe zu wissen scheint. Was meinst du — Ludo?"

Rena sah ihre Kusine aus ihren großen braunen Augen ganz bekümmert an.

Über Ludos streng geschnittenes Gesicht ging ein Lächeln — ein Lächeln von einer Süßigkeit, daß Rena darüber in Schrecken und Erstaunen verfiel.

„Warst du niemals verliebt, Rena?" fragte sie sanft.

„Nicht daß ich wüßte. Im Gegenteil. Wenn so ein Mannsbild galant oder gar zärtlich werden will und so einen gewissen Blick in den Augen hat, wird es mir sofort widerlich. — Warte, einmal, ja, einmal war ich vielleicht doch verliebt. Aber ich weiß nicht."

Ludo hob den Kopf und blickte ihre Kusine neugierig an. „Nun? Wie war das?"

„Ja, es war, als ich mit meinem Papa in Berlin war. Wir sahen einen Schauspieler bei Reinhardt, der hatte fabelhafte Zähne. Ich mußte die ganze folgende Nacht von diesen Zähnen träumen. In der folgenden Nacht wieder. Und stelle dir vor, am übernächsten Tage treffen wir den Kerl in einer Gesellschaft. Er wird mir vorgestellt — — und seine Zähne blinkten . . . Als er später durch den Saal ging, sah ich, daß er zu kurze und etwas krumme Beine hatte, letzteres war nicht sehr auffallend — aber warum trug er so unmodern weite Hosen?"

„Und dann?" fragte Ludo.

„Dann? — Nichts! Wir reisten ab. Die echte, wahre Liebe kann es doch nicht gewesen sein. Sag — man kann doch kein Gebiß lieben?"

„Es soll auch das geben ...“

„Was ist dir, Ludo?“

Die Ärztin hatte den Kopf erhoben, richtete sich auf, horchte nach der Tür. Ein schneller Schritt — heftiges Klopfen ... Ludo riß den weißen Mantel vom Haken, fragte nicht — wußte schon Bescheid. „Laufen Sie, Schwester, laufen Sie ... Professor anrufen, Nord 12610 ...“

Sie schob die Zögernde, die noch berichten wollte, zur Tür hinaus, eilte mit fliegender Hast den Korridor entlang, verschwand in der Fahrstuhltür. —

Renate hatte sich zum geöffneten Fenster zurückgezogen, blickte neugierig und zerstreut hinunter in die Tiefe, wo blau-weiß gestreifte Gestalten langsam auf gelben Gartenwegen wandelten, auf den Balkons, über die Nachmittagsschatten sich senkten, weiß geschürzte Schwestern sich über die Liegestühle von Kindern beugten und sie in die Zimmer zurücktrugen oder fuhren. Geduldiges Wimmern, kindliche Schmerzensschreie drangen zu Renate empor.

Wenn der Junge stirbt, hat Ludo den Stolz, recht behalten zu haben, dachte sie kühl, ging zum Spiegel, ihr Käppchen vorteilhaft auf das glatte Haar zu setzen. — Ehrgeiz muß etwas Ähnliches sein wie Liebe — muß sie ersetzen können, grübelte sie. Schade — auch den kenne ich nicht. Womit werde ich mein Leben füllen?

Auf leichten Füßen ging sie langsam die langen Korridore entlang, blickte mit einem steigenden Grauen auf die vielen geschlossenen weißen Türen. Hinter allen bestand das Leben in Schmerzen, Angst, Fieber, bis es plötzlich verlosch — plötzlich — zu Ende war. Abscheulich! Das Grauen wurde stärker — jäh fuhr sie zusammen, als in ihrer Nähe eine Tür weit geöffnet wurde. Pflegerinnen schoben eine schmale Bahre auf den Korridor. Unter weißer Decke ein kleines Körperchen — man sah nur das von Mullbinden umwickelte Köpfchen auf dem Kissen, anscheinend bewußtlos, blaß, mit geschlossenen Augen. Neben der Bahre ging Ludo. Ein wenig gebeugt, hielt sie das welke Händchen, die Pulsschläge fühlend. Am Ende des Ganges öffneten sich die breiten Türen zum Operationssaal — zwei Schwestern mit großen Flügelhauben standen dort rechts und links wie Adjutanten des Leidens. Der Zug verschwand zwischen ihnen ... lautlos schlossen sich die Türen.

Am späten Abend noch läutete Rena ihre Kusine an. Fräulein Doktor van Scholten sei nicht zu sprechen, berichtete die Schwester im Sekretariat. Um sieben Uhr sei der kleine Patient gestorben.

## VI

Es regnete und regnete weiter. Des Sommers Pracht ertrank in Nässe und Nebel. Endlich kamen Winde auf, rissen die grauen Wolkenmassen zu Fetzen, zwischen denen ein wässeriges, dünnes Himmelblau hervorschaute. Es war schon gegen Ende des Juli, als plötzlich eines

Morgens ein neuer, junger Sommer, einem frisch gebadeten Kinde gleich, mit warmen Blumenwangen und funkelnd im Sonnenschein über Täler und Höhen, über Städte und Dörfer wandelte und alle Menschen anlachte. „Seht ihr, ich bin doch da, bin doch wiedergekommen, trotzdem ihr es nicht mehr glauben wolltet."

Rena Rupprecht saß auf ihrem winzigen Balkönchen, mitten in der blauen Luft, hatte einen blumigen Kimono angetan und frühstückte. Um sie her schlang sich ein Kranz von roten Geranien, die das Balkongitter schmückten und unter den letzten Tropfen des Regens, von den ersten Strahlen der Sonne getroffen, blitzten und glühten. Die altmodische Hausklingel läutete. Die Witwe Burger kam hereingeschlurft: „Der Herr Justus ist draußen, so früh, ist das eine Art?" brummte sie. „Herein nur, herein", rief Rena fröhlich, ohne Rücksicht darauf, daß ihr Zimmerchen noch keineswegs aufgeräumt war. Philipp Justus stolperte herein, sah weißes Linnen und Kissen aufgehäuft, den zinnernen Tub mit heißem Wasser gefüllt, dem ein feiner Duft nach englischem Badesalz und guter Seife entstieg. Auf der Erde ringelte sich ein Seidenstrumpf, über einer Stuhllehne hing etwas Rosenrotes mit gelblichem Spitzengekräusel. Seine Kehle zog sich in einer schmerzhaften seligen Atemlosigkeit zusammen. Nicht daß ihm solche rosenroten, bezaubernden Dinge ganz fremd gewesen wären! Im Gegenteil! Er blieb vor jedem Schaufenster stehen, der gute, solide Junge, und blickte verzückt in diese ihm durch Erziehung und Geldmangel verbotene weibliche Welt. Aber hier, in diesem warmen, kleinen

Bereich des Mädchens, bekamen sie ja gleichsam erst ihr eigenes Leben.

„Lippus, was stehst du da, hole dir einen Stuhl oder einen Hocker, der geht eben noch her, es ist himmlisch hier draußen! Willst du eine Zigarette?"

„Nein, keine ... nichts ... ich kann auch nicht bleiben." Er starrte Rena an. Frisch war sie wie der Morgen selbst, und warm zugleich in diesem wunderbaren, blumigen Kleide, ihre Füße steckten nur in kleinen Strohpantöffelchen.

„Rena", sagte er heiser, und noch einmal: „Rena!"

„Ja, was denn?"

„Rena, willst du über den Sonntag eine Wanderung in die Berge mit mir machen?"

„Aber ja, das ist ja ein wundervoller Gedanke, wann, wann?"

„In einer guten Stunde geht ein Zug, kannst du fertig sein bis dahin?"

„Selbstverständlich. Alles übrige überlasse ich dir", sagte das Mädchen. „Habe ich mal einen Ritter, will ich ihn auch ausnutzen. Sorge für Billetts und mache einen Plan. Nur keine Unsicherheiten, die kann ich nicht leiden."

„Du willst dich mir wirklich anvertrauen?"

„Anvertrauen? Was für ein feierliches Wort! Du bist doch mein guter Freund, warum soll ich nicht mit dir in die Berge wandern?" Sie reichte ihm die Hand über den Teetisch, die er heftig schüttelte. Aber im Davonstürzen warf er doch noch einen Blick auf das Rosenrote.

*

Zum Bahnhof waren die Menschen in Strömen gezogen, als sei der Welt mit diesem Sommertag ein ganz besonderes Geschenk gemacht worden. Der Zug war überfüllt. Aus allen seinen Wagen jubelte, lachte, sang und jodelte es. Eine Musikkapelle, die an diesem Tage auch ihren Verdienst zu finden hoffte, setzte die blitzenden Instrumente an und blies schmetternde Weisen — und so fuhr der Zug wie jauchzend und singend in die Welt hinein. Beim Städtchen am Ufer des schönen Sees, auf dem bereits ein weißer Dampfer einladend Rauchwolken in die Luft stieß und die Trillerpfeife Passagiere anlockte, stiegen Rena und Justus aus. Ihr Plan war, eine Strecke mit dem Dampfer zu fahren und dann zu Fuß weiterzuwandern. Als sie sich auf dem Bahnhof durch die Menge zwängten, faßte Rena Justus am Arm und zeigte mit dem Kopf nickend auf eine Gruppe in ihrer nächsten Nähe: zwei hohe Gestalten, die von einem kleineren Herrn mit sichtbarer, freudiger Erregung begrüßt wurden. Da es vorgestern geregnet hatte, trug dieser noch heute zur Vorsicht einen grünlichen Wettermantel, dazu aber einen Strohhut mit breitem Rande, unter dem seine roten Bäckchen und seine von Runzeln umgebenen Äuglein munter hervorschauten.

„Mein Himmel", flüsterte Rena und blieb stehen, „er hält ja Ludo an beiden Händen, und der Doktor Hoffpauer trägt den obligaten Rosenstrauß in weißem Seidenpapier. Das sieht ja aus . . ."

„Der kleine Herr", sagte Justus zögernd, „ist der Vater von Doktor Hoffpauer. Sie haben hier in der Nähe ein kleines Häuschen."

„Dann ist die Mama zu Hause geblieben, damit der Kalbsbraten zu Mittag nicht anbrennt! Ach, ach, und die Seidentüte mit den Rosen ist für sie bestimmt. Ja, ja, das sieht aus wie Verlobung! Sieh doch nur das Gesicht von Ludo! Nie habe ich es so glücklich lächeln gesehen! Komm, komm, sie sollen uns nicht bemerken."

Rena war in goldener Laune. Ihre Bemerkungen über die Menschen an Bord des Dampfers, über Hunde, Katzen, Vögel und Blumen, alles war so lustig und witzig, daß Justus nicht aus dem Lachen herauskam und eine ordentliche Unterhaltung unmöglich wurde. Es schien an diesem Morgen, als sei die ganze Welt nur von fröhlichen, sorgenfreien Menschen bewohnt, die nichts weiter zu tun hatten als zu essen, zu trinken, sich zu vergnügen und die Schönheit ringsumher zu genießen. Die Ortschaften an den Ufern dieses weiten, hellgrünen Sees bestanden aus weißen Schlößchen, aus Bauernhäusern mit bunter Bemalung, die überquollen von Blumen, die ihre Fenster umrankten. Gutgekleidete Kinder spielten in den Gärten, gepflegte Hündchen liefen hin und her. Aus den Bootshütten traten sehnige, junge Gestalten auf die Stege und warfen sich mit weit ausgebreiteten Armen in die aufrauschende Flut, folgten dem Dampfer, winkten und tauschten Grüße. Und wieder wechselte die Landschaft. Weite, grüne Wiesen, die zur zweiten Mahd bereitstanden, wurden an diesem Sommermorgen von prächtigen Bauernburschen mit blitzenden Sensen in Angriff genommen. Schon trugen Mädchen mit bunten Kopftüchern in großen, weißen Tüchern die grüne Last auf dem Rücken die Hügel hinauf. Ferne diesem bunten Leben erstand das Gebirge, auf dem es viel geschneit hatte diesen Sommer, mit schimmerweißen Firnen in den blauen Himmel ragend, deutlich und scharf umrissen, wie man es selten schaut.

Die Siedlungen wurden spärlicher, die Häuser wiesen stärker den echt bäuerlichen Charakter auf, und die Landstraße drängte sich mehr fußwegartig dicht an den See. Einsam wurde es, riesige Nußbäume warfen Schatten. Altgekrümmte Hängeweiden tauchten ihre Zweige in das Wasser. Köstlich duftete es von den gemähten Matten herüber. Hin und wieder begegnete den Wandernden ein ländliches Fuhrwerk, von Ochsen gezogen. Sonst hatte der Wochenendverkehr hier in dieser Gegend sein Ende gefunden.

Das junge Paar ging schweigend, müde geworden von der eigenen Fröhlichkeit und vom heißen Sommerglast des Nachmittags. Die grünen Flächen zur Seite des Weges wurden von einem grauen, vermorschten Bretterzaun abgelöst. Rena behauptete, dieser Zaun habe für sie etwas besonders Geheimnisvolles. Sie versuchte, durch Astlöcher das Haus zu sehen, doch ihre Blicke trafen nur auf Gebüsch und rote Johannisbeersträucher. Eine breite Gitterpforte, die auch ein Fuhrwerk eingelassen hätte, trug ein Schild mit der deutlichen Aufschrift: „Gertrud Zum Tal. Gärtnerei. Verkauf von Gemüse, Obst und Blumen." Das Tor stand offen und gewährte freien Einblick auf einen kiesbestreuten Weg, den zu beiden Seiten sauber gepflegte, gerade Beete mit Kohlköpfen, hohen Bohnenstauden und allerlei Gekräut begrenzten. Dazwischen gab es auch Streifen, auf denen bunte Sommerblumen, dichtgedrängt, wie ein schöner Teppich wirkten. Die schmalen Rabatten zur Seite des Mittelweges waren bestanden mit Johannis- und Stachelbeersträuchern, die in einer Überfülle von gelben und roten Früchten prangten. Weiter hinauf am Hügel schlossen große, alte Obstbäume das Bild ab. In ihrem Schatten lag auch etwas, das einem Haus glich und doch kein richtiges Haus war.

Renate erklärte Justus, es sei hier wunderschön, sie wolle Obst kaufen, sonst würde sie vor Durst sterben. Vor einer halben Stunde noch hatte sie es abgelehnt, in einem Wirtshaus Kaffee zu nehmen, und zur Eile gemahnt, um das Hotel auf dem Berge, das ihr Ziel für heute abend sein sollte, noch zu erreichen!

Ein strohköpfiger Junge kam mit schweren Schuhen angetapst und blickte sie blöde grinsend an. Sie fragte, ob man hier Johannis- und Stachelbeeren haben könne, worauf er eine Weile stotterte und dann mühsam die Worte herausbrachte: „Woaß net, fragens das gnä Freilein!" Sie gingen den Mittelweg hinauf, an steinernen Wasserbehältern, Gummischläuchen und anderen gärtnerischen Geräten vorüber und sahen nun, daß das merkwürdige Gebäude unter dem großen alten Kirschbaum kein Haus, sondern ein ausrangierter Eisenbahnwagen war, der schwarz und plump mitten im Blühen stand. An einem Holztisch unter dem Baum saß eine weibliche Gestalt, die sich bei Renas Nahen erhob und mit einer freundlichen Frage, was sie wünsche, auf sie zutrat. Das Mädchen mochte wohl zehn Jahre älter sein als die Studentin. Luft und Sonne hatten sie dunkelbraun gebrannt, sie trug ein verwaschenes und geflicktes Kleid aus derber blauer Leinwand mit kurzeln Ärmeln. Die Füße steckten nackt in schweren Sandalen. Das Haar hatte etwas Verstaubtes, Farbloses und war zu einem kleinen Knoten fest zusammengeflochten. Im Mundwinkel hing dem seltsamen Geschöpf eine kurze Pfeife von der Art, wie Förster und Waldarbeiter der Gegend sie benutzten. Sie nahm diese Pfeife aus dem Munde, rief den blöden Buben herbei und befahl ihm, in den Kirschbaum zu steigen und die letzten Früchte herunterzuholen. Ihre Aussprache war die einer gebildeten Frau aus den nördlichen Gegenden Deutschlands. Die beiden Mädchen beobachteten sich mit einem sonderbaren Interesse.

„Und Sie wohnen hier... ganz allein?" fragte Rena in jugendlicher Zudringlichkeit. „Nein ... entschuldigen Sie, wir wollten nur ein wenig Obst kaufen ... aber das alles interessiert mich brennend ... wohnen Sie etwa in diesem Eisenbahnwagen?"

„Ja, das tue ich", sagte die Gärtnerin freundlich.

„So einsam?"

„Ganz einsam. Der Bub, der mir tagsüber hilft, ist etwas blöde und arbeitet grad so wie ein Tier, das man abgerichtet hat."

„Das könnte ich nicht vertragen. Ich muß mich immer aussprechen können."

„Man gewöhnt sich. Ich möcht es nicht anders."

Rena sah die Gärtnerin aufmerksam an.

„Oh, darf ich einmal in den Wagen schauen? Ich finde

es so entzückend, wenn einer mal etwas anderes macht als alle Leute ... nicht, weil er auffallen will, sondern weil's ihm gerade so paßt."

Das Licht in den braunen Augen des kleinen, reizlosen Gesichts wurde noch freundlicher, als sie neben diesem lebhaften Mädchen sich der verwitterten Behausung näherten.

„Sehr ordentlich schaut's nicht aus ... ist wenig Platz ... Es liegt immer soviel Samenzeugs und Bast herum", bemerkte die Besitzerin, mehr einfach feststellend als entschuldigend, und folgte dem neugierigen Gast in den Raum, der denn doch überraschend wohnlich hergerichtet war. Er war mit einer hellen Ölfarbe gemalt, die Seitenteile mit Holz verkleidet, die kleinen Fenster waren von bunten Gardinchen umfaßt und umblüht von großen, roten Hängenelken. Ein Vorhang von demselben bunten Kattun verbarg ein Abteil mit Schlafgelegenheit und einem Gaskocher. Rena hatte in einer Ecke auch ein Petroleumöfchen bemerkt. Sie ließ den Vorhang fallen und überblickte schnell den Tisch: einige moderne Monatsschriften ernsten Charakters fielen ihr auf, ein Band Nietzsche, ein eben erschienenes Werk: Das Leben der Insekten.

„So läßt es sich schon leben! Und selbständig! Wo hat man das sonst?"

„Selten!"

„Ich beneide Sie."

Das braune Mädchen wiegte den Kopf. — „Man liebt, was man sich selbst geschaffen. Sie sehen mir auch nicht aus, als zockelten Sie gern in der Herde."

„Gräßlich ... aber man kann ja nicht heraus. Wohin man kommt, ist wieder Herde."

Die Braune lächelte gutmütig, ein wenig verächtlich. „Wenn man alle Behaglichkeit haben will, kommt man nie heraus. Die Schafe reiben sich aneinander, da in der Herde hat man's warm."

„Ich wäre lieber Fliegerin geworden als Studentin. Papa wollte es nur nicht."

„Der Beruf befriedigt Sie nicht?"

Rena hob die Schultern: „Vielleicht kommt's noch. Übrigens würde mich das Fliegen ja auch nicht lange freuen. Immer gibt's noch eine Welt über uns, in die wir nicht hinauf können." Sie steckte beide Hände in den Gürtel ihres losen Kittels, wippte mit dem rechten Fuß und seufzte, aber nicht sehr traurig. „Ich muß wieder hinaus, sonst wird Lippus empfindlich ... Ach nein — da sitzt er schon in den Johannisbeeren!"

Inzwischen hatte der Bub ein Körbchen mit den überreifen, prallen, roten Früchten auf den Tisch gestellt und schleppte ein paar Stühle herbei.

„Lippus, Lippus ... hierher ... hier gibt's die schönsten Kirschen von der Welt!"

Rena hängte sich Kirschen über die Ohren, wo sie rechts und links von der lustigen, kleinen, neugierigen Nase reizend schaukelten. Der junge, ehrbare Brillenstudent wollte ihr vorgestreckten Halses die roten Früchte mit den Lippen abpflücken. Aber sie schrie lachend: „Untersteh dich! Du bist doch keine Elster! Immer drei Schritt Distanz!" Und mit ausgestrecktem Arm steckte sie ihm von den Kirschen, die auf dem Tisch lagen, in den Mund. Der Blöde, der daneben stand, bot ihr das arme, häßliche, von Kirschsaft verschmierte Gesicht und bettelte stotternd und gurgelnd: „Mir auch, mir auch!" Da gab sie ihm auch in den tierisch aufgesperrten Rachen, und nun war Lippus beleidigt und meinte kurz, sie müßten gehen, Rena habe selbst vorhin zur Eile gemahnt. Er zog das Portemonnaie und fragte nach der Schuldigkeit. Doch die Gärtnerin hob die Hand: „Bitte, nicht ... es war so schön, einmal Gäste zu haben!"

Die Mädchen nickten einander zu und schüttelten sich die Hand. Justus murmelte etwas Verlegenes. Noch einmal schauten sie umher ... die Gärtnerei des Fräulein Zum Tal lag im weiten, grünen Gelände, eingebettet in Bäume und Wiesen. Am See zog sich die weiße Straße entlang, jenseits schimmerte die leise bewegte Fläche im Glanz der Nachmittagssonne ... fern der Dampfer wie ein weißer Wasserkäfer.

„Biegen Sie am nächsten Weg rechts ab, so kommen Sie bald in den Wald, gehen schattiger und kürzen ein großes Stück ab", rief die Gastgeberin dem Wanderpaar zu, als sie sich am Pförtchen verabschiedeten.

„Und was ist das für ein gewaltiges Schloß dort am jenseitigen Ufer der Bucht?" fragte Rena.

„Es war ein Schloß ... ist jetzt ein Sanatorium für nervenkranke Kinder ..."

„Wie schauderhaft ... Aber für Sie wohl ein gutes Absatzgebiet?"

Das Gärtnerfräulein schüttelte resigniert den Kopf:

„Es steht noch leer. Man hatte kein Geld, es einzurichten… ja, so ist's eben, wenn man auf etwas hofft!"

Mit diesem leise wehmütigen Klang schloß die lustige Begegnung.

Justus und Rena gingen die weiße Straße entlang, bogen in den Wiesenweg. Das Fräulein Zum Tal blieb am Pförtchen stehen, sah ihnen nach, bis sie an der ersten Kehre noch einmal auftauchten und dann im Walde verschwanden.

„Glückliche Kinder . . .", so etwas fühlte sie, doch ohne Neid.

„Sauberes Mädel", stotterte der Blöde und grinste wie ein Waldschrat.

„Aber nichts für dich", sagte seine Herrin, strenger als nötig war.

„No . . . no . . .", er schüttelte traurig den großen Kopf.

„Geh, pflück Bohnen. Mußt noch mit dem Esel in die Stadt."

Er trollte sich davon.

‚Gar kein Neid?' fragte sich das Mädchen noch einmal deutlicher. Nein . . . alles war ruhig in ihr wie unter einem glatten dunklen Tuch. Und in der nächsten Minute schon überlegte sie, was sie dem Seppl einpacken müsse, und griff nach der Zeitung mit den Marktpreisen.

# VII

Rena Rupprecht stand am Fenster ihrer Dachstube und raufte aus den dort hängenden grünen Kästen die verwilderten und verdorrten, gelben Ranken der Geranien heraus, um sie für den Winter durch kleine Tännchen zu ersetzen. Ihre Wirtin hatte ihr die Bäumchen vom Markt mitgebracht. Es war ein Herbsttag mit Sonnenschein und der herben, scharfen Luft, wie sie dieser Stadt zu eigen ist und die auf Rena geradezu wie Lebensfeuer wirkte. Ein gelbes Licht, dem frühen Sonnenuntergang vorausgehend, erhob sich am Himmel über den Dächern. Beugte sich Rena hinaus, die kalte Luft zu trinken, so sah sie in diesem goldenen Licht fern, ganz fern am Horizont die hohen Gipfel des Gebirges, schneebedeckt, wie eine riesenhafte und doch zarte Zeichnung hingebreitet. Das war göttlich schön — Rena stand versunken in den Anblick, vergaß, daß das kleine Zimmer sich mit der Frische des Herbstes füllte, gegen welche die Wärme des knackenden Holzfeuers im Eisenöfchen nicht aufkommen konnte. Sie war so fröhlich . . . die Welt erschien ihr reizend in jeder Hinsicht.

Sie freute sich auf das Wintersemester. Der Professor würde ihre Arbeit loben . . . sie war fleißig gewesen in den Ferien, ja, vielleicht würde sie doch noch mal eine richtige Gelehrte . . . sie mußte über sich selbst und diesen komischen Gedanken lachen . . . es war wohl nur dieser schöne sonnige Herbsttag, der ihr alles so freundlich umglänzte.

Sie raffte das dürre, wirre Rankenzeug zusammen, es im Öfchen zu verbrennen. Dabei fiel ihr eine Handvoll über das Gitter des grünen Kastens hinunter auf die Straße. Sie beugte sich weit hinaus, um zu sehen, ob es auch keinen Vorübergehenden getroffen. Die Gegend war nicht sehr begangen, ein paar spielende Kinder schauten herauf, in der Nähe ihrer Haustür stand ein Mann und ein junges Mädchen. Der Mann hatte den Kopf erhoben ... das ist doch Justus! ... fuhr es durch Renas Gedanken. Er wird doch nicht heraufkommen?

Sie schloß eilig das Fenster, schob die dürren Ranken in den Ofen, wo sie hoch aufprasselten und das Zimmer flackernd beleuchteten. Auf den Tisch war eine Spitzendecke gebreitet, Tassen, Kuchen, Zigaretten und die Teemaschine warteten sichtlich eines Besuches.

Dumm, dachte das Mädchen, er wird sich doch nicht einbilden, daß ich auf ihn gerechnet habe ... nun, er wird es ja sehen, wenn Ludo kommt, daß ... Sie schob die Blumentöpfe in die Ecke neben dem Schreibtisch. Sie wollte das Einpflanzen auf den nächsten Morgen verschieben. Albern! Sie wußte wahrhaftig nicht, wie sie Justus empfangen sollte ... fühlte, wie sie rot wurde, ärgerte sich über sich selbst. Da klopfte schon die Wirtin und flötete, die Tür öffnend: „Fräulein Elsinger!"

„Oh, ich lasse bitten ..." Sonderbar, Rena hätte darauf schwören mögen, der junge Mann, der mit der blonden Schwedin unten gestanden, sei ihr Freund gewesen. Ihr Freund? Sie hatte während der Ferien nichts von ihm gehört, nicht eine Zeile hatte er ihr geschrieben . . . freilich, sie hatte ebensowenig von sich hören lassen.

„Oh, Thora ... das ist hübsch ... setzen Sie sich ... hierher. Sie bekommen eine Tasse heißen Tee."

„O ja, bitte, hier ist's entzückend gemütlich! Wie haben Sie es gut! Die feinen Sachen, und das Zimmerchen so voll Licht!"

„Nicht wahr? Dies ist der Grund, weshalb ich gerade diese Bude wählte ... Sie waren wohl nur abends hier? Ich erwarte meine Kusine Ludo. Sie wissen doch, daß sie sich verlobt hat?"

„Mit Doktor Hoffpauer?"

„Hm ... ja ... wenn mal eine Frau bedeutend und selbständig in der Welt dasteht ... gleich muß sie sich alle Chancen durch diese dumme Liebe verpatzen." Und dann, so nebenbei, während sie mit dem Teezeug hantierte: „War das nicht Justus, von dem Sie sich verabschiedeten? Ich brachte mein Blumenbrett in Ordnung ..." Gott, wie dumm, wie ungeschickt, dachte sie zugleich und verstummte.

Die blonde Thora lächelte: „Ja, ich traf ihn an der Ecke. Der Arme ... er hat den größten Teil seiner Ferien hier zugebracht. Seine Eltern hatten in seiner Abwesenheit sein Zimmer vermietet ... er sollte mit vier kleinen Geschwistern im selben Raum arbeiten. Stellen Sie sich das nur vor!"

„So ... so ..." Rena wollte fortfahren: da haben Sie sich wohl seiner angenommen? Besann sich aber zur rechten Zeit, die Frage in die Erkundigung zu ändern, wie Thora ihre Ferien verlebt habe.

„Och ... Lustig war's auch nicht ... mit einer Familie im Seebad, mußte zwei widerwärtigen Bälgern Nachhilfestunden geben. Vorgeschmack zukünftiger Leiden! Schließlich wollte man mir das Gehalt noch kürzen ... mein Deutsch sei nicht einwandfrei ... wie kann es das, wo ich meine ganze Jugend in Schweden verlebt habe ... und es auch jeder bisher nett fand."

„Das ist es auch", sagte Rena freundlich. Sie hatte gehört, wie bitter arm Thora war und wie sie nur unter den härtesten Entbehrungen ihr Studium durchsetzen konnte. Dabei war sie stets frisch und sauber, ja mit einer gewissen Eleganz gekleidet.

„Sie haben doch auf Ihr Recht bestanden, Thora?"

„Was heißt Recht?" Thora lachte mit ihrem großen, roten Mund; es klang hart und scharf. — „Die Leute hätten mich doch gleich fortgeschickt. Um dreißig Mark haben sie mich gedrückt. Ich wollte das Geld für ein neues Kleid zu dem Tanzfest bei Professor Kapellers ... man muß seinem Professor ein wenig den Hof machen, wissen Sie ... muß nun wieder absagen. Er sitzt in der Prüfungskommission."

Sie ergriff ihre Tasse, blickte über den Rand zu Rena hinüber und sagte ganz weich, wie mit einer verstohlenen Bitte: „Ihr Tee ist köstlich! Wissen Sie wohl, wie gut Sie es auf der Welt haben?"

„Ja, ich weiß es", antwortete Rena ernst, und nach einem Moment des Schweigens, des Zögerns vielleicht, fuhr sie verlegen fort: „Dürfte ich diesen Verlust ersetzen ... nein ... es ist wirklich nicht Protzerei ... ich habe nur gerade ..."

Sie ging zu ihrem Schreibtisch ... es wäre ja gräßlich,

wenn Ludo in diesem Augenblick kommen würde ... Sie knitterte einen Schein in Thoras Hand, die ebenso eilig und verlegen danach griff und etwas von Zurückgeben murmelte. Es kam wie ein Blitz in ihre Augen, als sie lauter und wild ausrief: „So liegt mein ganzes Leben vor mir: grau, entsetzlich ... jede kleinste Freude muß ich mir wie einen Sonnenstrahl vom Himmel herunterreißen ... Ihre Kusine kommt ... Ich will Sie nicht länger stören!"

Sie sprang auf, schüttelte ihren goldenen Bubikopf, ehe sie das Käppchen darüberzog, und blickte die Geberin mit ihren hellgrünen Augen sonderbar an. Eine Verwirrung ergriff Rena, eine Scham, daß die andere sie für gut halten könne, während es doch nur eine Laune war ... oder der schöne Tag ... oder ... Nein, dankbar war dieser Blick ja gar nicht gewesen ... eher spöttisch. Jedenfalls angenehm, daß sie ging, ehe Ludo kam.

## VIII

Nachdem die Kusinen sich begrüßt und Ludo Mantel und Hut abgelegt hatte, faßte Rena sie an beiden Schultern, zog sie zum Fenster ins Abendlicht und rief übermütig: „Nun laß dich einmal anschauen! Wahrhaftig ... du siehst gut aus ... so rosenrot sah ich dich nie ... und der Mund ... wäre ich ein Dichter, würde ich singen: ‚Erblüht unter Küssen!'"

„Nun laß schon, Dummerchen", wehrte die Braut, und

die zarte Röte ihres ein wenig strengen Gesichts vertiefte sich zu warmem Purpur. „Es geht mir auch gut. Wie sollte es nicht? Einem geliebten Menschen Glück schenken zu dürfen, ist doch wohl das Beste auf Erden!"

„Feine Sentenz von Ludowika van Scholten! Ich finde, Verlobte sind meistens schlechter Laune. Entweder sie haben sich gerade gezankt oder sie werden demnächst energisch gegeneinander losgehen, und die Luft um sie her ist schon geladen mit bösartigen Mißverständnissen, die zu Explosionen drängen ... Nein, Ludo ... du siehst wirklich ‚gut' aus ... das heißt, ich meine so, als hättest du genug Glück in dir und möchtest allen Menschen um dich her davon abgeben."

Ludo lachte nur leise als Antwort, während sie sich niederließ.

„Dein Zimmer hat sich verändert", meinte sie ablenkend und umherblickend.

„Ja ... ich konnte das Gelump um mich her nicht mehr ausstehen, und umziehen mochte ich auch nicht. Ja, ich habe mich also sachlich eingerichtet. Dabei ist's nur Kiefernholz, gebeizt, sieht nett aus zu dem Gelb der Wände, das jeden Lichtstrahl auffängt. Gardinen mag ich nicht. Vor das breite Fenster der Balkontür kommen die kleinen Tännchen ... sehen sie nicht aus wie stachlichte Kinder? Erinnern mich an mich selbst, als ich noch Kind war und solch kleine, stachlichte Kratzbürste."

„Etwas spartanisch", bemerkte die Ärztin zögernd. „Hygienisch einwandfrei. Aber ich glaube, Felix würde solche Einrichtung nicht mögen. Er hängt in der Beziehung noch am alten Stil."

Rena gab zu, daß Felix Hoffrauer wohl noch am alten Stil hänge ... wahrscheinlich in mehr Hinsichten, als Ludo glaube.

„Er fügt sich gern meinem Geschmack", sagte die Verlobte und bediente sich mit Kuchen und Salzmandeln. „Du hattest schon Besuch?"

„Thora Elsinger ... Jägerin auf dem Anstand, in Erwartung der Beute dieses Winters ... Jeder nach seiner Weise!"

„Verkehrst du viel mit ihr?"

„Kann ich nicht behaupten. Ich schätze ihre Kenntnisse, ihre philologische Gewissenhaftigkeit, die mir gänzlich fehlt. Aber sonst ... nein, ihre Anschauungen sind mir gänzlich fremd und zuwider."

„Sie ist wohl mehr die Gejagte als die Jägerin. Es muß furchtbar sein, so von seinen Trieben gehetzt zu werden", sagte die Ärztin ernst. „Wer zu früh beginnt, kann nicht wieder aufhören, braucht den Wechsel wie andere die Stetigkeit."

„Du hast gut verurteilen aus deiner gesicherten Stellung heraus!"

„Ich verurteile ja nicht ... ich erkläre nur. Sie hat mir einmal von den Sommerfreuden berichtet auf den Almen in Schweden, wohin man sie als halbes Kind während des Krieges geschickt hatte."

„Davon erzählt sie gern. Muß eigentlich ganz schön gewesen sein ... so eine Art schamloses Jugendparadies. Sehr schamhaft ist Thora Elsinger ja nicht. Das mag ich eigentlich gern an ihr."

Die Ärztin machte eine ablehnende Bewegung und erkundigte sich, wie Rena die Ferien verlebt habe.

„Langweilig! Höchst sonderbar ist es, wenn man nach einer Weile Unabhängigkeit wieder ins alte Nest kommt", sagte Renate nachdenklich. „Fremd wirkt plötzlich alles, was man durch und durch zu kennen glaubte. Unbegreiflich fremd . . . Menschen und Dinge . . ."

Die Kusinen hatten sich mit einmal nichts mehr zu sagen, oder sie mochten über die Dinge, die ihnen nahe lagen, nicht reden. Rena blickte verdrießlich, Ludo träumte.

„Du bist ja außerordentlich interessant", begann Rena endlich und gähnte. „Ich sehe deinem Gesicht an, du möchtest mich allerlei fragen . . . und doch nicht indiskret werden."

„Diesmal irrst du."

„Ich will dir zu Hilfe kommen. Also Thema: meine Wanderung mit Justus. Kurz und gut: wir liefen durch Täler, kletterten auf Berge. Das Wetter war schön, die Morgen fröhlich und lehrreich, Justus durfte ungehindert dozieren. Gegen Abend suchte der gute Junge mich zu überzeugen, daß das Übernachten in Heuhütten ein romantisches Vergnügen sei. Ich zog gute Hotelbetten und fließendes Wasser vor. Als ich ihm das verschiedene Male auseinandergesetzt hatte, war er die letzten Tage schlechter Laune. Seit ich zurück bin, hat er mich noch nicht wieder aufgesucht."

„Du warst grausam, Renate!"

„Und du?"

„Das ist etwas anderes. Wir, Felix und ich, sind einig

in dem, was wir wollen und für richtig halten. Ich vermeide es, ihn in gefährliche Situationen zu bringen."

Renate summte vor sich hin. Nach wenigen Minuten erhob sich die Ärztin, um sich zu verabschieden.

*

Die Gegend, die Renate sich zum Wohnen erwählt hatte, besaß nur den Reiz des Ländlichen und einer gewissen Verlassenheit. Das hohe, graue Mietshaus ragte steil auf, ohne Nachbarn, die es stützten, lag es in einem kleinen Platz mit einem uralten Kirchlein, aus dessen Zwiebeltürmchen die Glocke ein dünnes Abendläuten bimmelte. Unregelmäßig zogen sich niedere Häuschen kleiner Leute die ungepflasterte Straße entlang, verloren sich mit den Gärtchen voll schwarzgefrorener Sonnenblumen und Kohlköpfe in ein leeres Feld, von dem ein graubrauner Dunst aufstieg. Dort lag die Station der elektrischen Bahn, die in großem Bogen zu den außerhalb der Stadt gelegenen Krankenhäusern führte. In weiten Zwischenräumen glimmerten die Lichter einzelner Laternen durch den Nebel und erhöhten nur den öden Eindruck der Landschaft.

Als Ludo dem Kirchlein näher kam, überfiel sie der Wunsch, unter dem flachen Rundbogen seiner Pforte einzutreten. Sie war nicht katholisch, kaum in einem kirchlichen Sinn fromm, doch in diesem Augenblick blühte eine Sehnsucht in ihrem Herzen auf, hohen Mächten, die an dem Geschick der Erdbewohner interessiert sein mochten, zu danken für die Gnade der starken, frohen Gewißheit, die sie ganz erfüllte.

In der Nähe stand wartend ein Mann. Als Ludo sich näherte, breitete er beide Hände nach ihr aus, in einer rührenden Gebärde der Freude ... An dieser Gebärde erkannte sie ihn.

„Du ... du! Wie kommst du nur hierher?"

Sein Arm zog sie an sich ... wie frisch spürte sie seine Lippen auf ihrem Mund. Und hörte dann, es sei ihm unerträglich gewesen, sie in der abendlichen Dunkelheit und in der unsicheren Gegend allein über das Feld gehend zu wissen.

Ludo war keine ängstliche Natur, Furcht war ihr fremd, aber froh geborgen, heimatlich fühlte sie seinen warmen Arm unter den ihren geschoben. Schnell schritten sie aus ... sprachen kaum ... Felix mußte eilen, er mußte ins Krankenhaus zurück.

Noch nach Jahren erinnerte sich Ludo van Scholten dieses Ganges im frischen Herbstdunst über das häßliche, öde Großstadt-Baufeld als eines Gipfels des Glücks in ihrem Jugendleben.

*

Renate Rupprecht wollte inzwischen ihren Teetisch abräumen, tat es aber nicht, sondern dachte an die Tage mit Justus. Hatte sie nicht doch etwas von dem großen Rausch erwartet, von dem die Dichter sangen, und die Menschen leiser oder lauter flüsterten? Sie war neugierig gewesen ... o ja, sehr neugierig und gar nicht abgeneigt, ihn mit dem netten, blonden Jungen Justus zu erleben. Und was war daraus geworden? Sie zernagte sich die Lippen. Obwohl sie allein war, stieg eine Schamröte in ihre Wangen. Dieses unsinnige, dumme Erlebnis hätte sie am liebsten aus ihrer Erinnerung weggewischt und mußte doch immer wieder daran denken.

Der heiße, trockene Sommerabend! Auf dem Waldboden knisterten die dürren Nadeln vor Hitze. Dumpfe Schwüle lagerte unter den hohen Bäumen. Sie hatte Justus vor der kleinen Wirtschaft an der Bahnstation sitzen sehen, eine Karaffe des roten Landweins, Brot und Käse vor sich. Sie war mit einem leichten Winken der Hand schnell an ihm vorübergegangen. Sein blonder Schopf hing feucht von Schweiß über seine gerötete Stirn, sein Gesicht schien ihr aufgedunsen von der glühenden Sonne, durch die sie am Morgen über sieben Stunden lang den kahlen Berg herabgestiegen waren. Er sah nicht einmal nach ihr hin, während sie vorbeiging. Am nächsten Morgen wollten sie mit dem ersten Zuge heimfahren. So hatte Rena energisch bestimmt, und er hatte keinen Widerspruch erhoben. Dann war die Qual zu Ende, man kam wieder in nüchterne Gebiete. Denn eine Qual waren die letzten Tage gewesen.

Diesen heißhungrigen Jüngling, der sie begehrte, ständig an ihrer Seite zu haben, jeden freundlichen Blick, jedes Lächeln mißdeutet zu sehen, zuweilen selbst verwirrt zu werden und zugleich doch klar zu wissen, daß sie nichts, aber auch keinen Funken von Feuer für ihn in sich aufsprühen fühlte! Ja, er wurde ihr von Stunde zu Stunde mehr zuwider. Schon hatten sie einige leidenschaftliche und unerfreuliche Auseinandersetzungen gehabt, in denen sie seine

Wünsche wohl klar und scharf zurückwies, aber es lag ihr so gar nicht, kalte Strenge mehr als einige Minuten festzuhalten.

Rena stieg mit müden Füßen den Bergpfad hinauf, schlug einen schmalen Holzweg ein und suchte sich einen schattigen Platz unter den hohen Fichten, auf dem sie sich behaglich ausstreckte. Alle Glieder taten ihr weh. Dieser letzte Wandertag hatte ihre Kräfte erschöpft. Sie war todmüde und verfiel in der luftlosen Glut des Waldesinnern sofort in einen tiefen, schweren Schlaf. Wie lange sie so gelegen haben mochte, wußte sie nicht. Sie träumte von einem Tier, das ihr näher und näher kam, sie irgendwie berührte, dessen Pfote sie an ihrem Halse spürte. War es ihr Hund, den sie daheim gelassen? Etwas Heißes, Feuchtes war in ihrem Gesicht. Mit einem Schrei wachte sie auf, wollte sich heftig emporrichten, sah das erhitzte Gesicht von Philipp Justus über dem ihren, völlig verändert, mit verstörten Augen, die nichts zu sehen schienen, fühlte sich von seinem Arm umfangen und seine Hände ungeschickt am Ausschnitt ihres Kleides tastend.

„Philipp, du verfluchter Esel . . .“ schrie sie in wilder Empörung, „auf der Stelle steh auf!“

Er hörte nicht, zog sie immer leidenschaftlicher und fester an sich heran, sie hörte sein Gestammel an ihrem Ohr, sie solle sich nicht wehren, solle nicht zimperlich sein, er liebe sie ja bis zum Irrsinn, und sie sei nun in seiner Macht.

„Betrunken bist du“, schrie sie ihm in den geöffneten Mund hinein, der den ihren zu küssen versuchte.

Es wurde ein Kampf, in dem sie einige Sekunden fühlte,

wie sie zu erliegen drohte, wie eine matte Schlappheit ihr gefährlich durch die Glieder kroch. Doch gleich raffte sie sich zusammen. Es gelang ihr, seine Hand zu packen; so befreite sie sich und konnte aufspringen und von ihm weg in den Wald stürzen. Sie rannte sinnlos weiter, verbarg sich im Gebüsch und weinte in Erregung und Scham. Ihr war sehr übel.

Sie hörte die Stimme von Justus heiser, zerstört ihren Namen rufen, bald ferner, bald näher, dann sich wieder entfernend. Unmöglich, ihn wiederzusehen! Sie saß lange still, ohne ein Geräusch zu wagen. Endlich, die Sommernacht war schon hereingebrochen, stand sie auf, versuchte ihre Kleider zu ordnen, nestelte an einem Geldtäschchen, das sie um die Taille gebunden trug. Philipp führte die Reisekasse, aber dies würde reichen, um sie heimzubringen. Sie schlich auf einem Umweg zur Station, nahm den ersten besten Zug, der auf dem kleinen Bahnsteig hielt, und beauftragte im letzten Augenblick einen Buben, der Wirtin zu sagen, sie sei heimgefahren. Der Herr möge die Rechnung begleichen und ihr das Gepäck irgendwie zukommen lassen. Mochten die Leute denken, was sie wollten. Nur den einstigen Freund wiedersehen . . . das konnte sie nicht. Mit wirren Gedanken war sie in ihre friedliche Bude wieder eingerückt, packte eilig ihren Koffer und fuhr, obgleich die Ferien noch nicht begonnen hatten, nach Haus. In dem stillen, gepflegten, würdigen Elternhause erschien ihr das Durchlebte bald wie ein unwahrscheinlicher, wüster Traum.

## IX

In einem griechischen Frauenkloster war eine Schrift entdeckt worden, die in ihrer Eigenart berechtigtes Aufsehen unter den Gelehrten erregte, die das Studium der ersten christlichen Jahrhunderte und ihrer Auswirkungen im Orient zu ihrem Spezialfach erwählt hatten. Auch Professor Kapeller interessierte sich lebhaft für die alten, halb zerbröckelten Papyrusbogen, auf denen unter Rechnungen und Wirtschaftsnotizen durch vorsichtige chemische Behandlung griechische Niederschriften einer feinen weiblichen Hand zutage traten, die in Sinnsprüchen und längeren Erörterungen einen ungewöhnlich selbständigen Geist verkündeten. Augenscheinlich hatte man keinen Wert auf die Erhaltung dieser Niederschriften gelegt, ja man hatte wohl eher danach getrachtet, sie unschädlich zu machen. Zugleich war einer praktisch gesonnenen Äbtissin dieser seltene, kostbare Papyrus nach Verlöschen der Schrift für nutzbringende Zwecke dienlicher erschienen. So meinte der Entdecker, ein ausländischer Gelehrter von Ruf. Hingegen erhoben sich viele Stimmen, die den Inhalt der Blätter rundweg für eine dreiste Fälschung erklärten. Allzu modern erschienen manche Gedanken dieser Nonne aus dem vierten Jahrhundert. Für die damalige, starr-dogmatische Zeit zeigten die Sinnsprüche eine gefährliche Freiheit in der Auslegung kirchlicher Lehrsätze der nach dem wahren Glauben ringenden Seele. Aus Einschaltungen, mit denen die Schreiberin offenbar selbst gemeint war, riet man bald auf Eudoxia, eine Nichte des Kaisers von Byzanz, von deren sonderbarem Lebenslauf auch in anderen, historisch beglaubigten Aufzeichnungen jener Periode hin und wieder erwähnt wurde, daß sie für einige Jahre als Schwester Hilaria Insassin des Klosters gewesen war, wo man nun die Spuren ihres Geistes aufgefunden hatte. Was man wußte, war folgendes: am Hofe ihres Oheims, des Kaisers, war die junge, außerordentlich schöne Eudoxia wegen ihres scharfen Verstandes und ihrer ungezügelten Spottlust vielen der Hofleute ein Dorn im Auge. Andere waren ihr blind ergeben, und wo sie sich aufhielt, entstand Zwietracht und gefährlicher Streit, durch den mehrere junge Hofleute ihr Leben verloren. Infolgedessen legte ihr die Kaiserin nahe, den Schleier zu nehmen und innerhalb der Kirche für ihre Begabung in der Beherrschung der Menschen eine ihrem hohen Range entsprechende Stellung zu finden. Mehrere Monate widerstrebte Eudoxia trotzig den Wünschen ihrer kaiserlichen Tante. Diese bestand nicht länger auf ihrem Plan, zumal sich die Aussicht auf eine vorteilhafte, politische Heirat für Eudoxia bot. Plötzlich verließ sie den Hof und trat als Novize bei den Schwestern „Zum heiligen Kreuz" ein. Der Bewerber war verstimmt, der Kaiser in schlechtester Laune, denn der Klerus wollte der Novize nicht gestatten, an den Hof zurückzukehren, und gab bei dieser Gelegenheit deutlich seine überlegene Macht zu spüren. Die Priester versprachen sich von der klugen Jungfrau ein Werkzeug in dem heimlich zwischen dem Kaiser und der Geistlichkeit wühlenden Kampf um die Oberherrschaft. Eudoxia, die bei den Weihen den Namen „Hilaria" bekommen hatte, erhielt die vorzüglichsten Lehrer, wurde in den Künsten der Politik wie in den verschlungenen Wegen der Philosophie ausgebildet. Während ihr Verstand mit männlicher Logik die Wissenschaft der Zeit in sich aufnahm, verfeinerte und verschärfte sich der Zynismus, mit dem sie die Welt beurteilte, mit dem sie die Geißel ihres unerbittlichen Spottes über ihre Mitschwestern schwang. Und doch liebten einige von ihnen sie bis zur unbedingten Ergebenheit. Bald bildeten sich auch im Kloster „Zum heiligen Kreuz" zwei heftig im Kampf liegende Parteien: die eine forderte, daß die fürstliche Jungfrau mit Umgehung der langsam ansteigenden Rangstufen nach dem Tode der schwerkranken Äbtissin zur Leiterin des Klosters gewählt werde ... die andere widerstrebte diesem Plan aufs heftigste und erklärte Hilaria für eine arge Ketzerin und zauberhaften Kräften, ja wohl gar der schwarzen Magie untertan.

Während dieser Streit täglich neu ausgefochten wurde, fand er ein unerwartetes Ende ... Hilaria war eines Nachts aus dem Kloster verschwunden, wie sie einige Jahre zuvor den kaiserlichen Hof verlassen hatte. Die abenteuerlichsten Geschichten über ihre Flucht gingen um. Der Teufel selbst sollte sie auf seinen schwarzen Fledermausflügeln unter heftigem Blitz und Donner in seinen Höllenpfuhl entführt haben, berichtete die Schwester Pförtnerin. Andere Nönnlein schworen, sie auf der Spitze des Kirchturmes schier unwahrscheinlich stehen gesehen zu haben, mit ausgebreiteten Armen einer Schar schimmernder Engel entgegenstrebend, zwischen deren weißen, wolkengleichen Flügeln sie verschwunden sei.

Aber ein frommer Einsiedler aus den Felsenklüften des

Gebirgszuges, der das Nildelta von Ägypten gegen die Wüste begrenzt und vielen heiligen Klausnern als Behausung dient, berichtete dem Patriarchen von Byzanz von einer noch jugendlich und gefährlich anzuschauenden Einsiedlerin, die eine der Höhlen in Besitz genommen habe, deren Bewohnerin vor einiger Zeit gestorben sei. Dort führe sie unter harten Bußübungen, strengem Fasten und stundenlangen, schweigenden Betrachtungen ein gottseliges Leben. Nachdem diese Nachricht auf ihre Wahrheit hin geprüft worden war, befahl der Patriarch unverzüglich einer aus Priestern, darunter auch Hilarias bisherigem Beichtvater, bestehenden Schar, die Reise nach Ägypten anzutreten, um den Flüchtling zu demütigem Gehorsam in die verlassene Klosterzelle zurückzuführen. Der Kaiser bewilligte einen Trupp Krieger aus seiner erlesenen Leibgarde, welcher die geistlichen Herren vor einem möglichen Überfall räuberischer Beduinenstämme bewahren sollte.

Sie trafen Hilaria vor ihrer Höhle sitzend und der einfachen Beschäftigung hingegeben, zwischen zwei Steinen sich einige Maiskörner zu ihrer kargen Abendmahlzeit zu zerreiben. Von ihrer berühmten Schönheit war nicht mehr viel übrig; der Wüstenwind, Geißelungen und Fasten hatten ihre Gestalt ausgedörrt, die heiße Glut der Sonne ihre Haut gehärtet und dunkel gebräunt, ihre Kutte war zerfetzt, ihr dunkles Haar hing ihr, wieder gewachsen, wirr um den Kopf, fahl geworden durch die Staubwirbel der Sandstürme. Nur ihre Augen funkelten in dem alten spottlustigen Glanz dem Beichtiger entgegen. Er hatte sich aus der Schar gelöst, trat auf sie zu, und nach einer kräftigen

Beschwörung aller etwa in der Nähe hausenden feindlichen bösen Dämonen forderte er sein Beichtkind auf, unter der Obhut der geistlichen Gesandtschaft zunächst in das Kloster „Zum heiligen Kreuz" zurückzukehren und sich alsdann dem geistlichen Gericht, das über sie ergehen werde, demütig zu unterwerfen.

Hilaria antwortete mit klarer und heiterer Stimme, sie fühle sich hier vollkommen zufrieden und denke nicht daran, ihre Höhle zu verlassen. Gott selbst habe sie angewiesen, das Leben der Einsiedlerin zu führen, um manche Sünden und Versuchungen, in die sie geraten, zu überwinden. Ihm allein habe sie zu gehorchen und nicht menschlichen Oberen.

Dem Beichtiger wurde seltsam verwirrt zu Sinn unter den starken Blicken der dunklen Augen, die, wie er später vertrauten Freunden zuflüsterte, gleich zwei Pfeilspitzen in ihn eingedrungen seien, so daß sein Herz das Schlagen ausgesetzt habe, wobei seine Glieder schwach und hinfällig geworden seien.

Doch ermannte sich der Abt alsbald und fragte Hilaria, ob sie nicht Sehnsucht empfinde, ihre Seele in der Beichte zu erleichtern. Hilaria neigte zu seiner Verwunderung das Haupt und schritt ihm voraus in ihre Höhle. Derweilen hatte sich die Kriegerschar daran gemacht, aus dem Dornengestrüpp, welches reichlich umher wuchs, ein Feuer zu entzünden. Die Negersklaven schleppten einen Schlauch mit Wein herbei, von einem der Esel wurde ein Sack mit Lebensmitteln gehoben, worauf denn auch die drei Priester eine Mahlzeit von gedörrtem Fleisch und Früchten nicht verschmähten.

Der Abt des Männerklosters „Zum heiligen Kreuz“ verweilte geraume Zeit in der Höhle, die nichts als ein Lager aus Ziegenfellen, eine roh gezimmerte Betbank, an der Wand ein Kreuz, aus Palmenrippen zusammengebunden, und an Gerätschaften einige ausgehöhlte Kürbisschalen aufwies.

Was der Abt dort mit der entflohenen fürstlichen Nonne geredet und was sie ihm erwidert hat, ist ein Geheimnis geblieben. In den Aufzeichnungen des Chronisten wird bemerkt, als er heraustrat, sei seine Stirn von tiefen Denkfalten gefurcht gewesen. Er habe sich mit seinen geistlichen Brüdern unterredet, und man sei am Ende übereingekommen, die störrische Jungfrau ihrem Schicksal zu überlassen und ohne sie wieder abzuziehen. Zweifellos seien der Jungfrau übernatürliche Kräfte verliehen . . . ob von Gott oder dem Teufel, wage er nicht zu entscheiden . . . darüber möge der Patriarch selbst richten.

Das Haupt der orientalischen Christengemeinde aber erklärte, es sei am besten, in Zukunft die Einsiedlerin in ihrer Felsenkluft unbehelligt zu lassen, und vertrat diesen Entschluß der Kirche auch dem Kaiser und seiner Gattin gegenüber. Man könne nicht wissen, welche anstößigen und verruchten Dinge das sonderbare Mädchen sonst noch verüben könne. Für ihr Entweichen aus dem Kloster wurden Hilaria harte Kirchenstrafen von der Grausamkeit jener Tage auferlegt, denen sie sich auch beflissen und demütig unterzog.

Sie lebte noch manches Jahr in ihrer Felsenkluft. Die ägyptischen Christen aus der nächsten Oase brachten ihr gleich den übrigen Einsiedlern Lebensmittel, Datteln, Getreidekörner und getrocknete Bohnen, auch in einem Ziegenschlauch trübes, laues Wasser.

Sie erbauten sich an frommen Gesängen, welche die Jungfrau beim Scheiden der Sonne anzustimmen pflegte und die anfangs sehr lieblich, im Lauf der Zeit aber heiser und rostig klangen. Selbstverständlich erwartete man, sie werde Wunder an Kranken und Bresthaften tun. Dies geschah nicht, sie wies im Gegenteil alle Versuche, sie zu solchen Taten zu verlocken, hart, ja unbarmherzig zurück. Selbst als ein kaiserlicher Verwandter, ein gelähmter Knabe, gebracht wurde, ließ sie sich nicht einmal herbei, das Kreuz über dem Kind zu schlagen oder es irgendwie zu berühren. Dennoch genas das Kind während der Heimreise und sprang fröhlich auf die erschütterten Eltern zu.

Von da ab meinten auch andere Bresthafte, aus der Ferne den Einfluß der Klausnerin zu spüren.

## X

Professor Kapeller hatte mit aller Energie seines feurigen Temperaments in den Streit um die Echtheit des Testaments der heilig-unheiligen Hilaria eingegriffen, das in der Bibliothek des Klosters „Zum heiligen Kreuz" gefunden worden war. Er kämpfte für die Echtheit um so lebhafter vor seinen Zuhörern, als er einige Zweifel in der eigenen Brust niederzudrücken hatte.

Zum ersten Male zeigte seine Lieblingsschülerin, Renate Rupprecht, stärkeres Interesse für eine wissenschaftliche Frage, als er bisher in ihr hatte anfachen können. Hier, erklärte sie, handle es sich nicht mehr um tote Wissenschaft, hier liege ein Fall eines Lebensdokumentes vor, über den eigentlich nur eine Frau endgültig urteilen könne. Es käme nicht darauf an, ob das Pergament echt sei und in seiner Herstellung mit dem Zeitalter, dem die Aufzeichnungen entstammen sollten, übereinstimme. Das Wichtigste sei, ob der Geist dieser widerspruchsvollen Aufzeichnungen erfaßt und gedeutet werden könnte als eine Kundgebung ewig-menschlicher Seelenverfassung, die in allen Menschenaltern möglich gewesen sei und in Zukunft möglich sein werde.

Auf ein leichtes skeptisches Lächeln ihres Lehrers erklärte sie keck, sie getraue sich wohl, diese Arbeit zu leisten, wenn ihr die vorliegenden Fotografien nach dem Original für einige Wochen zur Verfügung gestellt würden.

Zu einiger Verwunderung und vielfachem Neide der Studenten und Studentinnen aus den älteren Semestern zeigte Professor Kapeller sich nicht abgeneigt, auf den Wunsch des jungen Mädchens einzugehen, welches seine Studien bisher recht lässig betrieben hatte. Man konnte ihr die Lösung einer so schwierigen Aufgabe kaum zutrauen.

Rena aber tauchte völlig unter in diese ferne Welt, in der die heilig-unheilige Hilaria gelebt, gedacht, gekämpft und gelitten hatte, und das Rätsel, das diese legendenumwitterte Gestalt ihr aufgab, begann, sie wie ein eigenes, persönliches Schicksal zu quälen. Rena vernachlässigte jeden freundschaftlichen Verkehr, ebenso wie alle

Kollegs, die nicht unmittelbar dem einen Ziel dienten. Sie durchforschte alle Archive dieser katholischen Stadt, wo reiches Material über die Lebensläufe der Heiligen aus allen Völkern zu finden war und zu denen die Empfehlungen Professor Kapellers ihr die Zugänge öffneten. Sie erfuhr dort, daß in der Tat der Prozeß um die Heiligsprechung der Kaisernichte von Byzanz niedergeschlagen, von einem späteren Konzilium wieder aufgenommen und abermals fallen gelassen worden war, trotz ihres Büßerlebens und ihrer etwas zweifelhaften Wunderkraft.

Rena fand über diese Wunder noch manche aufklärende Legende in den Schriften über die Eremitenbewegung jener religiös glühenden ersten Jahrhunderte.

So sei einst ein junges, vornehmes Mädchen aus Alexandria zu ihr gepilgert und habe sie flehentlich gebeten, ihr den Weg zur Heiligkeit zu weisen und sie als ihre Dienerin in ihrer Nähe zu dulden, damit die Kraft ihrer vereinten Gebete ihre Mutter in Alexandrien von der furchtbaren Krankheit des Aussatzes erlösen könne. Hilaria indessen habe die Jungfrau mit barschen, bösen Worten von sich gewiesen und ihr befohlen, unverzüglich umzukehren und ihre Mutter mit aller Liebe, deren sie fähig sei, in der ekelerregenden Krankheit zu pflegen. Weinend wandte sie ihre Schritte, voll Haß gegen die unbarmherzige Klausnerin. In Alexandrien fand sie ihre Mutter genesen. Sie zog fortan in den Städten Ägyptens und Griechenlands umher, auf den Märkten in ekstatischen Gesängen das Wunder der heiligen Hilaria preisend.

Vor allem aber gefiel Renate die Geschichte von dem

wilden, haarigen Räuber, der einst in Hilarias Höhle eingedrungen war, angelockt von dem Gerede über die Schätze von Gold und Edelsteinen, welche die Nichte des Kaisers dort verborgen haben sollte, und durch den Ruf ihrer Schönheit. Von Schönheit fand er keine Spur mehr in der skeletthaften, verdorrten Gestalt, die ihm ruhig entgegentrat. Als er ihr Gold forderte, erhellte sich das braune, von wilden Haarsträhnen überschattete Gesicht in einem stillen Lächeln unergründlichen Spotts, mit dem sie den Räuber aus schwarzen, tiefliegenden Augen prüfte, während sie sprach: „Du Tor, suche selbst, ob du hier Schätze findest, willst du aber mein Leben, so nimm es, du tust mir einen Gefallen, wenn du diese elende, irdische Schale zerbrichst, damit meine Seele endlich Gottes Gesetz erkenne."

Da sei der Räuber ihr zu Füßen gefallen und habe um ihren Segen gebeten. Sie habe leicht das Kreuz über ihn geschlagen und leise gesprochen: „Gehe hin und lehre die Menschen Christi Liebe."

Der Räuber habe sich taufen lassen, sei in die Heidenländer gezogen, und diese Menschen seien durch sein Wort und sein Beispiel Christi Jünger geworden.

. . . So schlossen sich die Strahlen einer längst zerstäubten Seele zu einem Charakterbild von seltsamer Lebendigkeit zusammen. Während Hilaria andere die Liebe zu Gott und den Menschen lehrte, war sie ihrem eigenen Herzen, dem letzten Bekenntnis nach zu schließen, fremd und unerreichbar geblieben . . .

In Renas Dachstube floß aus der großen Glasbirne ein grelles Licht auf den tannenen Tisch, auf dem sorgsam ausgebreitet die Nachbilder jener Pergamentblätter ruhten, auf denen der feine Pinsel von Hilarias Hand in der Einsamkeit der Klosterzelle einst ihr Leid enthüllt hatte ... ein seltsames, ein ganz ungewöhnliches Leid für ein schönes Fürstenkind, das aus der raffinierten Kultur und dem goldstrotzenden Prunk eines gewaltigen Hoflebens und vor einer der mächtigsten Kronen der Erde auf das Strohlager und zu dem hölzernen Betstuhl der armseligen Nonnenzelle geflüchtet war ... und auch hier keine Erlösung gefunden hatte.

Hell im Licht lagen die blauen, roten und schwarzen Schriftzeichen, die mit Sorgfalt, nicht ohne eine gewisse Eitelkeit gebildet waren, lag auch das darübergebeugte Profil der Studentin, die kluge runde Stirn, das ein wenig nach oben strebende Näschen, der spöttische Mund, in dessen Unterlippe sich voll Eifer die kleinen Zähne gruben, während das übrige Zimmer im Dunkel des Winterabends lag. Nur aus der Tür des Ofens glimmte rötliches Kohlenfeuer, und zuweilen knackte in der Stille ein brennendes Holzscheit.

*

„Frieden im Kloster", hatte Rena entziffert, „bittere Täuschung ... was spüre ich von dem Geist, den mich der Gott der Liebe zu suchen treibt! Machtbegierde, Neid, Wollust auch hier. Floh ich darum vom Hofe des Kaisers? Oder ich bin's selbst, die solch wüste Zanksucht entfacht?

Sündige Begierden umlauern mich gleich Feuerflammen des Satans ... Habe ich nicht angekämpft gegen die Versuchung des Bösen? ... Es ist die einzige Lust der Welt, Menschen zu quälen ... unersättlich sein in dieser Lust!

Meine Muhme baut Kirchen und sticht ihren Sklavinnen mit goldenen Nadeln die Augen aus.

Ich könnte durch jede Sünde gehen, um die Liebe zu lernen, doch mein Herz ist kalt wie Marmor. Wäre ich schon am Hofe geblieben und hätte mich mit Bosheit trunken gemacht! Mein Verstand ist groß und stärker als der ihre ... Warum bin ich davor geflohen, ein Reich zu knechten? Vielleicht hätte es mich gefreut, und auf den Schwingen der Freude wohnt die Liebe. Der junge Knabe, dem ich mich vermählen sollte, war ein fast Verblödeter. Er würde vor mir gezittert haben. Doch es ekelte mich seiner.

Nur dem Herrn des Himmels, von Erde und Hölle konnte ich mich darbieten zur Hochzeit im Geiste.

Oh ... wie habe ich gelechzt nach seiner Entzückung in den ersten Nächten auf den Knien in gierigem Gebet.

Ja, er will, daß wir warten in geduldiger Sehnsucht, bis er die Gnade haben wird, uns heimzusuchen.

Kann sein, dieser Ort ist nicht rein genug, seine silbernen Taubenfüße auf die Steinplatten des Bodens zu setzen.

Ich möchte meine Gedanken tauchen ins Unergründlichste! Was ist Liebe? Ist sie nur eine große Lüge des Höllenfürsten, die Menschen darin zu fangen? Um sie ganz in seine Gewalt zu bekommen?

— — — — — — — — — — — — — — — — — —

Heute nacht hatte ich, Hilaria, die vormals Eudoxia, Prinzessin von Byzanz, genannt wurde, ein seltsames Gesicht.

Ich stand auf eines hohen Berges Spitze und schaute nieder ins Tal. Das war erfüllt von Menschen. Lange Scharen von Mönchen, Nonnen und hohen und niedrigen Geistlichen, blitzende Krieger und prächtig gekleidete Hofleute lösten sich heraus und erstiegen die Gebirgslehnen, die Felsensteige, die zu mir emporführten, und eine tönende Stimme rief laut: ‚Verbrenne dich mit loderndem Feuer, Hilaria . . . verbrenne dich, so kannst du alle diese die Liebe lehren.'

Ich aber warf den Kopf trotzig empor, lachte laut und rief: ‚Wenn du wolltest, o Herr, so könntest du diese wohl selbst die göttliche Liebe lehren, und du brauchtest deine Magd nicht dazu.'

Darauf versank alles mit einem Schlage in unergründliche und grauenhafte Finsternis.

Soll ich von diesem Traum der Mutter Äbtissin oder meinem Beichtvater erzählen? Es wäre nicht geraten.

Ich will aus diesem Kloster fortgehen und sehen, ob ich in der Wüste Gott finde und in den Felsenklüften meinen Kampf mit ihm ausfechten kann. Möge er mich dann verderben, wenn es ihm also gefällt!

— — — — — — — — — — — — — — — —

Schwester Gregoriana, die den Schlüssel führt, wird mir die kleine Gartenpforte öffnen. Vielleicht wird man sie dafür lebendig einmauern. Sie sagt, sie will es gern dulden, wenn ich ihr dafür erlaube, meine Hand zu küssen.

Diese Schrift tue ich in eine goldene Kapsel und vergrabe sie an einer Stelle des Gartens, die ich allein nur kenne und wo niemand nachgraben wird. Der Vater der

Gregoriana wird mich in seinem Boot unten an der Meeresbucht erwarten.

Mein Gott, mein Gott . . . wirst du meiner in der Wüste warten und mich mit Dornen krönen, damit ich mich in Demut vor dir neigen lerne?"

Rena saß lange still vor den seltsamen Schriftzeichen und starrte hinauf zu dem schrägen Fenster, das mit glitzernden Eisblumen bedeckt war.

Nach und nach begannen ihre feuchten Mädchenlippen sich im Spott zu kräuseln.

Sie gähnte herzhaft. Ach . . . ich bin müde und will zu Bett gehen. Sie schüttelte sich, schob die Blätter vorsichtig in eine Mappe und begann sich zu entkleiden.

Sie schlüpfte in ihren gestreiften Schlafanzug, in dem sie das Aussehen eines Knaben aus dem Zirkus bekam, stieß das kleine Dachfenster mit den klirrenden Eisblumen auf. Die starke Winterluft quoll mit einer überwältigenden Macht in das Zimmer. Die Sterne funkelten hell. Rena sprang befriedigt in ihr Bett und zog die Decke bis ans Kinn, denn sie fröstelte vom stillen Lesen und Denken in dem durchkälteten Zimmer.

In der Nacht wurde Rena durch einen inneren Schrecken geweckt aus ihrem festen, gesunden Mädchenschlaf. Sie hatte die böse Klausnerin mit einer Gießkanne in der Hand den blöden Knaben verfolgen sehen und auf ihn schelten hören . . . nein, es war ja doch Fräulein Zum Tal, die braungebrannt war und einer verdorrten Baumwurzel glich, wie die büßende Ketzerin Hilaria.

Und wir haben doch Ähnlichkeit, murmelte Rena

schlaftrunken. Ich habe nie Sklavinnen die Augen ausgestochen und arme Nonnen einmauern lassen ... Aber ... doch ... ihre Gedanken verschwammen. Dann, plötzlich, setzte sie sich, hell wach, aufrecht.

Merkwürdig, daß diese Grausame zeit ihres Lebens der Liebe nachlief ... eigentlich war sie doch nicht weise, diese Kluge ... sonst hätte sie wissen müssen, daß die Liebe schwach macht. Alle großen Männer haben ihr Werk geliebt oder Ideen oder den Staat ... niemals haben sie Menschen geliebt. Menschen zu lieben, macht klein und gemein ... macht hörig.

Wäre ich ein Mann ... vielleicht würde ich Weiber nehmen, wenn mich die Laune trieb ... Aber als Mädchen einen Mann ... ohne den großen Rausch ... o nein! Eine Heirat könnte ich mir schon vorstellen ... in vornehmkühlen Formen zu gleicher geistiger Arbeit. Solch ein Pakt könnte mich schon reizen.

Arme Hilaria, du warst wohl auf einem Irrweg ... Hättest den blöden König heiraten, grausam und streng dein Reich regieren und in seinen Grenzen die Liebe bei Todesstrafe verbieten sollen. Ein fröhliches Jagen! Welche Spionage in diesem Reich, bis das letzte Fünkchen Liebe in allen Herzen ausgetilgt war! Und welch ein Feld für deine Phantasie ...

Rena lachte laut auf in der dunklen Nacht, in der die beeisten Fenster bleich schimmerten ... Böse Hilaria, ich liebe dich sehr ... Aber ich hoffe, du hast nicht die Absicht, nach so vielen Jahrhunderten in einer deutschen Fabrikantentochter und Studentin der orientalisch-christlichen

Historie aufzuerstehen. Bitte, bleibe ruhen in deinem Wüstengrabe!

Sie wickelte sich wieder in ihre Decke, schloß die Augen; und schon war sie fest und traumlos eingeschlafen.

## XI

Geheimrat Professor Doktor Kapeller und Frau pflegten in jedem Winter, bald nach dem Weihnachtsfest, Einladungen zu einem Tanztee ergehen zu lassen. Das Professorenehepaar versprach sich von diesem Unternehmen nicht ohne Grund förderliche Verbindungen für die Strebsamen unter dem jungen Nachwuchs und einige geistige Erfrischung für die älteren Herren. Jedenfalls war der Kapellersche Tanztee längst zu einer feststehenden Einrichtung im geselligen Leben der Hochschule geworden. Man mußte schon mit 39,09 an Grippe zu Bett liegen, um ihn versäumen zu dürfen.

Rena Rupprecht hatte so tief in der Welt ihrer Arbeit gelebt, daß sie den pflichtschuldigen Besuch am Neujahrstage bei Frau Kapeller versäumte, worauf denn auch die Aufforderung zum Fest nicht erfolgte. Die „Früh-Mittelalterlichen" — so pflegten sich die Jünger Kapellers zu nennen — besprachen bereits eifrig den Tanztee, während sie selbst, der erklärte Liebling, noch keine Einladung erhalten hatte.

Es waren absonderliche Gedanken, die das junge

Mädchen in dieser Zeit beunruhigten, ohne es zu irgendeiner Klarheit führen zu können. Sie fühlte deutlich, sie war durchaus nicht zu der nüchternen Objektivität einer wissenschaftlichen Arbeit hindurchgedrungen. Was sie gefesselt hatte, waren subjektive Empfindungen gegenüber der heiligen Ketzerin Hilaria. Renate wußte genau: sie hatte in ihrer Arbeit mehr von ihrem inneren Wesen enthüllt, als wohl statthaft gewesen wäre. Hatte sie ihr Professor Kapeller gerade deshalb aufgetragen?

Als sie sie abgeliefert hatte, empfand sie dies mit dem peinlichsten Unbehagen. Sie mußte ihre ganze Keckheit zu Hilfe nehmen, um nicht hin und wieder vor dem Seminar-Abend, bei dem sie besprochen werden sollte, von Furcht und Schrecken befallen zu werden.

An einem trüben, von einzelnen Schneeflocken durchwehten Winterabend stürzte Renates Wirtin eiligen Schrittes den Korridor entlang in ihr Zimmer herein und flüsterte erregt: „Der Geheimrat Kapeller möchte Sie sprechen." Die großen professoralen Autoritäten pflegten die jungen Studenten und Studentinnen nicht auf ihren Buden zu besuchen . . . wenn nicht besondere freundschaftliche oder verwandtschaftliche Bande zwischen den Familien bestanden. Renate fühlte, daß sie sehr rot geworden war, und biß sich heftig in die Unterlippe, um dieses unwillkommene Zeichen von Schwäche zu bekämpfen, während die Burgerin dem Gast beflissen die Tür des Giebelzimmers öffnete und versuchte, ihm den schneebestäubten Mantel abzunehmen, was etwas unwirsch abgelehnt wurde, so daß sich die Frau geärgert und beschämt zurückzog.

„Also hier ist die Klause des kleinen Sonderlings", sagte der Geheimrat, sich mit freundlichem Lächeln umschauend. „Nun ... nun ... Geißel und Marterwerkzeuge sehe ich immerhin nicht an den Wänden hängen, und auf alle Behaglichkeit hat Hilaria noch nicht verzichtet."

Rena lachte in ihrer Verlegenheit hell auf und fragte, wodurch sie zu der Ehre käme, den Herrn Geheimrat unter ihrem schrägen Dach begrüßen zu dürfen, rückte ihren einzigen Korbsessel näher und nahm ihm Stock und Hut ab, worauf er dann selbst den Mantel abwarf, die angebotene Zigarette zwar ablehnte, doch um die Erlaubnis bat, sich eine seiner gewohnten Zigarren anzünden zu dürfen. Dabei blickte er, wie es Rena vorkam, seine Schülerin etwas hinterhältig an.

Er sog an seiner Zigarre, klopfte mit den Fingern der Rechten auf das Knie und ließ seine klugen Augen hinter der goldenen Brille aufs neue prüfend vom kleinen braunen Köpfchen über das lustige, jetzt noch immer unziemlich gerötete Gesicht, die zierliche Gestalt, die seidenen Strümpfe entlang bis zu den koketten Schuhchen hinabgleiten und sagte dann ernsthaft:

„Sie werden sich wohl denken können, Fräulein Rupprecht, daß es Ihre Arbeit ist, die mich herführt?"

„Was sollte ich mir sonst denken?" fragte Rena. „Sagen Sie mir gleich: sie taugt gar nichts?"

Der Geheimrat Kapeller tat einige Züge, die sein feines Gelehrtenhaupt bläulich umwölkten. Diese Pause schien Rena als das Schlimmste, was sie in ihrem jungen Leben erduldet hatte.

Und als er den Mund öffnete, fragte der große Mann nur: „Wie alt sind Sie eigentlich?“

„Einundzwanzig ... Aber ...?“

Er schüttelte den Kopf. „Einundzwanzig! Soso. Ja ... die modernen Mädchen! Rätsel sind sie für uns. Was da schließlich herauskommen wird! Schlangenschuhe an den Füßchen ... mit dem Lippenstift das Mündchen gemalt ...“

„Bitte, Herr Geheimrat ... das ist Natur“, rief Rena ziemlich grob, denn ihre Geduld hatte ein Ende.

„Entschuldigen Sie ... ich wollte Sie gewiß nicht beleidigen ... Ihre Arbeit ist ... außergewöhnlich“, sagte der Geheimrat, plötzlich in einen ernsthaften und sachlichen Ton verfallend. „Zunächst freut es mich, daß Sie meiner Auffassung zustimmen und die Tagebuchblätter der Hilaria für echt halten. Dieses Faktum hätte freilich noch näher begründet werden müssen. Überhaupt gehen Sie über manches mit echt weiblicher Genialität ...“

„Sagen Sie Flüchtigkeit“, rief Rena heftig.

„Auch dies. Es lassen sich Übersetzungsfehler nachweisen, die ich Philipp Justus nicht zugetraut hätte. Warum haben Sie sich nicht von ihm beraten lassen?“

„Sein Griechisch behagte mir nicht mehr“, antwortete Rena und zuckte abfällig die Schultern.

„Schade ... er hat gerade die Präzision, die Ihnen fehlt.“

Noch einmal dies etwas ungezogene Klopfen der Fußspitze auf der Diele.

„Herr Geheimrat werden mir noch orthographische Schnitzer nachweisen!“

„Auch dies. Sie sollten sich Dudens Wörterbuch von Ihrem Papa zum Geburtstag schenken lassen. Also, Kind ... bitte, keine Träne! Das sind ja Nebensächlichkeiten. Dafür sind Gedanken in Ihrer Arbeit ... Gedanken, wie sie keiner meiner Hörer und Hörerinnen zu denken fähig wäre! Eigene, persönliche Gedanken ... originelle Vergleiche ... grotesk oft ... aber treffend ... treffend! Ja! Unglaublich in Ihrem Alter. Gedanken, die schon lange in Ihrem Kopf gereift sein mögen ... viel länger, als Sie von der Hilaria wissen."

Die hübschen braunen Augen des jungen Mädchens begannen aufzuglänzen, ein bernsteinfarbenes Gefunkel entzündete sich in ihnen, das der Geheimrat Kapeller nicht ohne Vergnügen beobachtete. Der kleine spottlustige Mund öffnete sich ein wenig. „Halten Sie das Ding wirklich für wert, im Seminar behandelt zu werden?" fragte sie mit einer an ihr seltenen Zaghaftigkeit.

„Und ob! Freue mich schon, wenn ich mir vorstelle, wie die Meinungen aufeinanderplatzen werden ... Die meisten Ihrer Kommilitonen werden natürlich bei der Ansicht beharren, einzig die glühende Liebe, eine Liebe, wie wir sie heute nicht mehr zu fassen vermögen, habe Hilaria vom sündigen Hofleben fort und durch das Kloster in die Wüste getrieben, und jedes Wort, das mit dieser These nicht übereinstimmt, sei spätere Einschaltung und Fälschung, während hier eine junge Dame kecklich behauptet, der Mangel an Liebe, die Unfähigkeit zu jeder Menschen- und Gottesliebe habe diese arme Seele so ruhelos umgetrieben; es sei nur begreiflich, daß sie den endgültigen

Sieg über ihr zweifelsüchtiges Temperament trotz Geißelung und Hunger nur für Augenblicke errungen und gleich wieder den Augen und dem Herzen habe entschwinden sehen ... Habe ich recht — meinen Sie es nicht so?"

„Ungefähr", sagte Rena, nach der Zigarettendose auf dem Tisch greifend, um dem eindringlichen Blick ihres Lehrers zu entgehen. „Aber ist es bei solchen innerlichen Materien nicht immer wie in dem alten Labyrinth — in dem Augenblick, in dem man am Ende eines Gedankenganges angekommen zu sein glaubt, biegt man um eine Ecke und sieht wieder einen langen Weg ins Dunkle vor sich?"

Kapeller nickte versonnen. „Wer hat je die Launen des Geschlechts bis zu ihrer endgültigen Lösung ergründet ... Ich will nicht die banale medizinische Formel zitieren: die arme Hilaria hat einfach nicht den richtigen Mann gefunden, der sie die Liebe lehren konnte. Oder es liege hier ein medizinisch leicht erklärbares Naturspiel vor. Aber bleiben wir sachlich", meinte der Professor, „auf solche Einwürfe müssen Sie gefaßt sein."

„Ich will es versuchen — aber sie machen ja nur einen weiten Bogen um den Kern des Problems. Habe ich unrecht, wenn ich es das Problem unserer Zeit nenne?"

„Nicht so ganz. Aber schon Shakespeare hat uns bewiesen, daß eine Widerspenstige die Liebe gelehrt werden kann."

„Die Liebe kann nicht gelehrt werden", rief Rena hell. „Man hat sie — oder hat sie nicht, und dann macht sich ihr Fehlen in allen Lebensäußerungen bemerkbar, nicht nur in dem Verhältnis zwischen Mann und Frau. Und wie soll man solches Dunkel heiter erleuchten, bei der genialen Fähigkeit des Menschen, sich und andere zu belügen?"

Der Geheimrat legte den Rest seiner Zigarre in die Aschenschale auf dem Tisch und rieb sich die Hände, als wolle er sich zum Aufbruch rüsten.

„In einem Punkt kann ich Ihnen nicht beistimmen, wenn Sie behaupten, das Zeitalter der Hilaria habe mit den gegenwärtigen geistigen Zuständen der Menschen viel geheime Ähnlichkeit, man brauche nur an Stelle der Beichtväter die Psychoanalytiker zu setzen. Das ist doch etwas summarisch — darüber reden wir noch — vielleicht an einem gemütlichen Abend bei uns." Er stand auf und griff nach seinem Mantel, der am Ofen getrocknet war. „Jedenfalls ist es hübsch, eine Arbeit geliefert zu bekommen, bei der man so gründlich die Zeit verschwatzt. Schlägt es draußen schon sieben? Meine Frau wird ungeduldig mit dem Abendessen warten!"

„Es war sehr schön", sagte Rena mit ungewöhnlicher Wärme. „Ich danke Ihnen, Herr Geheimrat."

„A propos", bemerkte er, wie beiläufig und schon an der Tür stehenbleibend, „meine Frau . . . Man hat vergessen, Ihnen eine Einladung zu unserem Tanztee übermorgen zu senden — vielleicht hat das Mädchen sie unterwegs verloren."

Rena sah, wie die hohe Stirn unter dem silbergrauen Haar errötete. Er lügt ja, dachte sie gerührt, und zugleich fiel ihr ein, daß sie den Neujahrsbesuch bei der Frau Geheimrat unterlassen hatte.

„Ich bin ja die Schuldige", sagte sie leise.

„Morgen wäre immer noch Zeit, den Formfehler gutzumachen", meinte er in einer Art von verlegener Herzlichkeit. „Ich würde Sie ungern unter unseren Gästen vermissen."

Rena erwiderte seinen freundlichen Blick. Am liebsten hätte sie ihm die Hand geküßt.

„Eins möchte ich so gern noch wissen", rief sie eilig, während er diese Hand mit dem Pelzhandschuh bedeckte, „glauben Sie, daß man ein Gefühlsleben, das von der Intellektualität hoffnungslos überschattet ist, aus eigenem Willen aus ihrem Gespinst befreien kann?"

„Donnerwetter, Mädel — das wäre ein Thema für eine Doktorarbeit — für Ihre Doktorarbeit?"

Rena schüttelte den Kopf. „Nein", sagte sie hart und klar und fügte träumerisch hinzu: „Dazu wird es wohl nicht kommen."

## XII

Ludo van Scholten wurde unstreitig als die schönste Erscheinung bei dem Tanztee im Salon von Kapellers erklärt. Sie, die sich sonst dunkel und ernst zu kleiden liebte, hatte heute, vielleicht zu Ehren ihrer Brautschaft, eine helle, sehr elegante Toilette gewählt, die wie geschaffen für sie schien. Von ihrem heiteren Lächeln wurde die Strenge ihrer Züge gemildert. Es war, als ginge ein

Strahlen wie ein zarter Glanz von ihrer ganzen Person aus.

Der Platz des Brautpaares war neben dem Hausherrn, und Ludo fand auf ihrem Teller einige erlesene Rosen. Die Geheimrätin hielt viel von ihr. Die Ärztin hatte sie in einer Sommerfrische durch klugen Rat vor einer bösen Krankheit bewahrt. Seit diesem glücklichen Zufall hatte sie die einflußreiche Frau zur Gönnerin.

Den Tisch der Jugend beherrschten die Bemerkungen Renas, des krausen Distelgewächses, wie Professor Pölten Rena bezeichnet hatte, und weckten jedesmal ein fröhliches Echo in tiefem Lachen und hohem Kichern. Der Geheimrat sah zuweilen hinüber zu diesem Tisch, von dem das blühende, übermütige Mädchengesicht auch ihm zulachte.

Aus dem Grammophon sang eine beliebte Sängerin Volkslieder verschiedener Nationen, dann wurde die Platte gewechselt, Tanzweisen klangen auf — Frau Kapeller gab das Zeichen zum Aufbruch von dem mehr zierlichen als umfangreichen Imbiß. Ihr Mann geleitete seine bejahrte Nachbarin zu einem bequemen Sofaplatz am Kamin des geräumigen Wohnzimmers und eröffnete darauf den Tanz mit der Braut. Diener räumten eilig die Überreste des Tees fort und ordneten Tische und Stühle geschickt zu netten Plätzen, an denen die älteren Herrschaften sich sammelten. Wie meist bei solchen Gelegenheiten, zogen sich die älteren Männer bei Zigarren und gelehrten Fachgesprächen in die Bibliothek zurück.

Die Jugend fand und trennte sich wechselseitig im geräumigen Salon zu modernen Tanzfiguren.

Thora, die blonde Schwedin, trug ein in diesem Kreise auffälliges Kleid aus Goldlamé und tomatenroter Gaze, ein keckes Mützchen aus demselben Stoff im gelockten goldenen Haar. Sie sah gut aus und wurde viel zum Tanz geholt. Philipp Justus tanzte dann nicht, sondern lehnte mit der verdrossenen Miene eines verstoßenen Liebhabers an der Wand, bis sie wieder zu ihm hinkam und er auflächelte.

Rena, die, neben ihrer Kusine stehend, die beinahe unverhüllt zärtliche Begrüßung Philipps nach solcher kurzen Tanztrennung beobachtete, stellte mit komischem Stolze fest: „Und das habe ich finanziert!" Sie schüttelte sich in lautlosem Lachen.

„Gestehe, Rena — er fehlt dir doch, der treue Knappe", neckte Ludo.

„Bei dem verflixten Byzantiner-Griechisch fehlt er mir, das er beherrscht wie nur ein gelehrtes deutsches Haus, ich komme nie hinter dessen letzte Feinheiten. Aber der gute, täppische Justus braucht wohl so ein Mädchen, das ihm mehr bietet als eine Teetasse."

Ludo machte eine ablehnende Schulterbewegung. „Felix meinte vorhin, er wundere sich, daß Justus nicht vorsichtiger sei. Er kenne doch die strengen Grundsätze von Frau Kapeller."

Rena blickte, den Kopf aufwerfend, ihre Kusine erstaunt an. Das klingt ja merkwürdig verschieden von ihrem Urteil vor einigen Wochen, dachte sie. Fehlt nur noch das: ‚Mein Mann meint . . .' „Wahrscheinlich ist Thoras letzte Arbeit noch besser als meine. Oder — soll der

Schützling der Geheimrätin gegen mich ausgespielt werden? Viel wahrscheinlicher ... Du, Ludovika, dort an der Tür steht mein heimlicher Schwarm, der Baron Rock. Hast du je einen so griechischen Nasenrücken gesehen? Du hast mir einmal Eröffnungen über ihn versprochen ..."

„Dazu ist hier nicht der Ort", wehrte Ludo van Scholten.

„Ha — du hast ihn geliebt?"

„Ob ich ihn geliebt habe oder nicht, bleibt unwesentlich — ich wußte, daß er sich aus Frauen nicht viel — oder nichts macht."

„Ist das wahr?"

„Liebes Kind, es wird viel geredet über den Baron — und wenn man zwanzig Jahre ist, glaubt man nur, was man glauben will."

Rena lockte mit den Augen einen Tänzer herbei, denn sie ärgerte sich über Ludos Ton und wollte dem Gespräch ein Ende machen.

Als die Tanzpause eintrat und der Partner Rena ins Nebenzimmer geführt und sich verabschiedet hatte, trat der Baron, an dem vorüber Rena durch die offene Tür geschritten war, zu ihr und stellte sich vor, bedauernd, daß er nicht tanze.

„Ach — ich bin keine Tanzratte", sagte Rena, „man kann ja auch miteinander reden, wenn man etwas zu sagen hat. Übrigens" — sie sah ihn prüfend an — „ich habe doch mit Ihnen getanzt auf einer Redoute! Waren Sie es nicht? Sie trugen eine Maske. Aber an die Stimme erinnere ich mich."

„Und Sie waren der kleine Jockei", sagte der Baron, gelassen lächelnd. „Ich hielt Sie aus der Ferne wirklich für einen Knaben. Aber ich wollte etwas anderes sagen. Professor Kapeller hat mir Ihre Arbeit über die frühchristliche Eremitin Hilaria zu lesen gegeben. Interessant — nicht wissenschaftlich — nein, das nicht — aber geistreich — ich möchte eher sagen: dichterisch — wenn nicht eine ironische Kälte in der Betrachtung des Gegenstandes störte. Eben diese Kälte zieht mich an. Höchst bemerkenswert an einem jungen Mädchen."

Rena sah zu dem sie weit überragenden Mann auf. Schön bist du, dachte sie im gleichen Augenblick und hörte nicht auf seine Worte. So entstand eine Pause, bis Rock nachdenklich fortfuhr:

„Ich könnte Sie mir gut als eine junge Benediktiner-Nonne vorstellen . . . in einer Zelle, über einen alten, heiligen Miniaturenband gebeugt."

„Dabei würde ich vor Langweile sterben."

„Nicht doch, Sie verstehen die Motive, die die ersten gebildeten Frauen von Byzanz in die Wüsteneinsamkeit getrieben haben, besser als die meisten Gelehrten."

„Ja?" fragte Rena und wurde aufmerksam. „Das sagt der Geheimrat auch."

„So . . . wie schade . . . ich glaubte, dies zuerst entdeckt zu haben." Sie lachten beide und kamen sich dadurch plötzlich näher. Rena wurde zutraulich. „Ich habe wirklich, während ich die Arbeit schrieb, ein paarmal gedacht, es müßte schön sein, so in einer Gemeinschaft hochstehender Frauen ein völlig vergeistigtes Leben zu führen. Aber ich vermute, die heiligen Damen mußten damit anfangen, die Korridore zu scheuern . . . das hätte mir nicht gepaßt."

„Die Demut zu beweisen, muß ja auch ein eigenartiges Vergnügen gewesen sein", meinte Rock sarkastisch. „Es wird nicht ohne erotischen Genuß der Hingebung gewesen sein."

Rena machte ein Frätzchen. „Die liegt mir nicht. Übrigens bin ich nicht katholisch."

„Sie könnten es werden." Er sah das Mädchen eigentümlich prüfend an . . . „Ich denke, manche von den heiligen Äbtissinnen hat mehr die Sehnsucht nach dem Geist und der Macht über die Menschen zur Gründung der Orden bewogen", sagte Rock dann schnell, in ernsterem Ton. „Da wäre der Mangel an religiöser Glut also kein Hindernisgrund."

„Sagen Sie, Baron, sind Sie Jesuit?"

„Nein . . . ferne davon! Wie kommen Sie auf diese absurde Vermutung?"

„Weil Sie sich so viel Mühe geben, während die andern Mädels tanzen, mich zum Klosterleben zu verführen!"

Jetzt lachte Rock gutmütig. „Nein, aus ästhetischen Gründen! Wie würde Ihr kleines, spöttisches Gesicht im Nonnenschleier aussehen?

„Ja . . . wer weiß, was noch kommt. Sind wir nicht alle bunte Mosaiken, aus bunten, winzigen Überresten vergangener großer Bauten zusammengesetzt?"

Wieder traf Rena der überraschte und interessierte Blick des Barons.

„Damit haben Sie etwas sehr Tiefes ... vielleicht etwas Erschöpfendes ausgesprochen."

„Ach ... es fiel mir eben nur ein ... Sie müssen so etwas nicht überschätzen", rief Rena fröhlich. „Da sehe ich den Professor auf uns zusteuern ... er macht ein so unternehmendes Gesicht. Wollen Sie mich etwa holen, verehrter Herr Geheimrat?"

„Das war meine Absicht!" Und Rena trat, von seinem Arm geführt, in den Ring der Tanzenden. Baron von Rock tauchte erst wieder zwischen der Gesellschaft auf, als gegen Mitternacht der Kreis sich aufzulösen begann.

Er steuerte auf Rena zu, die neben Ludo stand. Ein sonderbar schüchternes Lächeln auf dem strengen Antlitz, stand er vor ihr.

„Ich habe einige hübsche alte Dinge bei mir zu Haus, die Sie möglicherweise interessieren würden ... ein Gebetbuch mit schönen Miniaturen aus dem zwölften Jahrhundert ... auch persische, ganz frühe Sachen ... wenn Sie mir die Gnade gewähren würden, mich einmal zu besuchen?"

„Ich komme gewiß einmal", sagte das junge Mädchen, dem von dem Gespräch mit dem Baron eine fröhliche geistige Frische zurückgeblieben war.

Von Rock verbeugte sich stumm. Rena reichte ihm die Hand und fühlte einen kurzen, kräftigen Gegendruck, während Doktor van Scholten sich bereits abgewandt hatte, um sich von den Gastgebern zu verabschieden und sich gemeinsam mit ihrem Verlobten in die Garderobe zu begeben, wo sie Rena schon trafen. Hoffpauer ging hinaus, nach dem Auto zu rufen. Ludo sagte eilig und ein wenig atemlos zu der jungen Kusine:

„Geh nicht zu Baron Rock. Pflege diesen Umgang nicht!“

Rena hob erstaunt den Kopf. Sie steckte halb in dem Ärmel ihres Pelzes und riß ungeduldig daran. „Liegt etwas Bestimmtes vor?“

„Nichts, was sich aussprechen ließe. Wir reden noch darüber!“

Sie sah Felix Hoffpauer sich durch die Menge winden und ihnen zuwinken, half Ludo eilig in den Pelz und zog sie mit sich.

„Mein Himmel, Ludo ... schimpft er schon, wenn er eine Sekunde warten muß, der hohe Herr?“

„Er hat's nicht gern ... und ist etwas erkältet ... es zieht dort sehr an der Ausgangstür.“

Ein Schneewirbel schlug herein, und sie beeilten sich nun alle drei, den Schutz des Autos aufzusuchen.

## XIII

Ein schlanker, junger Bursch in dunkler, von schmaler Silberlitze umsäumter Livree öffnete Rena Rupprecht die Tür und half ihr gewandt beim Ablegen. Rena sah ihn erstaunt und neugierig an, das fein geschnittene Gesicht des Knaben fiel ihr auf und das gepflegte, hellblonde Haar, das in einer weichen Locke über die Stirn fiel. Rena sah im

Spiegel ein sonderbar höhnisches Lächeln um den Mund des jungen Dieners spielen und blickte sich hochmütig nach dem hinter ihr Stehenden um. Da wandelte sich der Hohn jäh in augenniederschlagende, süße Demut. Welch ein Schauspieler, dachte sie angewidert, während er ihr die Tür zu dem Salon von Baron Rock öffnete. Eine Gesellschaft von etwa fünfzehn Personen stand feierlich umher. Der Baron, der, am Flügel lehnend, mit einem Herrn gesprochen hatte, wendete sich bei Renas Eintritt schnell ihr zu und beugte sich über ihre Hand.

„Wie schön, daß Sie gekommen sind", sagte er langsam mit einer dunklen Stimme, die auf Rena wirkte wie der Klang einer ernsten Musik. „Ich glaubte, es würde Sie interessieren, was mein Freund uns von seinem Aufenthalt bei den Mönchen auf dem Berge Athos erzählen wird."

Die braunen Augen der jungen Studentin leuchteten ihn an.

„Aber gewiß doch . . . und dann ist es mir eine Ehre, so . . . na, so zu den Erwachsenen und Gebildeten gezählt zu werden." Das letzte war mehr zu Professor Kapeller gerichtet, der herbeitrat, sie zu begrüßen. Frau Kapeller hatte sich entschuldigen lassen: sie litt oft an schweren Migränen. Es gab noch eine ältere, sehr häßliche, aber geistreiche Malerin, ein Ehepaar vom Fach der Historiker, einige Künstler und Studenten.

Das Zimmer war groß, wenig möbliert, mit auserlesenen Stücken alter Stilkunst, wie sie vor dem Auge des Ästheten bestehen durften.

Rena, die sich, um nicht zu früh zu kommen, verspätet hatte, dankte für den Tee, den der junge Diener, vom Baron Anselm genannt, ihr servierte.

Der Vortrag des Asienforschers enttäuschte Rena, die etwas Außerordentliches erwartet hatte, durch seine Länge und die Fülle seines statistischen Zahlenmaterials und seiner historischen Daten. Gelangweilt und neugierig ließ sie die Blicke umherschweifen. — Sie ärgerte sich ... dieser Abend war es nicht wert, das dringende Telegramm der Mutter, sie möge umgehend heimkommen, der erkrankte Vater wünsche sie zu sehen, unbeachtet auf dem Schreibtisch liegen zu lassen. Solche Telegramme waren eine beliebte Wichtigtuerei der Mama, wenn sie ihren Willen durchzusetzen wünschte. Sicher nicht ernst zu nehmen.

Rena war froh, als Professor Kapeller ihr vorschlug, sie heimzubringen.

Beim Hinabsteigen der vereisten Steinstufen vor der Haustür strauchelte sie und wäre beinahe gefallen. Der Geheimrat ergriff ihren Arm. „Sehen Sie ... nicht zu übermütig und selbstbewußt, kleine Rena!" sagte er herzlich und führte sie sorglich. Ein Gefühl von müder Verlassenheit ergriff sie plötzlich, ließ sie sich an ihn schmiegen und mit Behagen die Wärme seines Körpers fühlen. Er zog sie leise fester an sich. — So schritten sie schweigend durch das flimmernde Weiß der nächtlichen Einsamkeit, bis allmählich Rena von der Langweile des Vortrags zu reden begann und Kapeller ihr lachend zustimmte. „Rock will immer ‚reinen Geist' bieten", meinte er, „dabei gerät er wohl höher ... aber ins Wesenlose."

Sie hatten das Haus erreicht, in dem Rena wohnte. Sie hatte dem Geheimrat nicht geantwortet. Eine aufquellende Kränkung schnürte ihr den Hals zu. Sie mochte nicht über Rock reden. Jetzt zog sie schnell den Handschuh aus, kramte im Täschchen nach dem Schlüssel. Kapeller schloß auf, steckte ihn von der Innenseite ins Schloß.

Sie gab ihm ihre Hand. Er nahm die kalten Finger, umschloß sie mit den seinen, die heiß waren, und sagte leise und sonderbar scheu: „Ich danke Ihnen. Dieser Weg ist nicht zu vergessen."

Sie wollte ihm die Hand entziehen, und als er sie länger, als zur Höflichkeit nötig war, hielt, flüsterte sie, die sonst so Kecke, voller Angst: „Bitte ... bitte, nicht ..."

Er trat sofort zurück auf die Straße. Sie rief mit etwas gespielter Munterkeit: „Also auf Freitag im Seminar...", schloß das Tor und lief die Treppe hinauf.

Der große Gelehrte stand nach einigen Schritten still, wandte sich zurück, blickte auf den rosig-gelben zarten Lichtschein, der durch das Eisengitter des oberen Fensters im Treppenhaus fiel. Er schüttelte den Kopf, ging eine Weile die Straße hinab, kehrte noch einmal zurück, hob den Kopf zu der Mansardenwohnung hoch oben, wo jetzt das Licht aufflammte.

„Bitte ... bitte, nicht", murmelte er, Renas Worte wiederholend. Nein ... nein, ich will dich nicht verstören, du herbes Kind, sprach in ihm die Stimme seines unbefriedigten Herzens.

Rena schüttelte den weißbeflockten Mantel ab, warf das nasse Mützchen auf den Tisch. Neben dem geöffneten

Telegramm ihrer Mutter lag ein zweites, geschlossenes. Sie nahm es auf, öffnete langsam, las unter der Lampe: „Vater nach schweren Kämpfen heute mittag sanft entschlafen. Beerdigung am Freitag."

*

Rena saß Ludo gegenüber im Abteil des D-Zuges auf dem Wege nach der Stadt, in der ihr Vater gelebt, gearbeitet, sie, Rena, gezeugt und erzogen hatte und nun gestorben war, ohne daß sie etwas von Krankheit und Hinsiechen bemerkt hatte, weil sie nichts davon wissen wollte. Sie hatte ihn gern gehabt, diesen klugen, ironischen Herrn, der niemals viel Wesens von seiner väterlichen Liebe gemacht, einfach und still geschafft hatte, um, wie es Selbstverständlichkeit war, einer Familie das Nötige zu täglicher Behaglichkeit zu erringen und manchen Wunsch nebenher zu erfüllen. Rena drehte nervös an einem schönen Ring mit einem Rubin, seiner letzten Geburtstagsgabe. Ihr Leben, umschlossen von dem Ring seiner Liebe, stellte sie bei sich fest ... wußte mit Entsetzen: sie fühlte nichts als eine Erstarrung ...

Ludo sah, wie ihre Kusine den Ring abzog und eilig in ihrem Täschchen verbarg.

Ihr Gesicht war weiß und unbeweglich, die Augen trocken und glanzlos, wie braune Steine.

Ludo van Scholten hätte gern ihrer Kusine etwas Liebes erwiesen, fürchtete sich aber vor schroffer Ablehnung.

Renas Mutter empfing ihre Tochter kalt, beinahe

feindlich. Auch der Bruder wendete sich von ihr ab, indem er obenhin fragte: sie lege wohl keinen Wert darauf, den Vater noch einmal zu sehen, nachdem er in seiner letzten Stunde vergeblich nach ihr gerufen habe. Rena schüttelte nur den Kopf, ging in ihr Zimmer und schloß sich ein.

In der Nacht, als das Haus still geworden war, hörte Ludo leise Schritte und vernahm, wie die Tür zum Sterbezimmer geöffnet wurde. Ein Flüstern — der alte Aufseher aus der Fabrik, der dort die Wache hielt, entfernte sich mit schweren Schritten, um erst in der trüben Winterdämmerung seinen Platz wieder einzunehmen.

Ludo war taktvoll genug, den Verwandten nichts von dem nächtlichen Abschied zu sagen.

Die Beerdigung ging in der üblichen Weise vor sich.

## XIV

Rena wurde doch noch heimisch in Baron Rocks Gemächern mit den einzelnen alten Museumsstücken und dem seltsam-schönen Knabendiener Anselm, der ihr irgendwie unangenehm blieb, ohne daß sie zu sagen gewußt hätte, was sie an ihm auszusetzen fand. Es war dieser feindselig höhnische Blick, mit dem er sie — allerdings nur in Abwesenheit seines Herrn — betrachtete, wenn er ihr den Mantel abnahm oder Bücher aus ihrer Hand empfing, auch wohl bei ihr abzugeben beauftragt war.

Ein lebhafter Verkehr hatte sich zwischen der jungen

Studentin und dem Baron Rock, dem reifen Manne, Kunstkenner und Ästheten angesponnen. Konnte man von Freundschaft reden? fragte sich Rena zuweilen und mußte diesen Ausdruck vor sich selber verneinen.

Sie sahen sich häufig, oft sogar täglich — dann verschwand der Baron wieder aus Renas Gesichtskreis — war auf kleineren und größeren Reisen, über deren Zweck und Ziele er nur selten etwas verlauten ließ.

Die Bindung zwischen ihnen hatte so begonnen: als Rena nach ihres Vaters Tode in die Universitätsstadt zurückkehrte, war sie eine Zeitlang der Mittelpunkt ziemlich lebhaften Interesses gewesen. Die jungen Leute aus ihrem Kreise suchten sie auf, um ihr freundschaftliche Teilnahme zu beweisen, mehr noch, um ihr, jeder in seiner Weise, jene in ihrer Abwesenheit stattgefundene Seminardebatte über ihre Hilaria-Arbeit zu schildern, bei der es zwischen Philipp Justus und einem Kommilitonen zu einem so hitzigen Zusammenprall gekommen war — Fräulein Thora hatte durch hetzende Spöttereien die beiden noch mehr entflammt —, daß man schon an eine Mensur glauben mußte, doch habe der Geheimrat schließlich eingegriffen und Justus' unhöfliche Ausdrücke von „dilettantischem Weibergewäsch" sehr ernsthaft gerügt.

Renate lachte laut über diese lebhaften Schilderungen. Die ganze Hilaria-Arbeit war ihr plötzlich gleichgültig, ja zuwider.

Von Geheimrat Kapeller hatte sie einen in väterlich herzlichem Tone gehaltenen Kondolenzbrief erhalten, für den sie nicht dankte, obgleich er sie rührte. Sie begann bei einem sehr berühmten Professor Vorlesungen über die Geschichte der neueren Philosophie zu hören.

An einem dieser Tage — es war gegen Ende des März und ungewöhnlich milde, ein wenig feuchte Luft — hielt der kleine Wagen des Barons vor der Tür des Hauses, in dem Rena wohnte. Von Rock ließ bei ihr durch Anselm anfragen, ob sie nicht geneigt sei, eine kleine Spazierfahrt mit ihm zu machen. Rena sprang mit einem Jubelschrei vom Schreibtisch auf und war in drei Minuten bereit. Diese Fahrt bildete die erste von vielen solcher abendlichen Ausflüge in den leise und langsam sich begrünenden Frühling.

Rock hielt streng die Form gewahrt. Stets brachte er vor Einbruch der Dunkelheit das junge Mädchen heim, und Anselm war immer der Begleiter, obgleich der Baron häufig selbst fuhr. Es geschah mit der Zeit freilich öfter, daß er ans Steuer beordert wurde, damit Rock ungestörter mit seiner Begleiterin reden konnte. Rena fragte ihn einmal scherzend, er habe wohl anfangs gefürchtet, sich mörderisch mit ihr zu langweilen und sich den Ausweg freigehalten, als Wagenlenker schweigen zu dürfen.

Rock meinte, sie habe nicht so unrecht mit dieser Vermutung. Mit dem leise ironischen Lächeln, das bei solchen Gelegenheiten seinen antik geschnittenen starken Mund belebte, erzählte er, ein Freund sei viel mit einer jungen Dame gefahren — wenn er aber versuchte, zärtlich zu werden, habe sie jedesmal gerufen: „Geben Sie acht — eine Kurve!“

„Es scheint mir, Sie fahren so sicher, Baron, daß ich keine Schreckensrufe auszustoßen habe“, rief Rena, und der

Baron, sie mit eigentümlichem Blicke streifend: „Seien Sie nicht zu sicher, meine Gnädige — Kurven kommen unvermutet!“

„Führen Sie deshalb dieses fatale blonde Anhängsel immer mit sich?“ flüsterte Rena, sich näher zu ihm beugend, doch mit betonter Vorsicht, ihn nicht zu berühren.

„Was Sie nur gegen den Buben haben?“ sagte Rock langsam. Es war etwas wie Trauer in seiner ernsten Stimme. „Ich muß Ihnen bei Gelegenheit die Lebensgeschichte des armen Kindes erzählen, damit Ihre Antipathie schwindet. Er ist mir sehr treu ergeben — ich könnte mir ein Leben ohne Anselm kaum noch vorstellen.“

Rena zog die Brauen zusammen und schwieg. Sie fühlte wieder die kühle Enttäuschung, die sie so oft in seiner Gegenwart überkam, gerade, wenn er am geistreichsten redete.

Mit der Zeit mußte sie doch bemerken, daß der Baron mit Wohlgefallen seine Augen auf ihrer schlanken, knabenhaften Gestalt ruhen ließ, oder bei einer schnellen Wendung sah sie, wie diese Augen ihr — sie wußte nicht, ob kritisch oder freundlich —, ihrer lebendigen Anmut, deren sie sich bewußt war, folgten. Er machte auch hin und wieder kurze Bemerkungen über dieses oder jenes Kleid, das ihm nicht gefiel, über eine Farbenzusammenstellung, die nicht zu ihr passe, die wohl noch aus dem Elternhaus stamme.

Konnte dies nicht auf ein persönliches Interesse deuten? Und konnte sie wünschen, ein solches persönliches Interesse möge entstehen?

Ein Instinkt warnte sie. Wuchs es in ihm, diesem

Einsamen, war es sicher seltsam verschieden von dem, was sie bisher mit Männern erfahren hatte. Und was kein Erleben geworden, nur in Langeweile oder Widerwillen geendet hatte.

Renate hob den Kopf mit einem schnellen Blick zu ihm auf.

„Man hat mich vor Ihnen gewarnt", lachte sie.

„Aber Sie finden mich nicht gefährlich, nicht wahr?"

„Ich glaube nicht", antwortete sie nachdenklich. „Ein wenig unheimlich sind Sie schon . . ."

„In welcher Weise?"

„Ich kann es selbst nicht sagen."

„Ich kann mich nicht aufschließen, und Frauen pflegen darunter zu leiden."

„Ich glaubte, als ich mich Ihnen näherte, Sie wären in Ihrer reichen Natur sich selbst genug."

„Ja, auch Sie widerstrebten jedem Anschlußbedürfnis."

„Aber nicht jedem Einfluß", rief Rena lebhaft. „Ich bin doch nicht so dumm, um nicht zu begreifen, daß man ohne den Einfluß von Männern nur eine alte Jungfer wird. Nur meinen Körper soll man in Ruhe lassen. Ich hasse einmal jede Zärtlichkeit. Ich wurde schon als Kind böse, wenn meine Mutter mich küssen wollte. Sie vergoß Tränen darüber, und Papa nannte mich die kleine Kratzbürste. Geistigem Einfluß, den ich als überlegen anerkenne, beuge ich mich gern."

„Bravo! — Hat man nie versucht, Sie für die Kreise gewisser hysterischer Frauenfreundschaften einzufangen?"

„Ach ja", sagte Rena, ungeduldig lachend. „Ich bekam

nach einem Künstlerfest eine Zeitlang höchst sonderbare Briefe in feuerroten oder dunkellila Umschlägen mit den verrücktesten Liebesanträgen. Ich fand alle unmäßig albern und lächerlich."

„Das ist es auch", sagte Rock, der ihr ernsthaft zugehört hatte. „Die meisten dieser Mädchen mögen auch auf irgendeine Sensation, ganz gleichgültig welcher Art, ausgehen. Wenige tragen das Stigma der angeborenen gleichgeschlechtlichen Liebe durch ihr Leben, und es ist angefüllt mit heimlichen Tragödien. Man sollte vorsichtiger in der Beurteilung solcher Naturphänomene sein. Die Natur ist eine wunderliche Mutter. Sie schafft ihre Kinder zu grausamem Spiel in tausend verschiedenen Abarten. Und was man natürlich nennt, ist ja am Ende auch alles Natur. Unsere Mutter hat freilich dunkle Absichten mit manchen von ihren Kindern. Glücklich diejenigen, in denen die Abarten schöpferisch werden — zu beklagen die, die unfruchtbar bleiben, in den Ring ihres eigenen Schicksals, ihres fruchtlosen Kampfes eingeschlossen!"

Baron Rock hatte diese letzten Worte leise zu sich selbst in einem schweren Ernst gesprochen. Das Mädchen wußte, er würde sie niemals wiederholen.

Zur Zeit dieses Vorsommers sollte die Hochzeit Ludo van Scholtens und Felix Hoffpauers stattfinden. Man wollte sie in dem einfachen Landhaus der Schwiegereltern feiern und rechnete auf Renate Rupprecht als eine der Brautjungfern. Das konnte sie aber nicht über sich ergehen lassen: Hochzeit bei den Schwiegereltern mit all dem bürgerlich-verlogenen Getue ... sich selbst zur Brautjungfer hergeben — nein —, das ging doch nicht an.

Sie fragte den Baron, ob er sie auf einer Studienfahrt durch die fränkischen Städte führen wolle, ähnlich der, die der Geheimrat im letzten Jahr mit seinen Schülern unternommen. Aus Bamberg sandte sie ein Glückwunschtelegramm an Ludo.

Es wurden Tage reinsten Genusses, und Renate rechnete es dem Baron hoch an, daß er Anselm zu Hause gelassen hatte. So stellte sich Rena Kameradschaft zwischen Mann und Weib vor. Auf dem Grunde eines gegenseitigen Wohlgefallens an Gestalt, Stimme, Bewegungen — doch vorsichtige Ferne —, Übereinstimmung auf geistigen Gebieten mit dem Reiz des Gebens und Nehmens der verschiedenen Altersstufen.

Geheimrat Kapeller war ehrfurchtgebietend und umzirkt von Alter und Würde. Was er gab, und es war viel, diente einem Zweck und Ziel — dem Doktortitel —, alles mußte in peinlich gewissenhafter Weise getan werden. Und das behagte Rena keineswegs. Sie liebte ihn ein ganz klein wenig — gerade so viel, um sich vor ihm zu hüten, denn sie fühlte im Grunde wohl das Gegensätzliche ihres Wesens.

Mit Baron Rock schweifte sie in amüsanten Zickzacklinien, mit den kühnsten Sprüngen durch alle Gebiete des Wissens — er schien überall bewandert, war niemals begeistert und scheute nicht vor den schärfsten Zynismen zurück. Von irgendwelchem Respekt vor ihrer Jungmädchenschaft war nicht die Rede. Das gefiel Rena gut, weil es ihm selbstverständlich war.

Er machte aus seiner Verachtung des Weibes als solchem kein Hehl. Selten wollte ein Weib in die Sphäre der Geistigkeit folgen, und auf diesem Gebiet war dann am Ende die tiefste Lüge der Frau heimisch, die gefährlichste, denn sie wollte mit dem Geist das-Geschlecht entzünden.

Rena biß sich auf die Lippen, als Rock dies äußerte, und wurde rot.

„Sie haben recht", sagte sie einfach und ohne Koketterie, „ich möchte schrecklich gern, daß Sie sich in mich verlieben."

Er nickte ihr freundlich zu. „Ich weiß es", antwortete er. „Ihre kleinen Kunststücke sind sehr lustig. Aber Rena — ich möchte Sie bitten, übertreiben Sie nicht diese aussichtslosen Versuche — damit nicht der Widerwille folgt." Die letzten Worte sprach er leise und traurig.

Sie saßen während dieses Gespräches in dem Gaststübchen des berühmten Benediktinerklosters zu Würzburg, und ein friedlich-behaglicher Mönch, aus seiner braunen Kapuze listig schmunzelnd, stellte zwei Gläser vor sie hin und füllte sie liebevoll mit dem schweren, goldenen Wein, der den sonderbaren Namen Bocksbeutel führt.

Von Rock hob sein Glas gegen Rena.

„Ich habe einige Freundschaft von alten Frauen und von ihnen Wertvolles empfangen", sagte er ernst, als sie ihm Bescheid getan. „Aber ich habe noch niemals von einem jungen Mädchen so viel gehalten wie von Ihnen, genügt Ihnen das?"

„Es genügt mir", sagte sie, und ihr kleines, spöttisches Gesicht leuchtete.

*

Nachdem sie in einem guten Restaurant zu Abend gespeist — der Baron war ein Feinschmecker und verstand zu wählen — saßen sie in der sommerlichen Dämmerung auf einer Steinbank des Hofgartens. Die Linden dufteten und Rock sprach in schön geformten Sätzen über das schwelgerische Stilgefühl der fränkischen Kirchenfürsten, und was die katholische Kirche eingebüßt habe, als sie der herben Moral der Reformation mehr und mehr Konzessionen gemacht.

Rena, der der schwere Klosterwein zu Kopf gestiegen war, begann zu gähnen.

„Sie sind müde, Kleine", sagte Rock und berührte ihren Arm leicht mit dem Finger. „Wollen wir ins Hotel zurück?"

„Nein, nein", rief das Mädchen lebhaft, sprang auf und schüttelte sich. „Wir wollen noch ein wenig hin und her gehen."

Sie schritten schweigend die streng geschnittenen Wege auf und nieder.

„Sie wollten mir einmal erzählen, wie Sie zu ihrem Anselm gekommen sind", sagte sie etwas ironisch. „Es ist gewiß eine höchst rührende Geschichte."

„Nicht besonders", antwortete Rock. „Ich habe Ihnen wohl eine falsche Vorstellung gegeben. Also: er ist der Sohn eines Mannes, für den ich in früher Jugend in Paris heftig schwärmte."

„Sie haben einmal geschwärmt?" fragte Rena erstaunt.

„Ja — doch, man kann es wohl so nennen — es war ein außerordentlicher Mann und ein großer Künstler. Wir kamen dann auseinander, und der Krieg trennte uns vollends. Er blieb in Paris, und ich ging nach Deutschland zurück. Vor etwas über zwei Jahren erhielt ich einen Brief von dem alten Freunde. Er leide an einer Krankheit, die ihm nur noch wenige Zeit vergönne und fühle sein Gewissen beschwert durch eine alte Verpflichtung. Aus der Verbindung mit einem Mädchen, das ihn eine Zeitlang sehr glücklich gemacht habe, besitze er einen Sohn; das Mädchen habe er, um Komplikationen zu vermeiden, bei Beginn des Krieges nach Deutschland zurückgeschickt und ihr und dem Kinde zuweilen Geldmittel zukommen lassen, bis ihm dies nicht mehr möglich gewesen sei und er sie gänzlich aus den Augen verloren habe. Nachforschungen hätten ergeben, daß sie jetzt in bedrängten Umständen in unserer Stadt lebten. Ich möge ihm den Freundschaftsdienst erweisen und mich des Jungen annehmen. Er habe das holdselige Kind einst sehr geliebt.

Nun — ich fand das Kind — als Sechzehnjährigen — noch immer von seltener Schönheit, wie Sie ja wohl trotz Ihrer Antipathie zugeben müssen ..."

Rena nickte.

„Sonst freilich", fuhr Rock fort, „konnte ich den Sterbenden nur durch Lügen trösten. An der Mutter war nichts mehr zu retten — und sie hatte Anselm schon raffiniert abgerichtet, ihr als Zutreiber bei ihrem Gewerbe zu dienen. So war es keineswegs leicht, ihr den Buben zu entreißen — ich mußte Polizei und Jugendämter zu Hilfe nehmen und nur die Drohung, Anselm werde sonst in die ‚Fürsorge' gegeben werden, machte sie und ihn gefügig."

„Ja —" fragte Rena, „warum gaben Sie sich diese

Mühe? Warum ließen Sie ihn nicht dort, wo er bleiben wollte?"

„Rena — Sie wissen ganz gut, daß ich viel von einem Erzieher in mir habe. Es lockte mich, dieses schöne und begabte Geschöpf zu beobachten, zu entwickeln, zu etwas Eigenartigem heranzubilden. Sie haben keine Ahnung, wie leicht der Junge auffaßt, welchen Geschmack, welchen sicheren Sinn für das Vollkommene er besitzt . . ."

„Fürchten Sie nicht, daß er nur ein — geschickter Imitator ist?"

„Ich habe es zuweilen nicht nur gefürchtet, sondern feststellen müssen", sagte Rock sachlich. „Ich will ja keinen Bürger aus Anselm machen. Auch die bösen Seiten seines Charakters — grade diese, möchte ich sagen, interessieren mich aufs äußerste."

Renate zog die Schultern hoch. „Glauben Sie, daß er wahrhaftig gegen Sie ist?"

„Absolut. Ich habe Beweise. Warum sollte er es auch nicht sein? Es galt, den Jungen zu überzeugen, daß ich ihn auch in seinen Verirrungen und Ausschweifungen verstehen — und auch, daß ich einen anderen Begriff von der Moral, ebenso wie von Liebe und Kunst habe als den üblichen der Bürgerwelt. Die edle Vollendung des Vaters — die Urkraft der Mutter — durch mich bewahrt vor der um sich fressenden Zersetzung, dem giftigen Gefühlsschleim, der alle Klassen unserer Gesellschaft zu einem greulichen, farb- und formlosen Mischmasch auflöst! Ich sehe in Anselm den Anfang zu etwas Neuem. Das gibt meinem Leben einen Inhalt und befriedigt mich. Ich gehöre zu den künstlerischen Naturen, denen ein starkes Talent versagt ist. Anselm soll mein Werk sein, soll mich von der Qual der Unfruchtbarkeit erlösen — mein Werk und mein Erbe", wiederholte er noch einmal, fest und doch traurig.

„Nun — dann ist ja alles gut", sagte Rena gleichgültig, ja etwas spitzig. Plötzlich aber fuhr sie fort: „Ich verstehe nicht, warum Sie den Jungen dann als Diener ins Haus nehmen, statt ihm sofort die Rechte als Pflegesohn zuzuweisen. Das scheint mir eine Halbheit, die sich unter Umständen rächen könnte."

„Ich verstehe Ihre Bedenken", antwortete von Rock. „Ich habe auch diesen Punkt reiflich überlegt und bin immer wieder zu der Überzeugung gekommen, daß Anselm erst nach und nach in seine neue Existenz eingeführt werden könne. Ohne Prüfungen geht es nicht ab. Er muß sich bewähren. Tut er es nicht, so kann ich ihn als meinen Diener entlassen — als mein Sohn ist er für alle Zeit an mich gebunden."

„Wir müssen jetzt wohl fort, wenn wir morgen in unserm Auto den Sonnenaufgang genießen wollen ..." sagte Rena, das Gespräch abschließend.

Rock erhob sich und winkte dem Ober. Der nickte und ging weiter.

Rock schüttelte den Kopf. „Mit Frauen kommt man doch immer zuletzt an eine Barriere, über die sie nicht zu schauen vermögen."

„Sie lieben einfach diesen Bengel", flüsterte Rena, „und bauen sich um dieses neue Geheimnis eine Weltanschauung auf."

„Und Sie haben einmal diese Antipathie", erwiderte Rock mit leichter Gereiztheit. „Da ist nichts zu machen."

Sie trennten sich kühl.

*

Dieser Sonnenaufgang nach tauschwerer, duftender Sommernacht war nun freilich etwas Wunderbares, und Rena hatte nicht umsonst gewünscht, ihn zu erleben. Als sie das Hotel und die Stadt verließen, war alles noch in graue, ein wenig feuchte Schleier gehüllt. Schon während Rock die breite Straße zu den Kalkbergen hinauflenkte, welche die Stadt umfaßten, begann der Himmel sich eigentümlich perlmutterfarben zu erhellen. Rena beobachtete entzückt, wie zu dem dunstigen Milchweiß ein ganz zartes Gelb, kaum schon ein Gelb zu nennen, sich von Osten verbreitend, zu Rosenröte sich wandelte und vertiefte, wie die Schatten sanken, verschmolzen, alle Gegenstände, Häuser, Bäume, Brücken, Straßen sich in dem breiten Tale entschleierten, die Spitzen der Kirchtürme funkelten, der breite Mainstrom Leben bekam, dalag, wie mit Rosen beflockt, und der Himmel sich darüber wölbte, in zartestem Hellblau mit kleinem, goldumsäumtem Gewölk ...

Rena stieß einen Schrei aus und faßte den Baron am Arm — ein goldener Speer stach im Osten durch letzte Dünste. Rock hielt den Wagen an, der langsam die steile, weiß glänzende Straße genommen hatte. Vögel jauchzten, kreischten in den Weingärten — es war, als erhielte alles grüne Laub jetzt erst Leben, indem es vom schläfrigen Grau zu funkelndem Smaragd erlöst wurde, und die sich siegreich erhebende Sonne umfaßte strahlend die Welt mit ihrem Licht und übergoß sie mit ihrer unendlichen Wärme.

Sie hatten sich beide umgewandt und blickten schweigend hinaus über das breite Stromtal, in dem die Fülle der schönen Stadt mit ihren herrlichen Schlössern, Domen, altem Straßengeklüft mehr und heiterer sich dem neuen Tage preisgab. Eine Glocke dröhnte in feierlichem Morgengesang zum Schöpfer empor — andere, hellere und kleines Kapellengebimmel mischten sich ein. Und als habe sie nur auf diesen Ruf aus der Höhe gewartet, begann auch die Menschenwelt sich zu regen. Zuerst auf den Flößen und Schiffen des Stroms, die in Bewegung gerieten, regten sich braunarmige Männer. Auf der Straße kam ratternd von der Höhe ein ländliches Gefährt mit Gemüse, bunten Früchten und Blumen beladen, den Erzeugnissen dieses reichen Landes. Der Fuhrmann ging, lässig an seiner Pfeife saugend, neben den braunen, starken Pferden her. In der Ferne hörte man das Rollen eines Bahnzuges. Und nun knatterte und donnerte es auch über den beiden in den hohen Lüften — sie schauten, suchten und fanden den silbernen Vogel, der, bestrahlt vom Morgenlicht, sich durch das Blau des Äthers schwang.

Rena riß ihr Tüchlein heraus, wehte mit lautem, kindlichem Gejubel dem Flieger dort oben ihren Gruß entgegen.

„Schön — schön", rief sie in ausgelassener Freude.

Ihr Begleiter sah ihr von der Seite mit müdem Lächeln zu. Sein vornehmes Gesicht war grau verfallen. Solche morgendlichen Ausflüge waren wenig nach seinem Geschmack. Doch wer konnte diesem jungen Ungestüm widerstehen? Als ihn das Mädel so strahlend anlachte, ermunterte auch er sich, und sie gaben und drückten sich die Hand wie zu einem Versprechen, dieses Sonnenaufgangs zu gedenken.

Im grellen, fahlen Mittagssonnenlicht lieferte von Rock seine Begleiterin, staubig, von Sonne und Luft gebräunt, vor der Tür des steilen Hauses ab, in dessen Dachhaube sie ihre kleine Studentenbude bewohnte.

## XV

Baron Rock lenkte seinen Wagen in langsamem Tempo durch wenig belebte Straßen seiner Wohnung entgegen. Er war müde vom ungewohnt frühen Aufstehen. Trotz seiner kräftigen, männlich-schönen Gestalt ergriff ihn wieder das ihm gut bekannte Nachlassen aller Spannkraft, von dem er nie recht wußte, ob es körperlicher oder geistiger Art war, denn immer ging eine sonderbare Zweifelssucht dem Leben und seinem eigenen Planen und Schaffen gegenüber in solchen Stunden des Versagens mit dem nervösen Unbehagen zusammen.

Ob es ihm gelingen würde, Renas Abneigung gegen Anselm zu überwinden? Eine sehr starke Sehnsucht nach seinem Pflegesohn überschwemmte plötzlich sein Herz. Warum wehrte er sich gegen dieses Gefühl — behandelte den Knaben so kühl und herrisch? Gibt es ein herrlicheres und erlaubteres Gefühl als die Liebe eines Vaters zu seinem Sohn und Erben? Warum war er auf den sonderbaren Gedanken dieser Prüfungszeit verfallen, die Anselm diese Zwitterstellung als Diener und Jünger in seinem Hause gab? Es mußte ja das Selbstbewußtsein des eitlen Burschen zahllose Male hart gekränkt haben. Dieses kleine, kluge Mädchen hatte vielleicht recht — sie sah die Dinge des alltäglichen Lebens oft schärfer und, wie er zugeben mußte, richtiger als er selbst, der sich von Theorien blenden ließ. Was waren denn die kleinen Diebereien Anselms, die ihn beunruhigten, anderes als die kindische Abenteuerlust, die Sensation, die in der Angst vor der Gefahr der Entdeckung lag. Solche Streiche verübten ja auch die Knaben aus den besten Häusern, die treffliche Männer wurden. Übrigens — würde sein Einfluß über Anselms Vernunft nicht wachsen, wenn dieser sich in sicherer Sohnesstellung fühlen durfte? Ja — es war Zeit, daß eine grundlegende Veränderung in dem Verhältnis eintrat. Er würde am besten dazu einen anderen Wohnort wählen müssen — ein wirkliches Opfer für ihn, da er die schöne, heiter-künstlerische Stadt außerordentlich liebte. Gut! — Das Opfer mußte gebracht werden — es wäre lächerlich, wenn es ihm schwerfallen sollte. Er zweifelte nicht daran, daß es ihm gelingen würde, Rena Rupprecht zu einer Übersiedlung mit ihm zu bewegen. Vielleicht nach Rom oder Florenz — am liebsten Paris, einer Stadt jedenfalls, die Rena reizen müßte, das regelrechte Studium für eine gute Zeit zu unterbrechen oder ganz aufzugeben. Selbstverständlich keine gemeinsame Wohnung — nichts, was den guten Ruf des jungen Mädchens gefährden konnte — aber ein Gemeinschaftsleben zu dreien — ein Leben in einer Geistigkeit mit Überwindung des Geschlechtlichen, das er für gefährlich hielt ...

Diese beiden begabten, jungen Geschöpfe, Rena und Anselm, zu formen nach seinem Willen, ihre Geister seinen Idealen gefügig zu machen, das war wieder eine Aufgabe, die ihn reizte, über der er träumen konnte, ja die neues Feuer durch seine ermatteten Augen gießen würde.

Baron Rock stoppte den Wagen in der stillen, grün beschatteten Villenstraße vor der Haustür seiner Wohnung. Er war so tief in Zukunftsplänen versunken, daß er vergaß, das gewohnte Hupenzeichen zu geben, das Anselm herunterrufen sollte, um den Wagen in die Garage zu bringen. Als er mit wiedergewonnener Elastizität an der Portierloge vorüberging, wurde dort hastig das Fenster aufgerissen. Der Kopf der Hausmeisterin streckte sich weit heraus.

„Ah — der Herr Baron ..."

„Wünschen Sie etwas?" fragte Rock mit der kühl ablehnenden Stimme, die er gegen Untergebene anzunehmen pflegte.

„Nein, nein ... ich meine nur ..."

„Später, liebe Frau — ich bin eilig ..."

Er war schon auf der Treppe. Mit einem Krach flog das Fenster zu.

Plötzlich blieb Baron Rock stehen. Das Herz schlug ihm sehr stark. Er schüttelte den Kopf. Wie konnte er sich immer wieder mit dem Bauen von Luftschlössern befassen — obschon er doch wußte, daß er niemals die Kraft haben würde, sie in die Wirklichkeit umzusetzen. Unfruchtbar — unfruchtbar, murmelte er vor sich hin, indem er atemlos und schon wieder enttäuscht die letzten Stufen erstieg.

Er öffnete die Wohnungstür mit dem Drücker. Als er eintrat, empfing ihn ein widerlich süßer, ordinärer Duft, aus dem Parfüm, das er selbst zu benutzen pflegte, mit einem billigen, schalen Moschusgeruch gemischt. Er stieß die Tür zum Wohnzimmer auf: zwischen seinen Büchern die Reste eines üppigen Frühstücks, Weinflaschen, halb geleerte Gläser, Mokkatassen — die Kissen auf der Couch zerwühlt.

„Anselm", rief der Baron laut. Ein spitzer, hoher Schrei aus einer Frauenkehle antwortete. Im Korridor, der zum Badezimmer führte, fand Rock seinen Zögling, notdürftig bekleidet. Er stand vor der Tür, beide Arme ausgestreckt.

„Sie können nicht herein, ich habe Besuch", stotterte der Junge, glühheiß im Gesicht, mit wilden, feindseligen Augen.

Schweigend packte Rock seinen Arm und schleuderte ihn heftig zurück, so daß er taumelnd gegen die Wand flog. Neben der Wanne stand, von wohlriechenden Dämpfen umwallt, ein kindhaft kleines Mädchen, das sich bemühte, die mageren Glieder in Rocks Bademantel zu verbergen, der rings um sie her auf den nassen Fliesen schleppte.

„Ich habe Ihnen verboten, mein Haus zu betreten", schrie der Mann sie mit heiserer Stimme an. „Machen Sie sich fertig und verlassen Sie binnen einer Viertelstunde mein Haus." Er zog die Uhr: „Wenn Sie in einer Viertelstunde nicht verschwunden sind, rufe ich die Polizei."

Das Mädchen schluchzte auf. Anselm stand in der offenen Tür. „Ich begleite dich!"

Rock wandte den Kopf.

„Wenn du deiner Dirne folgst, sind wir geschiedene Leute", sagte er ruhiger, mit einer Stimme, die aus einem tiefen Abgrund zu kommen schien. „Besinne dich, was du aufgibst!"

Der Junge lachte in seiner Aufregung laut und grell. Er ballte die Fäuste gegen seinen Wohltäter.

„Ich weiß es, ich weiß es nur zu gut", schrie er. „Ja, ich ziehe sie vor! Liska, ich ziehe dich vor! Lieber mit dir zum Verbrecher werden", rief er mit einem dummen theatralischen Pathos, „als weiter in diesem Käfig gefüttert werden!"

Der Baron folgte mit schweren Schritten, indem er sich Haltung zu geben versuchte, folgte Anselm, der aus Schränken und Kommoden sein Eigentum herausriß. Rock hatte die Tür geschlossen.

„Anselm", sagte er ernst und ruhig, „besinne dich doch! Mach dir klar, was du in dieser Stunde aufgibst: ein Leben als freier, unabhängiger Mensch, eine Zukunft, die glänzend werden kann. Ich hatte Großes und Gutes mit dir vor, hast du das nie gefühlt?"

„Nein — Ihr Spielzeug war ich — weiter nichts. Das Mädchen habe ich lieb und gehe mit ihr. Sie wußten es doch, daß ich nicht von ihr lassen würde!"

„Ihr Zuhälter warst du, nennst du das Liebe?"

„Das verstehen Sie nicht! Was verstehen Sie überhaupt von unserer Welt!"

„Anscheinend wenig oder nichts — so geh denn!"

Als das Paar verschwunden war, saß Baron Rock lange schwer in sich zusammengesunken in dem zerwühlten Zimmer.

## XVI

Renate wartete in den nächsten Tagen ungeduldig auf ein Lebenszeichen ihres Freundes. Endlich rief sie ihn an, doch es erfolgte keine Antwort. Vom Amt wurde ihr die Nachricht, das Telefon von Baron Rock sei gesperrt. Eine Katastrophe — fühlte sie sofort. War sie ihm innerlich doch so fremd geblieben, daß er sie nicht für wert hielt, ihr Dinge, die ihn nah berühren mußten, mitzuteilen? Es schien doch während der gemeinsamen Fahrten sich eine menschliche Herzlichkeit angebahnt zu haben. Fürchtete sich der Überempfindliche schon vor dieser zarten und losen Bindung? Nun, sie würde gewiß nicht diejenige sein, die näher in sein Leben einzudringen begehrte, als er aus freiem Willen zuließ. Sie dachte an ihn — sie dachte fortwährend seiner und was er leiden würde. Denn es war ihr ziemlich sicher, daß es sich um eine Enttäuschung handelte, die er mit Anselm erlebt haben mochte. Was ging das alles sie an? Sie fühlte nur, wie fremd, ja unheimlich ihr plötzlich der Mann geworden war, den sie beinahe geliebt hätte.

Sie kam gegen Abend aus dem Lesesaal. Ein unerfreulicher Tag, lichtlos und schwül, von jener Sommermelancholie, die schlimmer ist als Sturm und Wetter des Herbstes. Hin und wieder fuhr ein unmotivierter Windstoß über das Pflaster und wirbelte Staubwolken auf. Rena ging ganz allein durch die breite Straße mit ihren gleichförmigen Häuserreihen, die ihr langweilig und traurig vorkamen. Sie fürchtete sich vor ihrer staubigen Dachstube, vor der Einsamkeit des langen Abends. Warum war sie hiergeblieben? Warum hatte sie all ihren bisherigen Umgang aufgegeben?

Ein Schritt kam hinter ihr. Aus einer Seitenstraße war der junge Mensch aufgetaucht. Sie hatte seiner nicht geachtet. Jetzt drehte sie sich nach ihm um. Sie fühlte Unbehagen, daß da jemand dicht hinter ihr ging in dieser traurigen Einsamkeit. Es war Anselm. Mit seinen graziösen, fast weiblichen Bewegungen ging er an ihr vorüber, stutzte, wendete sich zu ihr zurück und zog den kleinen Hut von dem weichen, hellen Haar.

„Gnädiges Fräulein . . .“

Sie antwortete nicht, wollte an ihm vorüber. Er vertrat ihr geschickt den Weg.

„Nur einen Augenblick. — Ich weiß nicht, ob Sie wissen, was zwischen mir und dem Baron vorgefallen ist.“

„Nein, ich kümmere mich nicht um Dienstbotenangelegenheiten meiner Bekannten“, sagte Rena hochmütig.

„Dienstbotenangelegenheiten“, wiederholte der Bursche. „Sein Sohn und Erbe, sein geistiger Jünger sollte ich werden“, prahlte er, und seine Augen, eben noch so sanft, verdunkelten sich in Haß und Zorn.

Er wurde nicht laut, er schrie nicht. Aber er hielt das Mädchen unter dem Bann dieses leidenschaftlichen Hasses fest.

„Wie einen Hund hat er mich hinausgeworfen, weil ich mich unterstand, das Mädchen, das ich liebhabe, schon von Kindheit an liebhabe, bei mir zu haben, während er sich mit Ihnen vergnügte."

„Unterstehen Sie sich", unterbrach ihn Renate. „Geben Sie den Weg frei, oder ich klingle am nächsten Haus und lasse die Polizei benachrichtigen."

Der Bursche zog den Mund schief. „Ich will Sie nicht beleidigen, nur darauf aufmerksam machen" — und seine Stimme wechselte zur Demut — „ob das gerecht war? Aus meiner Welt, in der ich mich wohl fühlte, hat er mich herausgerissen. Sein Geschöpf und Spielzeug sollte ich sein und weiter nichts. Lügen, heucheln mußte ich vom frühen Morgen bis zum späten Abend — oh, wenn ich reden wollte . . ."

Er hat ja recht, tausendmal recht, dachte Rena.

„Ich habe mich vergangen", begann Anselm wieder. „Welcher junge Mensch vergeht sich nicht einmal! Ich werde ihn um Verzeihung bitten, wenn er es verlangt. Nur hin und wieder muß ich die Kleine einmal sehen dürfen. Ich bin verrückt nach ihr. Können Sie nicht bei dem Baron für mich sprechen? Er hört doch auf Sie, Sie haben Einfluß — ich bitte Sie!"

„Sie irren sich", antwortete Rena kalt. „Ich weiß nicht einmal, wo Baron Rock sich gegenwärtig aufhält."

„Oh — die Post wird ihn schon finden. Meine Briefe an ihn sind bisher nicht zurückgekommen."

„Ein Zeichen", fiel Rena ein, „daß Baron Rock nichts mehr mit Ihnen zu tun haben will. Damit ist die Sache für mich erledigt."

Renate sah, wie die herabhängende Hand des Burschen sich ballte. Sein fahles Gesicht wurde plötzlich dunkelrot.

„So . . ." höhnte Anselm nun, „ich soll hier Abend für Abend vergebens auf Sie gewartet haben? Nein, gnädiges Fräulein, wenn Sie nicht vermitteln wollen, so rate ich Ihnen, warnen Sie Ihren lieben Freund, den Baron. Es könnte sein, daß er bald zu mir kommt, mich zu bitten, ihm sehr große, vernichtende Unannehmlichkeiten zu ersparen. Ich will ja nicht zu ihm zurückkehren — es würde sich nur um eine Geldsumme handeln für meine bei ihm verlorene Zeit. Denn ich habe vergebens versucht, eine passende Stellung zu finden."

Renate hob die Hand, als wollte sie etwas Lästiges von sich scheuchen.

„Sie sind ja ein gemeiner Erpresser! Gegen solche Leute gibt es noch eine Polizei; gehen Sie mir aus dem Wege", befahl sie scharf.

Anselm hob noch einmal den Hut und verschwand in derselben Gasse, aus der er aufgetaucht war. Der Baron sollte sich doch vor dem Bengel hüten, dachte Rena. Ich werde ihn nicht warnen. Was gehen mich diese dunklen, verworrenen Beziehungen an! Mag der Mann sehen, wie er mit dem Jungen fertig wird. Es sieht ja beinahe so aus, als sei er auf der Flucht vor ihm. Feige — feige —; ich habe es ja immer geahnt.

# XVII

Rena nahm nun das normale Studentenleben des letzten Winters wieder auf, geteilt zwischen fleißigem Studium, Kollegs, Seminar, leichtem Flirt mit dem Geheimrat und einigen Studenten, die ihr huldigten, ohne es gerade ernsthaft zu nehmen, und den üblichen Belustigungen. Zwischendurch kamen die Tage der Gleichgültigkeit, der Menschenverachtung, ja des völligen Ekels vor dem ganzen Treiben, in dem sie für sich keinen Zweck und vor allem kein Zukunftsziel erblickte.

Im Laufe des Herbstes kam ihre Mutter in Begleitung einer Verwandten auf der Durchreise nach Italien. „Die Trostreise aller Betrübten", meinte die Tochter achselzuckend zum Geheimrat, bei dessen Gattin sie zum Tee geladen waren. „Arme Mama — sie hat keinen Funken von Kunstliebe und erwartet Erhebung in den Museen — keinen Begriff von Religiosität und will sie beim Betrachten von Kirchen fühlen. Übrigens braucht sie gar keinen Trost, denn sie hat meinen Vater gar nicht mehr liebgehabt — wie hätte sie ihn sonst so quälen können!"

„Man soll Mütter und Väter nicht so scharf durchschauen, kleine Rupprecht", antwortete Kapeller.

„Ach, Gott — man sollte — was sollte man nicht . . ."

„Es wäre der Tod des Familienlebens. Und von ehelicher Liebe verstehen Sie wohl noch gar nichts?"

„Nein, das gebe ich zu. Nur — ich mag diese ganz besondere Art von Liebe nicht."

Der Geheimrat lächelte schmerzlich. Renate wurde von

ihrer Mutter aufgefordert, sie nach Italien zu begleiten. Entsetzt lehnte sie ab, schützte ihre Studien vor und daß ein solches Reisedasein sie zu hoffnungslosem Faulenzertum verlocken würde. Doch spürte sie einen etwas hilflosen Versuch der Mutter, ihr zu verzeihen, womöglich ihr Herz an sich zu ziehen, und bemühte sich während einer Woche, liebenswürdig zu sein. Es gelang ihr durch Schweigen. Frau Rupprecht fand ihre Tochter ernster und vertiefter. Sie horchte umher. Die Auskunft, die ihr Kapellers und andere Hochschullehrer gaben, war die beste. So reiste sie mit dem friedlichen Bewußtsein ab, Rena sei doch wohl noch nicht ganz zu den Verlorenen zu zählen, besonders da kein gefährlicher Mann in ihrer Nähe zu bemerken war.

Da Renate jetzt die Kollegs und die seminaristischen Übungen regelmäßig besuchte, führte der Studiengang sie auch wieder häufiger mit Thora Elsinger zusammen. Elsinger war ein Genie an Gedächtnis. Selbst die männlichen Studenten holten sich Rat und Auskunft bei diesem weiblichen Konversationslexikon. Zahlen, Daten, Stellen in den betreffenden Werken, alles, was zur nüchternen Seite der Wissenschaft gehörte, war ihr Feld. Gingen die Aufgaben, die ihr gestellt wurden, in tiefere Gedankengebiete über, so blieb sie zwar unangreifbar, doch flach. Ihr Fleiß verbürgte ihr demnach ein gutes Examen, zumal sie sich mit Klugheit nicht über die Grenzen, in denen sie Tüchtiges zu leisten imstande war, hinauswagte. Während Renate Rupprecht über alle Grenzen und Widerstände hinausschweifte, immer neue Gebiete an sich zu ziehen strebte und sie nach kurzem Eindringen mißmutig wieder fallen ließ, hielt Thora eisern an dem beschränkten Kreis des Wissens fest, den sie als Schulmeisterin höherer Art später brauchen würde. Die Vorträge des Professors Kapeller betrachtete sie für sich als Seitenfach, gewissermaßen als Luxus. Übrigens besuchte sie sie um der Form willen, in die Kapeller seine Darlegungen kleidete, denn er war ein Redner ersten Ranges.

Renate Rupprecht spottete eher über die gewählte hohe Art, in der der Geheimrat vortrug. Was sie fesselte, nicht losließ, war allein der Geist jenes früh-mittelalterlichen Zeitalters und seiner Menschen; es machte ihr Freude, in großen Räumen ihre Gedanken schweifen zu lassen, ahnend vieles zu begreifen, das ihr dann freilich wieder entschwebte und doch zuweilen, wie aus dem Nichts getaucht, eine Erkenntnis zurückließ, um die die meisten ihrer männlichen Kommilitonen sich vergeblich mühten, weil sie nur streng logisch jeden Schritt prüften, ehe sie ihn zu tun wagten.

Über solche Dinge unterhielt sie sich zuweilen gern mit Thora, und sie zergliederten beide die Grundverschiedenheiten ihres Wesens, ohne durch bürgerliche Schamhaftigkeit gehindert zu werden.

Nach einem schnellen Spaziergang über die abgeernteten Felder, umweht von dem Goldgeflatter der letzten Blätter von den Chausseebäumen und erfrischt von der herben Oktoberluft, saßen die Mädchen in einer kleinen Wirtsstube, in der das Eisenöfchen knatterte und alter Tabaksrauch aus Tischen, Stühlen und dem wurmstichigen, verschossenen Kanapee zu dringen schien, tranken dünnen Kaffee, aßen dickes Schmalzgebäck und philosophierten.

Die Kellnerin kam und fragte, ob die Damen noch etwas wünschten. Rena ließ Zigaretten bringen, wählte bedächtig und mißtrauisch. Sie bot Thora das Schächtelchen an. Beide rauchten versonnen und schweigend, einem ganz zarten Genuß hingegeben. Aus der großen Wirtsstube nebenan erscholl Gequieke und dröhnendes Gelächter.

„Wir bereden das Weltproblem, und die nebenan leben es", sagte Rena mit ihrem kleinen, ironischen Auflachen. „Aber, Elsinger, ich versteh' nicht. Man hält Sie doch allgemein für eine große Liebeskünstlerin."

„Ach!" Thora lachte gutmütig. „Das sieht nur so aus. Ist nicht richtig. Ich liebe nur meinen Ehrgeiz. Habe ich mich mit soviel Schweiß gegen soviel Widerstände bis hierher hinaufgearbeitet, will ich auch weiterkommen. Ewig kleine Lehrerin bleiben? Nein — unter Lyzeumsleiterin, vielleicht Regierungsrätin, Abgeordneter tue ich es nicht!"

„Verzeihen Sie, Thora — würde Ihnen da Ihr ... nun, Ihr Ruf nicht hinderlich sein?"

„Keineswegs. Im Gegenteil, Sie Kindchen! Er gibt Beziehungen. Männer sind dankbar, erinnern sich gern schöner Stunden. Und verstehen Sie doch — ich werde eine bessere Erzieherin werden als tausend andere, weil ich das Leben kenne, um das Weib mehr weiß als die Tugendhaften."

„Sonderbar. Vielleicht haben Sie recht. Und Lippus?"

„Ach ja, Lippus ... Sein Vater ist Oberschulrat."

„Das erklärt Ihre Verlobung!"

„Zum Teil. Es ist der einzige Weg, den Alten persönlich kennenzulernen. Ich mußte auch der Geheimrätin den

Gefallen tun und, wie sie sich ausdrückt, einen Strich unter die kleinen Flirts machen."

„Sagen Sie nichts gegen die Geheimrätin. Sie ist eine liebe Frau."

Thora machte eine drollige kleine Handbewegung, die sagen sollte: Ich ehre diese Empfindungen!

Dann stützte sie den goldblonden Schwedenkopf in die Hand. „Wenn ich nur durchhalten werde ... Bin so sehr an Abwechslung gewöhnt. Und Lippus ..." Sie seufzte, wandte dann ihren Kopf näher zu Renate und flüsterte, als teile sie ihr ein schreckliches Geheimnis mit: „Wissen Sie, er ist ein Idealist ... das ist furchtbar!"

„Ich ahnte so etwas", sagte Rena gelassen.

„Ja, nun triumphieren Sie! Daß mich auch der Reiz verführte, Sie ein bißchen zu ärgern, indem ich den Jungen zu mir herüberlockte!"

„Ärgern ...? Ich wollte ihn doch nicht ..."

„Ach, Rupprecht — wenn Sie Ihre kleine, komische Nase so hochmütig in die Luft reckten, sobald Sie uns beide zu Gesicht bekamen, sah doch der ganze Hörsaal, daß Sie sich ärgerten. Und nun werden Sie glührot vor Zorn. Nein, Liebes, ich habe doch meine Strafe zu tragen, also nicht böse sein, nicht wahr? Sie haben keine Ahnung, mit welchen Forderungen solch ein Idealist einem jede nette Stunde verbittert! Unbedingte Wahrhaftigkeit ... ach, das ist noch das wenigste, was er von mir fordert ... Lassen wir das andere im Dunkel. Lieber den abgefeimtesten Weltmann und Zyniker als den Idealisten! Langweilig ... langweilig ... ich ertrage ihn nicht länger!"

Thora war aufgesprungen, die Leidenschaft brach aus ihr hervor, die grob und gierig doch hinter aller angenommenen Kälte saß. „Ich hasse den Taps. Und ich will ihn betrügen für all seine dummen Quälereien!“

Da haben wir's, dachte Rena. Was ist nun mit dem ehrgeizigen Lebensplan — sie wird sich noch alles verderben. Sie war klug genug, nichts von diesen Gedanken verlauten zu lassen. Nur die Frauen bleiben stark, die keinerlei Art von Gefühl über sich Herr werden lassen, gingen ihre Gedanken weiter, auch nicht die Sinnlichkeit ... auch nicht den Ehrgeiz ... Aber wie öde ist dann das Leben ... wie grenzenlos öde!

## XVIII

In kurzen Abständen erhielt Rena zwei Briefe desselben Inhalts, den zweiten dringender als den ersten, in dem sie aufgefordert wurde, eine bestimmte, nicht allzu kleine, aber auch nicht übermäßig hohe Summe Geldes in dem Astloch eines hohlen Baumes an einer verborgenen Stelle des großen öffentlichen Parks, die ihr genau bezeichnet war, zu hinterlegen, falls ihr an dem Rufe, ja dem Leben ihres Freundes, des Barons von Rock, noch irgend etwas gelegen sei.

Die Handschrift besaß eine auffallende Ähnlichkeit mit der des Barons. Es schien diese nicht ungeschickt nachgeahmt, und so war denn der Absender leicht zu erraten.

Sonderbar — dachte Rena, ich habe doch nie geglaubt,

daß solche Dinge aus der Welt des Films und der Detektivromane heraustreten und Wirklichkeit werden könnten.

Sie dachte es mit einer nicht unangenehmen Spannung, als sei sie einer gewissen Ehre gewürdigt worden. Den ersten Brief ließ sie unbeantwortet. Beim zweiten wurde die Neugier in ihr überwältigend. Sie schrieb auf ein kleines Blatt die Worte: „Die Polizei ist benachrichtigt", und steckte es in ein Geschäftskuvert. Dann machte sie sich in früher Winterdämmerung auf den Weg zu der bezeichneten Buche. Eine abenteuerliche Stimmung erfüllte sie mit leisem Grauen. Vielleicht werde ich dort ermordet, dachte sie. Ohne wirklich an diese Möglichkeit zu glauben, sah sie ein Bild vor sich: sie selbst auf dünner Schneedecke, ein roter Streifen Blut am Hals entlang auf den Schnee rieselnd. Polizisten um sie stehend, einer von ihnen hielt sonderbarerweise ihren Pelz in der Hand. Während sie noch dabei war, sich dieses greuliche Bild auszumalen, hob sie die Augen, sah ein Mädchen ihr entgegenkommen, fast noch ein Kind, in einem vertragenen Frühjahrskostüm, einen zerfransten Fuchs um den Hals. Ein schmales Gesicht, auf dessen grauer Blässe zwei rote Schminktupfen und ein himbeerroter Mund sonderbar unwahrscheinlich wirkten. Rena durchfuhr es: sah ihr dieses Mädchen nicht in irgendeiner Weise ähnlich? Die witternde, ein wenig nach oben strebende, feine Nase? Jünger war sie, und doch erschien ihr das Gesicht um tausend Jahre älter. Was hatte solche Erscheinung im nassen Nebel des einsamen Parkweges zu suchen? Hier konnte sie auf keinen Männerfang hoffen. Die beiden Mädchen sahen sich einen Augenblick scharf in die Augen. Rena ging, ihren Schritt beschleunigend, schnell vorüber, blieb plötzlich stehen und wendete den Kopf zurück. Die Kleine war zugleich stehengeblieben, hatte sich nach Rena umgedreht und streckte ihr mit einem unsagbar frechen Ausdruck die Zunge heraus.

Widerlich — widerlich — und: wäre ich doch nicht gekommen, dachte Rena, von jäher Angst ergriffen, dieses Mädchen, fast noch ein Kind, wie etwas Schreckliches im Rücken fühlend. Sie biß die Zähne zusammen, schritt fest auftretend und langsam, weil sie keine Eile zeigen wollte, in den verwachsenen Weg. Es dünstete aus ihm nach faulendem Laub und verwesenden Pilzen. Der Nebel hing hier düster im Gebüsch. Rena sah die große Buche mit dem bezeichneten Astloch, schob den Brief hinein und lief, nachdem sie ein Blick überzeugt hatte, daß das unheimliche Kind ihr nicht gefolgt war, den Pfad hinunter, der sie zwar auf einem Umweg, aber doch zuletzt in die breiteren, begangeneren Wege des Parkes zurückführte. Erhitzt und frierend blieb sie stehen und spottete über ihre alberne Furcht. Was war das weiter — ein armes, hungerndes Dirndchen, das geschwankt hatte, ob es sie anbetteln sollte, und seiner Enttäuschung über die eigene Unsicherheit in dieser kindischen Weise Luft gemacht hatte.

Sie wurde seit diesem Tage von keiner Seite mehr belästigt.

*

Gegen Ende des Winters durchlief das Gerücht von einem Morde die Stadt. Ein altes, gebrechliches Weib, das allein ein Stübchen bewohnte, war erwürgt in seinem

Bette gefunden worden. Man hatte das Zimmer durchwühlt, einige wertlose Schmucksachen waren entwendet, dazu ein Sparkassenbuch und zweihundert Mark, die die Alte am Tage zuvor von dem Geldbriefträger in Empfang genommen hatte. Der Fall wurde schnell aufgeklärt. Die Getötete war die langjährige Köchin des Barons von Rock — der Verdacht des Mordes richtete sich sofort gegen den jungen Diener des Barons, der sich seit einiger Zeit obdachlos umhertrieb, da seine Mutter, eine bekannte Kokotte, ihm die Tür gewiesen hatte. Die Polizei war bereits auf den Burschen aufmerksam geworden.

Die Beschreibung aller Einzelheiten der Tat füllte die Spalten der Zeitung: Die Nachbarn hatten einen schönen, jungen Menschen von auffallender Eleganz schon im Herbst verschiedene Male bei der alten Frau eintreten sehen und heftige Streitworte gehört. Ein kindhaftes, verlorenes Geschöpf hatte in letzter Zeit fast täglich das Haus umstrichen, wie sich jetzt herausstellte, um den Tag zu erkunden, an dem die Monatsrente für die alte Frau von ihrem früheren Herrn einzutreffen pflegte.

Anselm und seine jugendliche Geliebte, die ihm alle Arten von Helferdiensten geleistet hatte, waren sofort verhaftet worden.

Renate verschlang jede neue Nachricht in den Blättern und pries ihre Vorsicht, von den Erpresserbriefen des jungen Verbrechers niemand etwas gesagt zu haben. Trotzdem erwartete sie täglich, als Zeugin über irgendwelche Einzelheiten vernommen zu werden. Das wäre ihr nun freilich abscheulich gewesen.

Doch es schien, als sei ihr Verkehr mit dem Einsiedler wenig bekannt geworden. Und was konnte sie auch Entscheidendes aussagen?

Einmal noch sollte sie den Baron wiedersehen. Sie saß bei ihrer Arbeit, schlug Bücher auf und zu, suchte nach Belegen und Erläuterungen. Draußen rauschte ein hartnäckiger Regen hernieder. Als es gegen acht Uhr an der Wohnungstür läutete, ging Rena, da ihre Wirtin das Haus verlassen hatte, auf den Flur, um zu öffnen. Draußen stand, den Kragen seines durchnäßten Wintermantels hochgeschlagen, den Hut tief in die Stirn gezogen, Baron Rock.

„Darf ich mich bei Ihnen ausruhen und um eine Tasse Tee bitten?" fragte er mit einer leisen, müden Stimme, die sie rührte, so daß sie ihn schnell ins warme Zimmer führte und ihn nötigte, den Mantel abzulegen.

Er schüttelte sich, hielt seine kalten Hände gegen den Ofen. „Ich wollte in einem Café warten, bis — aber Sie verstehen wohl — es ging nicht, heut, wo jeder Pikkolo sich das Recht anmaßt, mich anzustarren."

Rena neigte den Kopf, sie begriff — er war zur Zeugenaussage aufs Kriminalamt geladen. Und sie wußte genau, was dieser Gang für einen Menschen wie ihn zu bedeuten hatte.

Sie rückte einen Korbstuhl in die warme, dämmrige Ofenecke, belegte ihn mit Kissen, nötigte den unter Frostschauern zitternden Mann hinein, ohne zu reden. Wie sieht er nur aus, dachte sie, wie ein Mensch, der eine schwere Krankheit durchlitten hat und weiß, daß er von ihr nicht wieder gesund werden kann! Der Anzug, der ihm sonst tadellos zu sitzen pflegte, hing lose und in ungebügelten Falten um seine Glieder. Der schöne, strenge Mund war verfallen wie der Mund eines Greises.

„Ich halte Sie für vorurteilsfrei genug", sagte er erregt, „um mich einige Abendstunden bei sich zu beherbergen. Etwa bis Mitternacht? In der Geisterstunde werde ich Sie von mir befreien."

„Sie sind mein Freund", sagte Rena mit freundlicher Selbstverständlichkeit und fühlte zugleich: er ist es längst nicht mehr — wie ferne ist er schon, umhüllt von seinem eigenen Leid — und wie schauerlich fremd, unsympathisch ist mir dieser Kummer!

Sie rückte Rauchzeug in seine Nähe, ging ab und zu, Wasser zu kochen, ihm Tee zu bereiten, holte Rum und schnitt einige kleine Brötchen.

Der Baron saß still, mit geschlossenen Augen, die in braunen Schatten lagen. Renate sah, wie die Lider leicht erzitterten. Seine Stiefel waren kotig, er mußte wohl lange planlos umhergelaufen sein — oder hatte er die schrecklichen notwendigen Gänge getan, die der Tod seiner armen alten Hausverwalterin von ihm forderte?

Als Rena ein Tischchen mit dem Tee neben ihn stellte und er auf ihr Zureden einige Schlucke genommen hatte, war es, als habe er ihre Gedanken erraten.

„Verzeihen Sie", sagte er mit einem schweren Lächeln, „ich komme wie ein Strolch zu Ihnen . . . mußte vieles erledigen . . ."

„Sie hatte nichts mehr vom Leben zu erwarten, die

arme, alte Frau", sagte Rena, mehr, um vom eigentlichen Thema abzurücken, als um zu trösten.

Der Mann antwortete auch gleich. Scharf und hart war seine Stimme: „Sie ist im Entsetzen zugrunde gegangen . . . das ist meine Schuld, und ich habe damit fertig zu werden."

Nach einer längeren Weile, als der Mann den Tee mit dem Rum getrunken und einige Bissen gegessen hatte, schien er sich von seiner Erschöpfung etwas zu erholen.

„Drei Stunden haben sie mich auf dem Kriminalamt mit Fragen gepeinigt . . . meist so unnötigen . . . es war, als ob sie mit langen Nadeln auf mich eindrangen: Gespenster aus der Kindheit, längst überwunden, bohrten sie aus mir heraus." Er stöhnte. „Und dann holten sie den Jungen, stellten ihn mir gegenüber, zwischen zwei widerlichen, brutalen Kerls . . . ach . . . vielleicht waren sie gar nicht brutal . . . und ich sah sie nur so. Rena, was ist aus Anselm geworden . . . in der kurzen Zeit . . ."

„Baron, übertreiben Sie jetzt das Mitleid nicht", sagte Rena hell und hart. — „Sie haben den Bengel immer falsch gesehen . . . er ist der geborene Verbrecher."

„Er hungerte . . .", sagte Rock leise. „Vor dem Richter hat er ausgesagt, er habe es nicht mehr ertragen können, daß sein Mädchen auf die Straße ging . . . so hätten sie jeden Verdienst verloren."

Rena biß sich auf die Lippen. „Baron . . . ich glaube, dieser Junge weiß mehr von der Liebe als wir beide."

Rock schüttelte den Kopf.

„Ja, doch!" sagte Rena. „Er mag eine Verbrechernatur

sein, aber um seiner Geliebten willen hat er ein reiches, bequemes Leben aufgegeben, auf eine glänzende Zukunft verzichtet. Er wußte wohl nicht, was er tat ... aber die ganz große Liebe ... der Dämon ... handelt wohl immer blind und toll ... Sie haben ihn hungern lassen ... ich habe seine Bitte um Vermittlung kaltherzig abgewiesen ... wir sind alle drei schuldig geworden."

„Ich hoffte, ihn auf diese Weise zu mir zurückzuzwingen. Habe doch lange auf ihn gewartet ... Als er mit diesen Erpresserbriefen begann, das kleine Untier zu mir schickte, statt selbst zu kommen, da packte mich der Ekel."

„Oder die Eifersucht ..."

„Renate!"

„Sie haben mich belogen, Baron", sagte das Mädchen und tauchte in diesem Augenblick wieder auf aus dem ihr ungewohnten Mitleid zu ihrer kühlen Vernunft. „Sie waren verliebt in seine zarte Schönheit und in Ihren eigenen Traum, den Sie um ihn spannen. Darum verließ Sie diesem Anselm gegenüber jede Vernunft, und Sie sahen alles an ihm und um ihn in falscher Beleuchtung ... Mir haben Sie gesprochen von der Erziehung zur höchsten geistigen Klarheit, zur Sachlichkeit und zu dem herrlichen Zustand, wenn man jeden Ansatz zur Liebe in sich überwunden habe. Und ich habe Ihnen geglaubt ... und dabei doch gefühlt, wie Ihre Gedanken immer nur um ihn strichen."

Rock saß zusammengesunken in seinem Stuhl. Rena hatte plötzlich den Eindruck, er höre ihr nicht mehr zu, und schwieg mitten im Satz.

„Wann ist die Hauptverhandlung?“ fragte sie nach einer Weile.

Der Mann schrak auf. „Weiß nicht, ist mir auch gleichgültig. Da der Junge noch nicht achtzehn Jahre alt ist, wird seine Strafe verhältnismäßig leicht ausfallen. Verloren ist er ja doch für alle Zeit. Rena ... auf seinem Gesicht las ich die Bereitschaft zu jeder Lüge, zum Meineid, wenn man einen Angeklagten zum Eide zuließe. Ich kann ihn nicht wiedersehen, ich kann einen Menschen, den ich Sohn nennen wollte, nicht auf der Anklagebank sehen.“

„Werden Sie nicht strafbar, wenn Sie als Hauptzeuge fehlen?“

Der Baron machte eine müde Handbewegung. „Was liegt daran? Heut nacht bringt mich ein Freund in seinem Flugzeug über die Grenze. Dann mögen sie mich suchen.“ Er lachte höhnisch. „Dieser Gerichtsszene kann und will ich nicht beiwohnen.“

Auf diese Weise erklärt er sich ja schuldig, bestätigt Anselms Verleumdungen, dachte das Mädchen. Sie wagte es nicht auszusprechen. Dieser Mann hatte genug gelitten. Mochte er seinen Sternen folgen.

„Ich werde Sie nun verlassen, kleine Rena“, sagte von Rock sanft. „Der Weg zum Flugplatz ist weit ... In den Klüften des Himalaya liegt ein altes, vornehmes Buddhistenkloster ... dorthin gelangt keine deutsche Gerichtsbarkeit. Dort waltet die Stille derer, die in der Abtötung der Wünsche und Träume zum Nichts hinüberstreben. Dort denke auch ich zum Frieden zu kommen. Ich habe Ihnen stets nur flüchtig von meiner Neigung zu der

Lehre des Erhabenen gesprochen. Sie war stärker und tiefer in mir, als ich selbst es wußte. Das habe ich in den letzten Wochen gespürt. Sie waren noch nicht so weit. Sie gehören noch ganz dem tätigen Leben an. Vielleicht begegnen wir uns auf einer späteren Ebene. Europa sieht mich nicht wieder."

Baron von Rock saß noch eine Weile schweigend in seinem Stuhl, als könne er sich nicht entschließen, den kleinen freundlichen Arbeitsraum zu verlassen. Dann erhob er sich, griff nach seinem feuchten Mantel und dem durchnäßten Hut. Rena öffnete das Fenster. Eine heftige Regenbö prasselte ihr entgegen. Am Himmel war ein Jagen zerfetzter Wolken.

„Sie werden eine schlimme Fahrt haben", sagte sie leise.

„Tut nichts. Wir steigen über die Wolken."

Beide schauten sich in die Augen, lange und ernst.

„Ich danke Ihnen für jede gute Stunde, die Sie mir schenkten", sagte der Mann, nahm ihre Hand und drückte sie fest.

„Hilarius", flüsterte das Mädchen mit einem Aufblitzen ihrer alten Spottlust. So zauberte sie doch noch ein Lächeln auf sein schönes, ernstes Gesicht.

Rena trat vom Flur langsam in ihr Zimmer. „Vorüber", sagte sie laut und schloß das Fenster.

# XIX

Nach den Osterferien kehrte Renate Rupprecht nicht mehr auf die Universität zurück. Ihr Fehlen hinterließ eine Zeitlang eine fühlbare Lücke in dem Kreise um den Geheimrat Kapeller. Sie hatte von niemand Abschied genommen. Karten, die unter der Adresse ihrer früheren Wohnung nach ihrem Verbleib fragten, blieben unbeantwortet. Es schien fast, als habe sie das Studium überhaupt aufgegeben. Die jungen Leute fragten sich untereinander, was das begabte Mädchen, das schon so schöne Erfolge aufzuweisen hatte, zu diesem Entschluß getrieben haben konnte. Auch Geheimrat Kapeller legte sich diese Frage vor.

Das junge Hähnchen, wie einer der jüngsten Musensöhne um seiner krähenden Stimme wegen genannt wurde, behauptete, dem Mädchen einmal auf einem Waldwege der Vorberge begegnet zu sein, munter auf einem grauen Eselchen dahergaloppierend und seinen eiligen Gruß völlig übersehend. Aber diese Begegnung schien in ihrer Form allzu unwahrscheinlich, um geglaubt zu werden. Der Kleine war Fräulein Renate sehr zugetan gewesen, und so wurde diese Begegnung mehr als eine jugendlich verliebte Träumerei denn als wirkliches Erlebnis aufgefaßt.

Professor Kapeller war zu tief verletzt, um sich etwa bei Ludowika Hoffpauer nach dem Verbleib ihrer Kusine zu erkundigen. Er machte in diesem Sommer eine längere Forschungsreise nach Konstantinopel und Kleinasien, die ihn auch für einen Teil des Winters an diesen Stätten festhielt. Es war erst im Hochsommer übernächsten Jahres, als er mit seiner Frau sein Häuschen am See wieder bezog und seine weiten Fußwanderungen aufnahm. Auf einer solchen Wanderung war es, daß er noch in früher Morgenstunde einem kleinen, mit Gemüse und Blumen beladenen, von einem Eselchen gezogenen Fuhrwerk begegnete, das von einem Mädchen in buntem Kopftuch mit vielem Hüh und Hott und Geklingel am Zaumzeug des Tieres in munterem Trabe an ihm vorbeigelenkt wurde.

Der Gelehrte blieb stehen, sich des hübschen Bildes zu erfreuen. Da wandte das Mädchen den Kopf, zog die Zügel an und grüßte lächelnd mit der Peitsche. Nun erst erkannte Kapeller Renate Rupprecht, und in der gleichen Sekunde zuckten Schmerz und Lust durch sein Herz. So jung war die Empfindung für dieses Mädchen immer noch? Er rief sie an und reichte die Hand zu ihr hinauf. Sie beugte sich von ihrem hohen Sitz zu ihm herab und streckte ihm die ihrige entgegen.

„Lieber Herr Geheimrat, sind Sie wieder im Lande? Das ist schön! Ich habe immer gehofft, Ihnen einmal auf dieser Strecke zu begegnen, wenn ich des Morgens mein Gemüse und meine Blumen auf den Markt zur Stadt fuhr. Sind Sie mir sehr böse, daß ich der Wissenschaft Lebewohl gesagt und mich den Früchten des Feldes zugewandt habe?“ fragte sie lustig.

„Der Wechsel scheint Ihnen gut bekommen zu sein“, sagte der Geheimrat verwirrt, „aber es tut mir leid, sehr leid! Sie hätten etwas Tüchtiges leisten können, wenn Sie Ihren Willen auf ein Ziel gerichtet hätten.“

„Ach, das alte, dürre Zeug", rief Rena, „mich dürstete nach Leben."

„Auch in der Wissenschaft ist Leben", sagte der Geheimrat ernst.

„Ja", meinte Rena und zog die Zügel des ungeduldig vorwärts strebenden Tieres fester an, „für Sie gewiß, denn Sie sind wirklich bis zu den Lebensquellen der Wissenschaft gedrungen. Aber das Brunnenhäuschen zu diesen Quellen hätte sich mir nie geöffnet. Das ist der Unterschied!"

„Und Sie sind jetzt befriedigt bei dieser ländlichen Beschäftigung?" fragte der Geheimrat.

„Vorläufig ja, und was ist nicht vorläufig in unserem augenblicklichen Leben? Wollen Sie mich einmal besuchen in meiner jetzigen Behausung?"

„In Ihrer Eremitenklause, Hilaria?" fragte Kapeller mit sonderbarem Lächeln.

Rena senkte die Wimpern. Ihr sonnenbraunes, rotwangiges kleines Gesicht wurde für einen Augenblick ernst. Vielleicht sollte sie doch nicht wieder an die alte Zeit anknüpfen, die ihr schon undenkliche Jahre zurückzuliegen schien. Nun, man sollte nicht feige sein, und vielleicht war diese Absonderung nichts als Feigheit und ließ sich am Ende gar nicht für ewig durchführen.

„Meine Klause ist eine Zweisiedelei und liegt in keiner Wüsteneinsamkeit, sondern, wie Sie an ihren Erzeugnissen sehen, auf fruchtbarem Ackerboden, gar nicht sehr weit von hier. Kennen Sie die Gärtnerei von Fräulein Zum Tal? Am Ende des Sees, dort, wo er nicht mehr elegant ist? Ich bin ihr Lehrling und zugleich ihr Kompagnon geworden. Erinnern Sie sich noch, daß ich Sie eimal fragte, ob man sich wohl von seinem geistigen Sonderlingswesen durch den eigenen Willen erlösen könne? Sie meinten damals, es sei Stoff zu einer Doktorarbeit. Ich versuche es auf praktischem Wege ... Ach, du, Grauling, stillgestanden! Nein, er will nicht! Also auf Wiedersehen!" Das ungeduldige Tier setzte sich in heftigen Trab, sie winkte zurück und war schnell in einer Staubwolke verschwunden.

Der Geheimrat ließ keine Woche verstreichen, ehe er sich zu einem Besuch in der Gärtnerei am See entschloß. Er wählte den bequemeren Wasserweg, sah von dem kleinen weißen Dampfer aus die breit hingelagerten, regelmäßig gezogenen Beete der Gärtnerei und den wunderlichen Eisenbahnwagen, von wildem Wein umrankt, der ihm schon früher aufgefallen war. In seiner Nähe, etwas weiter hinab zum Wasser, stand ein schmuckes Holzhäuschen. Von Blumen umgeben, schien es die jetzige Behausung der beiden Damen zu sein. Der Geheimrat ging den kleinen Weg von der Dampferstation aus zurück und läutete an der rostigen Klingel, wurde vom Gebell eines kleinen weißen Terriers mit schwarzen Spitzöhrchen und vom Grinsen des blödsinnigen Knaben empfangen, genau wie es einst Rena geschehen war. Er fühlte sich froh und jugendlich, schritt elastisch den Mittelweg zwischen großen, blühenden Rosenbüschen entlang zu dem Gewächshaus, in das der Bursche ihn gewiesen. Er fand seine einstige Schülerin in einem hellen Kittel, die Arme gebräunt und mit geschickten Händen beschäftigt, winzige grüne Pflänzchen, die gedrängt in einem Treibkasten wuchsen, in einen größeren zu verpflanzen, zu „pikieren", wie die Gärtnersprache lautet. Rena erklärte ihm dieses sofort mit kindlicher Wichtigkeit, auch daß die Pflanzen verdorren würden, wenn sie jetzt ihre Arbeit unterbräche, und so müsse er sich schon einen Schemel herbeiziehen und warten, bis sie fertig sei.

Auf dem kleinen Hocker saß nun der berühmte Gelehrte und beobachtete mit Interesse, wie seine frühere Schülerin mit geschickten Fingerspitzen ein Pflänzchen nach dem andern aus brauner Erde zog und seine fadendünnen weißen Würzelchen in einen zweiten Kasten mit neuer brauner Erde einsenkte. Sonderbar ... mit welcher zarten Vorsicht, ja mit welcher Liebe dieses Mädchen, dessen Wort Menschen schonungslos verletzen konnte, die Keimblättchen dieser Sämlinge behandelte, damit keines verlorenginge ...

Der alternde Mann blickte gerührt auf das eigenwillige Profil, auf die kleinen Schweißtröpfchen, die sich im Eifer der Arbeit um das drollige Näschen sammelten, auf die weiche Wange, die sich voller gerundet hatte und die warme Tönung eines reifen Pfirsichs trug. Ein Strom von Liebe zu diesem Mädchen flutete durch sein Blut, sein Herz ... er fühlte ein neues Leben bis in die Zehen, bis in die Fingerspitzen beben. Und wie er auf die kleinen, runden Hände sah, die so allerliebst mit den Winzigkeiten dieser Pflänzchen umgingen, stieg überwältigend der Wunsch in dem Manne auf: Dieses Mädchen als Mutter sehen ... Mutter seines Kindes ... welche Lebenserfüllung ... welche Wonne des Daseins!

Das Gefühl ergriff ihn so mächtig, daß er nicht weiter zu plaudern vermochte, und Rena schien auch kein Verlangen danach zu haben ... vertieft in ihre Arbeit, die ihre ganze Aufmerksamkeit erforderte, bis sie vollendet war, der letzte Alpenveilchen-Sämling sein Plätzchen gefunden hatte, wo er sich ausbreiten und entwickeln konnte. Dann sprang sie auf, schüttelte die Erde von ihrem blauen Leinenkittel und rief dabei fröhlich: „Nun muß ich Ihnen meine Kakteen-Kinderstube zeigen ... überhaupt müssen Sie meine ganze kleine Welt kennenlernen ... Wenn Sie mögen?"

„Ich habe einmal daran gedacht, Sie als meinen Famulus auf meine Orientreise mitzunehmen, Fräulein Rena ... wäre das nicht auch schön gewesen?" Der Geheimrat sagte es mit eigentümlich stiller, dunkler Stimme, als rede er mehr zu sich selbst als zu seiner Begleiterin.

„Oh ... ehrenvoll und schön", rief diese. „Aber was man sich selbst geschaffen hat, liebt man doch wohl am meisten. Sie sollen sehen!"

„Traten Sie hier nicht auch als Lehrling ein?" fragte Kapeller, ein wenig verletzt.

„Gewiß ... als Lehrling ... und zugleich als Kompagnon. Durch den Verkauf unseres Hauses und der Fabrik hatte ich über eine hübsche Summe Geldes zu verfügen. Und Fräulein Zum Tal brauchte dringend Kapital zur Erweiterung des Geschäfts. So kamen unsere Interessen zusammen ... und die Sympathien auch. Wir passen gut zueinander in sachlicher Arbeit ... wollen nichts weiter ... und haben uns doch auf unsere Weise gern."

„Und das befriedigt Sie, Fräulein Rena, muß ich noch einmal fragen?"

„Gewiß! Ich war noch nie im Leben so zufrieden wie hier auf unserm kleinen Besitztum."

Rena spülte sich während dieser Beteuerung die Hände unter dem Wasserhahn, trocknete sie mit grobem Handtuch und schaute dem Geheimrat fröhlich in das faltige, geistvolle Gesicht.

Da er nicht allzuviel Begeisterung für die Kakteen zeigte, führte ihn Rena bald aus dem Warmhaus in die freie Luft des heiteren Sommernachmittags.

Der Juni ist eine hohe Zeit für den Gärtner. In keinem Monat des Jahres treibt und blüht und reift und schwillt es so kraftvoll aus dem Boden durch alle Adern der Natur, die zur Reife drängt, ohne noch Spuren des Verwelkens zu zeigen. Die großen Rosenbüsche waren mit weißen und rosigen Blüten überschäumt. An den Drahtbögen, welche die Teile des Gartens voneinander schieden, kletterten die Blüten wie in stummem Jubel empor. Lange Reihen von Johannisbeeren begannen sich zu röten. Die kleinen Stachelbeerbäume waren voll gelblicher Früchte. An den alten Kirschbäumen strotzten die Zweige von purpurner und schwärzlicher blanker Früchtelast. Und wie es aus den Erdbeerbeeten duftete, wo die sorglich auf brauner Lohe gebreiteten Früchte in üppigster Reife prangten! Hier kauerten zwei alte Weibchen und sammelten die Ernte vorsichtig in Spankörbe ein. „Ihr sollt doch Blätter zwischen jede Schicht legen", rief Rena ihnen im Vorübergehen zu. Die langen Gemüserabatten wurden von einem jungen

Mann mit langen Gartenschläuchen berieselt. Er sah auf. Ein scharfer Blick aus stahlgrauen Augen traf den Geheimrat.

„Das ist kein Arbeiter?" fragte dieser leise, nachdem sie vorübergegangen waren.

„Nein. Es ist der Bruder meiner Freundin. Er hat es nicht gern, wenn man ihn bei seiner Arbeit beobachtet. Sie treffen ihn wohl nachher bei uns im Haus. Der arme Kerl ist etwas zerrüttet. Vor kurzem ist das Gut seiner Väter unter den Hammer gekommen, fünfhundert Jahre in der Familie, und er hat so tapfer gekämpft, das Unheil aufzuhalten!"

„Das muß einen Mann wohl bis ins Herz treffen", sagte der Geheimrat ernst und dachte dabei: sie sagt es gleichgültig, doch zittert Mitleid in ihrer Stimme.

„Er wohnt jetzt hier bei Ihnen?"

„Er haust im Eisenbahnwagen, und Gertrud ist zu mir ins Haus gezogen. So hat denn jeder sein Reich für sich. Wir sind Einsamkeitsmenschen alle drei, und so gern ich Gertrud habe, ich könnte mich nicht hineinfinden, mit ihr das Schlafzimmer zu teilen, sie wohl ebensowenig."

Der Geheimrat murmelte etwas Undeutliches, auf das Renate nicht weiter achtete, denn sie mußte ihm nun alles zeigen, was ihr sehenswert erschien. Vor dem riesigen Komposthaufen blieb sie stehen und erklärte, daß sie neuerdings eine völlig veränderte Art in der Behandlung dieser wichtigen Materie verfolgten. Während dem Kompost früher Mineralien zugesetzt wurden, behandelten sie ihn jetzt mit Pflanzensäften und hofften damit famose Resultate zu erzielen. „Während er früher vier Jahre lagern mußte, bekommt er jetzt Baldrianabsud und andere Pflanzensäfte zu trinken und ist dann schon in zwei Jahren ein guter, lockerer Dünger!" Der Geheimrat schüttelte erstaunt den Kopf. Willig ließ er sich auch auf den Hühnerhof führen, in den Stall zum Eselchen und zu der gescheckten Kuh, die soeben von dem grinsenden Seppl durch die Hintertür aus dem Walde hereingeführt wurde. Renate hatte den Arm um das große, schwere Tier gelegt und klopfte ihm liebevoll den hellbraunen Rücken.

„Ich glaube", sagte sie dabei sinnend, „bei Pflanzen und Tieren muß man wohl anfangen, wenn man Mensch werden will. Ob es mir je gelingt?"

„Ich beginne, Sie zu verstehen", antwortete der Geheimrat, „anfangs schien mir dies alles nur eine Laune. Aber Sie haben wohl recht. Mir quillt inneres Leben aus der Erkenntnis, Ihnen wird nur die Tat zum Leben."

Sie nickte ihm zu und führte ihn dann auf dem nächsten Wege zu dem Holzhause, wo Gertrud Zum Tal in der Veranda mit einem kleinen Imbiß auf sie wartete. Eine Schüssel mit frisch gepflückten Erdbeeren bot sich malerisch auf bunter Leinendecke. Schwarzes Brot und Butter daneben, ein Krug Milch und eine Flasche leichten Moselweins waren zur Auswahl vorhanden. Der Geheimrat streckte sich behaglich in seinen Korbstuhl und meinte: „Das war eine gelungene Fahrt! Ich werde mit einer Fülle von neuen Kenntnissen nach Hause kommen. Also Baldriantee ... das werde ich gleich meiner Frau erzählen."

Er war sehr guter Laune jetzt, nahm wenig Notiz von der Mitteilung von Fräulein Zum Tal, daß ihr Bruder sich entschuldigen lasse: die Verpackung der Beeren müsse beaufsichtigt werden. Rena plauderte ihm vor, sie seien für das Sanatorium bestimmt. Seit das Ehepaar Hoffpauer es im vergangenen Sommer käuflich erworben, hätten sie damit ein schönes Absatzfeld.

„Ich habe aus diesem Grunde den Kauf stark betrieben und gefördert", erklärte Rena mit geschäftlicher Wichtigkeit. „Wir brauchten diesen Absatz für die feineren Früchte und die Blumen durchaus. Ob ich freilich den Hoffpauers damit etwas Gutes getan habe, muß sich erst zeigen. Es sind ja Gäste da, insoweit wäre alles in Ordnung, aber zuweilen entwickeln sich aus solchen Veränderungen unvorhergesehene Konsequenzen."

Der Geheimrat fragte diskret nicht weiter. Er hatte ein Buch zur Hand genommen, las: Chemie der Nahrungsmittel durch die Behandlung während des Wachstums. Er trat in das große, niedrige Zimmer, bilckte umher, sah Stöße von Büchern und Broschüren, deren Äußeres für ernsten wissenschaftlichen Inhalt sprach.

„Kleine Rena", sagte er halb scherzend, halb zärtlich, „hier wird nicht nur mit dem Instinkt, sondern auch sehr stark mit dem Geiste gearbeitet."

„Wie sollte man sonst weiterkommen, und womit sollte man sich im Winter beschäftigen?" bemerkte das Mädchen gelassen. „Aber ich fürchte, Ihre Zeit ist zu Ende."

Sie traten wieder hinaus und sahen das Dampfschiff wie einen großen, weißen Wasserkäfer sich schnell auf die Station zu bewegen. Ein schöner Strauß erlesener Rosen lag für die Frau Geheimrat bereit, und so wurde Abschied genommen.

## XX

Renate saß unter der alten Hängeweide dicht am Seeufer. Der letzte Abendschein glimmte über dem Wasser. Kleine Wellchen murmelten und plätscherten über die weißen Kiesel zu ihren Füßen. Weiter hinaus lag die Wasserfläche still in einem blassen Hellgrau. Am Himmel begannen einzelne Sterne aufzublitzen. Es war eine Stunde zum Träumen, und Renate träumte unbestimmt in alten Erinnerungen, die durch den Besuch des Geheimrats in ihr geweckt worden waren. Zum ersten Male fragte sie sich, ob sie recht getan habe, jenes bewegte Leben des Geistes, der Geselligkeit, der stets neuen Eindrücke mit der strengen Einsamkeit der harten Arbeit zu vertauschen. O ... der Sommer war schön ..., aber in den trüben Herbstzeiten, wenn der Regen tagelang eintönig niederrauschte, oder wenn der Winter mit wildem Seesturm um ihr kleines Haus heulte, Ballen von Schnee gegen die Fenster schleuderte ... da fühlte sie, was die heilig-unheilige Hilaria im heißen Wüstensandsturm gelitten haben mochte, und wie die Sehnsucht nach dem bunten und strahlenden Leben des Hofes sie oft bis zur Raserei gequält haben nußte. Aber hatte die Lebensmelancholie nicht auch in der Stadt auf Rena gelauert und sie am Ende fortgetrieben? Sie wußte ja gut genug, daß keine neue Umstellung ihres Daseins sie sättigen und befriedigen könnte. Ja, in ihr war nun einmal die Unruhe nach dem ewig Neuen. Je mehr sie ihr nachgab, desto wilder und ungeduldiger würde sie fordern, und Renate fürchtete plötzlich, daß die Erscheinung des lieben alten

Herrn nur beunruhigend und störend in ihrem stillen und ausgefüllten Arbeitsleben wirken könne. Sie dachte schmerzlich an den Baron von Rock, der ihr in dem wild dahinsausenden schwarzen Gewölk einer fernen Winternacht entschwunden war. War eine Sehnsucht nach seiner schönen, unglücklichen Erscheinung in ihr erwacht? ... Oder verwirrte sie Klaus Zum Tal? Es war so ungewohnt, seine kräftige Männergestalt durch ihren Mädchenhaushalt gehen und kommen zu sehen, den Befehlston seiner Stimme zu hören, wenn er nach Seppl rief oder mit ihm schalt ... denn er hatte manches zu tadeln an dem behaglichen Schlendrian, in dem sie den armen Blöden duldeten.

Es wäre unmöglich gewesen, Klaus Zum Tal den Aufenthalt bei ihnen zu verweigern, als er nach jahrelangem, hartnäckigem Kampf um die Sanierung und um das In-die-Höhe-Bringen des Vätererbes durch die Ungunst der Zeiten endgültig besiegt worden war. Seine Gläubiger, einige Großbanken, hatten am Ende die Geduld verloren und das Gut versteigern lassen. Das lebende Inventar und die landwirtschaftlichen Geräte waren darin einbegriffen. Das durch Jahrhunderte gesammelte alte, schöne Mobiliar des elterlichen Hauses war dem Hammer des Auktionators verfallen und in alle Winde verstreut. Zum erstenmal in jenen Tagen, als die Nachricht dieses Ereignisses zu ihnen kam, hatte Renate ihre Freundin in unstillbaren Tränen gefunden. Mit nüchternem Trostwort suchte sie ihr zu beweisen, daß diese alten Stücke in ihrem Leben, das sie selbst sich neu erbaut, ja kaum noch eine Rolle spielen konnten. Dann antwortete Gertrud nur:

„Ich denke an Klaus." Hegte das Herz des altwerdenden Mädchens noch ein Gefühl, so war es für diesen jüngeren Bruder, dessen entsagungsvolles, einsames Ringen sie bewunderte, als gäbe es nichts dergleichen auf der Welt, obschon ihr eigenes Leben vielleicht nicht weniger hart verlaufen war. Renate wußte gut, daß alles, was an Überschüssen aus der Gärtnerei auf den Anteil Gertruds fiel, an den Bruder gesandt wurde, statt zu Anschaffungen für das Geschäft oder für die eigene Person Gertruds verwandt zu werden. Es war ein Punkt, bei dem sie hart zusammengekommen waren und die ruhige Freundschaft beinahe einen Riß bekam. Am Ende ließ Renate ihre Teilhaberin gewähren und dachte: Eine Marotte muß der Mensch haben, und diese ist nicht die schlimmste.

Woran lag es eigentlich, daß Klaus Zum Tal ihr diese sonderbare Unruhe gebracht hatte? Vielleicht nur in ihrer Phantasie. Er war nicht überraschend gekommen. Die beiden Mädchen hatten ihn aufgefordert. An einem windigen, trüben, regenfeuchten Frühlingsabend war er bei ihnen in ihr Holzhaus eingetreten in Begleitung seiner Schwester, die ihn am Landungssteg erwartet hatte. Ruhig, ernst und gehalten begrüßte er Renate, und sie sah zum erstenmal die kühne Adlernase in dem schmalen, braunen Gesicht und die stahlgrauen Augen, die meistens still in sich hineinzuschauen schienen und nur selten einen scharfen, durchdringenden Blick auf einen Gegenstand oder einen Menschen richteten, der seine Aufmerksamkeit erregte. Gertrud hatte den Bruder hinübergeführt zum Eisenbahnwagen, den man für ihn hergerichtet hatte und wo Seppl mit der derben Magd einen großen Koffer und mehrere Kisten ablud, die letzten Stücke, die der Herr eines großen Besitzes für sich gerettet hatte. Wenn die Geschwister über geschäftliche Dinge sprechen wollten, so ging Gertrud zu ihrem Bruder. Rena erfuhr nichts davon. Gertruds Tränen waren versiegt, und Klaus klagte niemals. Wenn er nicht notwendige Korrespondenzen erledigte, so suchte er sich Arbeit im Garten oder beim Vieh. Es imponierte Rena, daß man niemals eine Klage von seinen Lippen hörte und auch nicht die üblichen Schimpfereien über die schlechten Zeiten, in die andere Männer, mit denen Rena geschäftlich zu tun hatte, so leicht verfielen. Er war ein stiller Gast, ohne Demut, bescheiden, was seine persönlichen Bedürfnisse betraf. Bei ihren Mahlzeiten oder auch sonst bei gemeinsamem Tun konnte er lebhaft werden, wenn er dies oder jenes von den Einrichtungen der beiden Gärtnerinnen scharf und zuweilen witzig kritisierte. Man mußte zugeben, seine Kenntnisse waren ja bedeutend tiefer als die ihren; trotzdem reizte es besonders Rena, häufig das Gegenteil von dem zu unternehmen, was er vorschlug. Dann hatte er einen merkwürdig freundlichen Blick und einen besonders sanften, ruhigen Ton, wie Kindern gegenüber, wenn sie dummes Zeug angeben. Gerade dieses gelassene Über-sie-Hinschauen reizte Renate unbändig. Sie konnte heftig werden, worauf er freilich nicht einging, aber irgend etwas hielt sie ab, zu versuchen, ob sie nicht in ihrer alten Weise Macht über ihn gewinnen könne. Es war, als ob sein Unglück ihn in einen unangreifbaren Panzer hüllte, vor dem sie Achtung haben müsse.

Während sie so über sein Wesen nachgrübelte, hörte sie den gleichmäßigen, ruhigen Schritt und das Öffnen der Gartenpforte hinter sich. Es war noch nicht dunkel, eine schöne, blaue Dämmerung erfüllte die Luft. Klaus Zum Tal stützte sich mit der Hand auf die Lehne der Bank und fragte Rena in einem ganz natürlichen Ton: „Sind Sie mir böse, daß ich Ihren Freund nicht begrüßt habe?"

„Wie sollte ich? Unser Pakt, hier keine gesellschaftlichen Rücksichten zu nehmen, gilt doch auch für Sie!"

„Ich danke Ihnen. Der große Gelehrte hatte ein so sympathisches Gesicht, daß ich es selbst als unhöflich empfand, mich so zurückzuziehen. Doch ich glaube, er war gern mit Ihnen allein!"

„Wie meinen Sie das?"

„Ich sah Ihnen nach, was übrigens auch unhöflich war. — Wenn ein Mann, sagen wir ruhig ein älterer Herr, mit einem so beschwingten Schritt neben einem jungen Mädchen geht und so aufmerksam auf jedes Wort hört, was sie ihm sagt, dann weiß ein anderer Mann schon, wie die Sache steht."

„Sie phantasieren", rief Rena lebhaft, „ein Hochschullehrer, der seine Schülerin besucht, weil er neugierig ist, wie sich die verdrehte Kröte entwickelt hat! Oh, lieber Herr Zum Tal . . ."

„Sie wollten mich Klaus nennen", wurde Rena unterbrochen.

„Also gut — Klaus! Ich glaube, Sie verstehen gar nichts von diesen Dingen. Sie und Ihre Schwester gehören ja einer ganz unerotischen Familie an."

„Wie kommen Sie zu diesen Gedanken?"

„Wenn ein Mann die besten Jahre seiner Jugend und seines Manneslebens mit eiserner Energie einer Idee opfert, dann schließe ich wohl mit Recht, daß die Erotik in seinem Herzen und in seinem Geiste keine große Rolle gespielt hat. Mir sehr sympathisch. Ich habe es gern, wenn Männer im Geiste leben, und ich glaube, der Kampf um Ihr Erbgut hatte viel mehr geistige als materielle Hintergründe, wenn er nicht etwa bloß aus Eigensinn bestand."

„Eigensinn war wohl auch dabei", sagte Klaus nachdenklich, „ich sehe das jetzt immer mehr ein. Aber Sie haben recht, das Geistige wog doch vor. Mir war's ein Symbol, wenn ich siegen würde, müßte auch das deutsche Volk über die Sünden und Fehler vergangener Generationen obsiegen. Ein vermessener Gedanke! Aber wenn man sehr einsam ist, verbohrt man sich eben in solche Vorstellungen. — Sie trösten und sie feuern an! Vorüber!" —

„Neue Ideen werden in Ihrem Leben auftauchen und Sie für sich beanspruchen", sagte Rena ernst.

„Vielleicht!"

„Nein — sicherlich!"

„Wir Klause Zum Tal sind unbedingte Menschen. Das ist unser Unglück oder unser Glück. Ehe man auf dem Totenbette liegt, weiß man ja so etwas nie!"

Klaus und Renate waren eine Weile still.

„Was meinen Sie mit dem Ausdruck ‚unbedingte Menschen'", fragte dann Rena. „Auf Ihre Schwester angewandt, weiß ich wohl ungefähr, was Sie damit meinen. Aber ihr Wesen bleibt mir trotzdem ein Rätsel. Ich glaube, sie hat mich gern. Aber in den zwei Jahren engsten Zusammenlebens bin ich ihr um keinen Schritt näher gekommen. Ich mache mir wirklich nichts aus Zärtlichkeiten und so schwärmerischem Getue zwischen Frauen. Aber, da ich selber aus meinem Herzen keine Mördergrube mache und eigentlich allzu offen darauflos schwatze, ist mir diese Verschlossenheit zuweilen unheimlich. Was hat Gertrud getrieben, fort von ihrer Familie zu gehen, die Gegend zu verlassen, an der sie doch früher hing. Ist sie überhaupt für kein Gefühl zugänglich?"

„Hat Ihnen Gertrud wirklich niemals von der Katastrophe berichtet, die sie aus dem Elternhaus fortgetrieben hat?"

„Nein — niemals!"

„Dann dürfte ich auch nicht daran rühren."

Er stand auf, ging eine Weile den Strandweg auf und nieder. Dann kam er zurück und setzte sich neben Rena auf die Bank. „Ich habe einen Grund, Ihnen von meiner Schwester zu sprechen. Ich kann Ihnen heute diesen Grund nicht sagen, aber Sie werden ihn später erfahren, und Sie werden dann begreifen, warum ich heute abend indiskret werden will."

Renate sah Klaus Zum Tal mit großen Augen an. „Ich werde nie und mit keinem Wort Ihr Vertrauen an Gertrud verraten", sagte sie einfach. „Ich bin Ihnen ja so dankbar, wenn ich durch Sie Gertrud wirklich kennenlerne."

Wieder schwiegen beide. Und hierauf begann Klaus Zum Tal mit seiner ruhigen und doch wie mit einem dunklen Schleier der Traurigkeit bedeckten Stimme: „Sie mißverstehen meine Schwester, wenn Sie sie für gefühllos halten. Sie war immer etwas verschlossen, das ist richtig, aber sie hatte mich als jüngeren Bruder sehr lieb. Sie hing wohl auch an unserer Mutter und fühlte ihr trauriges Los als Frau eines Spielers und Abenteurers. Und doch versanken alle diese Empfindungen völlig, als sie von einer heftigen Leidenschaft erfaßt wurde zu einem Mann, den man in keiner Beziehung ungewöhnlich nennen konnte. Er war groß und kräftig, ein schöner Kerl, und im übrigen eine einfache Natur. Sie war so vollständig in seinem Bann, daß sie ihre eigene strenge Moralität, ihr ganzes Christentum, ihre adlige Erziehung und jede Gefahr völlig vergaß und dem verheirateten Mann nächtliche Stelldicheins im Walde des Nachbargutes gewährte. Daß sie ihn nicht heiraten konnte, wußte sie genau. Es waren da Kinder, die Frau sehr kränklich, hysterisch, im höchsten Grade unerfreulich — aber sie war die Besitzerin des Gutes, und pekuniäre Umstände spielen ja auch in leidenschaftlichen Zuständen beim Mann eine große Rolle.

Verstehen Sie, Renate, damals war eine solche Hingabe eines sittenstrengen Mädchens etwas Unerhörtes. Man dachte zu jener Zeit in unseren Kreisen anders darüber als heute. Nun also — um zum Schluß zu kommen: ob Gertrud einmal oder mehrere Male in der kleinen Waldhütte eingekehrt ist, die unserem Gutsnachbar gehörte, ist mir unbekannt geblieben. Ich weiß nur, daß sie sich eines Abends aus dem Haus geschlichen hat, den bekannten Weg sicher mit Zittern und Zagen, mit Herzklopfen und schlechtem Gewissen gegangen ist. Es war ein wenig Mondschein damals, grade so viel, daß man die Gegenstände erkennen konnte. Als sie die Waldhütte erreichte, fand sie ihren Geliebten tot in einer großen Blutlache vor der Tür liegen. Er war von einem Wilddieb, der durch seine Anzeige verurteilt worden war, aus Rache erschossen worden, eine Katastrophe, wie sie ja auf dem Lande nichts Ungewöhnliches ist. Man sollte nun meinen, meine Schwester wäre voll Entsetzen geflohen, hätte sich in ihrem Bett im väterlichen Haus verborgen, und so hätte niemand erfahren, daß sie in diese Katastrophe verwickelt war. Das geschah nicht. Als Waldarbeiter in früher Morgenstunde von dem schrecklichen Funde berichteten, hatten wir Gertruds Abwesenheit noch nicht einmal bemerkt. Ich war damals zu den Ferien daheim und schloß mich unseren Leuten an. Wir fanden das arme Kind neben ihrem Toten kauernd, Kleid und Hände blutbedeckt, denn sie hatte versucht, mit ihrem Tuch die Todeswunde zu verbinden. Sie öffnete ein paarmal den Mund, konnte aber keinen Ton hervorbringen. Viele Wochen war sie völlig sprachlos. Wie es so auf dem Lande geht, ihre Anwesenheit konnte nicht verschwiegen werden, schon das Tuch mit ihrem Namenszug verriet sie der Frau des Toten. Man hatte deren Leiden nie ernst genommen, ebensowenig die Liebe zu ihrem Mann, den sie bis zur Verzweiflung gequält hatte. Aber sie bekam einen Schlaganfall und starb wenige Tage darauf. Gertrud brachte man in ein Sanatorium.

Ihre starke Natur hat das furchtbare Erlebnis überwunden. Aber in die Gegend zurückkehren, wo die verwaisten Kinder lebten, zu unseren Eltern und in ihre Heimat, das konnte sie nicht. Für sie blieb dieser Tod nicht ein unglücklicher Zufall, sie allein fühlte sich schuldig und betrachtete das furchtbare Ereignis als Strafe Gottes für den begangenen Ehebruch. Ob Gertrud noch jetzt so darüber denkt, weiß ich nicht. Jedenfalls hat sie mir bald nach der Katastrophe in diesem Sinn geschrieben, indem sie die Absicht aussprach, zu sühnen dadurch, daß sie keinen der Menschen, die sie liebte, jemals wiedersehen wollte. Sie hat ihre Absicht durchgeführt, bis ich ohne Obdach und eigentlich auch ohne Subsistenzmittel wirklich auf ihre Hilfe angewiesen war."

„Und die Mutter?" fragte Rena leise, mit scheuer Stimme.

„Meine Mutter war verstrickt in die Anschauungen ihrer Zeit. Sie scheute den Skandal mehr, als sie die Tochter liebte. Wissen Sie jetzt, was ich meine, wenn ich sage, wir seien unbedingte Menschen?"

Rena neigte den Kopf. Sie standen auf, verschlossen das Gartentor und drückten sich nur stumm und schweigend die Hand, als sie an der Tür zu ihrem Holzhaus angelangt waren. Der Mann ging hinauf in seine sonderbare Unterkunft im Eisenbahnwagen. Gertrud hatte sich bereits zurückgezogen, und Rena war froh darüber. Es wäre ihr schwer gewesen, in diesem Augenblick der Freundin zu begegnen, die ihr jetzt in ganz anderem Licht erschien.

## XXI

An einem leuchtend warmen Sommerabend stand Klaus zum Tal mit den beiden Mädchen an einem der langen Gartenbeete und zeigte ihnen die Veränderung der Erdkrume, die von ihm durch verschiedene Arten von Düngung erzielt worden war. Gertrud hatte ihre Gärtnerei ziemlich primitiv ausgeübt. Das war anders geworden, seit ihr junger Kompagnon mit lebendigem Interesse allerlei Experimente begann, sie aber aus Mangel an fest fundiertem Wissen häufig nicht zu Ende führen konnte und mißmutig aufgab. Hier traf sie nun auf einen Mann, der die Gebote der modernen Landwirtschaft studiert, mancherlei Züchtungsversuche, freilich auf größerem Gebiet, ausgeübt hatte und nun, um seinen Gastgebern zu nützen, sich auch in den kleineren Umkreis der gärtnerischen Pflanzenkunde vertiefte. Rena war erstaunt, wie klar und sicher er alles auseinandersetzte, worauf es ankam, und sah gern in das schmale, sonnverbrannte Gesicht mit der Adlernase. Klaus würzte seine Ausführungen mit kleinen humoristischen Zwischenbemerkungen, die ihr ebenfalls jedesmal eine Überraschung waren, weil sie sie dem ernsten und schweigsamen Manne nicht zugetraut hätte. Hatte sie über die Freundin ziemlich souverän geherrscht, so mußte sie jetzt erkennen, daß dieser junge Landwirt ein viel ausgebreiteteres Wissen besaß als sie selbst.

Ein Rauschen auf der Flut kündete ihnen das Motorboot des Sanatoriums an. Wie ein großer Silberfisch schoß es eilig durch das hellgrüne Wasser dem Landungssteg zu. Es war Ludos Tag, an dem sie selbst zu kommen pflegte, um für die Anstalt Gemüse und Obst zu wählen und zu fragen, was in der nächsten Zeit reif sein würde. Schnell ging Klaus zum Landungssteg, um ihr beim Aussteigen behilflich zu sein und ihr den schweren kleinen Buben abzunehmen, der sie bei diesen Besuchen regelmäßig begleitete. Dieser Besuch verlief in einer sich immer wiederholenden Reihenfolge. Der blöde Sepp faßte den Kleinen vorsichtig bei der Hand und führte ihn zur gewohnten Spielecke. Das Kind und der Blöde waren längst gute Freunde. Sepp dachte sich immer neue Spiele für das Kind aus und formte mit großer Geduld zahllose Sandkuchen, die er mit Blümchen besteckte und die das Kind mit Jauchzen immer wieder zerstörte. Die Erwachsenen gingen hin und her, suchten, schauten, rechneten. Ludo gab ihre Aufträge, und am Schluß des geschäftlichen Teiles wurde sie zu einem kleinen Frühstück und einer freundschaftlichen Plauderei in die Veranda geführt.

Die schöne Ludo sah wieder Mutterfreuden entgegen. Aber schien dieser Zustand beim erstenmal ihre Erscheinung zu leuchtender Vollkommenheit geführt zu haben, so trug sie ihn nun schwer und mühevoll. Sie war blaß und rotfleckig. Ihre regelmäßigen Züge zeigten jene Gespanntheit, wechselnd mit Erschlaffung, wie sie Frauen eigen ist, die mit Arbeit und auch mit Sorgen in dieser Zeit über ihre Kräfte in Anspruch genommen sind. Rena beobachtete, wie Klaus Zum Tal fast wie ein zärtlicher Gatte die schöne Frau umsorgte. Es paßte eigentlich nicht zu diesem herben, zurückhaltenden Manne, und doch stand es ihm gut.

„Ich erwartete dich heute nicht. Wolltest du deinen Mann nicht zum medizinischen Kongreß begleiten? Du hast mir doch erzählt — oder irre ich mich — daß du eine Arbeit dazu vorbereitest?"

Frau Doktor Hoffpauer flog eine helle Röte über das Gesicht. „Ich konnte nicht abkommen. Ich habe Wechsel in der Küchenregion, da durfte ich nicht fern sein."

Eine verlegene Stille entstand. Man wußte, daß Hoffpauer seine Frau mehr und mehr aus dem medizinischen Gebiet in die Leitung des wirtschaftlichen Betriebes hinüberzuschieben versuchte. Er hatte schon das geplante große Kindersanatorium, in dem Ludo ihre Kräfte hatte betätigen wollen, in eine Anstalt für Erwachsene umgemodelt, angeblich, weil sich dieses besser rentiere. Rena wußte, daß Ludo nur höchst ungern, nach manchen Kämpfen mit ihrem Mann eingewilligt hatte, wie sie eben immer am Schluß seinem Willen nachgab. Es war ein beliebtes Thema Renas, wenn sie der Freundin Gertrud auseinandersetzte, wie dieser so viel feinere, stärkere Geist doch irgendwo einen sehr weichen Punkt besitze, der sich der derberen Natur des einfacheren Mannes gegenüber niemals völlig behaupten könne.

„Konntest du deine Arbeit nicht einschicken, damit ein anderer sie vorlese? Es stand gewiß Gutes darin", beharrte Rena.

„Felix meinte, es sei dergleichen schon mehr als genug ausgeführt", antwortete Ludo mit etwas abwesendem Ausdruck. „Er mochte mich in meinem jetzigen Zustand auch nicht unter den vielen Männern sehen."

Sie griff mit dem plötzlichen Heißhunger der Frau, die ein zweites Geschöpf in sich nähren muß, zu dem Glase Milch, trank in langen Zügen und aß gierig von dem Brot. Als man sie und das Kind dann zum Schiff hinunterbegleitete —, Klaus hatte den Knaben auf dem Arm, Sepp trug mit dem Bootsführer die Körbe mit Gemüse und Obst in das Boot hinunter —, nahm Rena die Kusine beim Arm und sagte heftig:

„Du gibst Hoffpauer zu viel nach. Glaube mir, das kann nicht gut enden."

Die Ärztin zuckte ein wenig die Schultern.

„Eine verheiratete Kollegin aus der Schweiz hat mir einmal ein Sprichwort gesagt, das geht mir oft nach, wenn ich traurig bin, daß ich so wenig meinen wissenschaftlichen Arbeiten leben darf: ‚Du kannst nit's Weckli han und 's Hellerli behalte!'"

Rena war still. Nach einer Weile sagte sie nachdenklich: „Man sollte glauben, eine Verbindung von zwei Menschen, mit gemeinsamem Streben, mit gemeinsamem Beruf, müßte das Ideal einer Ehe abgeben, wenn sich in der Ehe überhaupt ein idealer Zustand erreichen ließe."

„Ja", meinte Ludo in einem resignierten und geduldigen Ton, „das glaubt man so als Mädchen und in der Theorie. Aber grade in dem Gleichartigen liegt wohl der gefährliche Punkt."

Die schöne und stolze Frauengestalt stand, den Knaben an der Hand, am Bug des Schiffes, gab dem Bootsmann Bescheid, noch an einem anderen Landungssteg in der Nähe eines großen Bauernhofes anzulegen, um Butter und

Geflügel einzunehmen, überzählte die Körbe, und rauschend, von weißem Wellengekräusel umspielt, stieß das Boot in den sonnenglänzenden See.

„Wie schön diese Frau ist", sagte Klaus in einem andächtigen Ton.

„Schön und gut und liebevoll", pflichtete ihm seine Schwester bei.

„Ich wollte, sie wäre weniger gut — weniger liebevoll", rief Rena hart. „Sie zerstört sich selbst auf diese Weise, und es ist schade um sie."

„Ihr Mann scheint nach dem, was ich bisher von dem Herrn gesehen habe, zu den Männern zu gehören, die als höchste Aufgabe zu betrachten scheinen, die seltenen Eigenschaften, die sie an einer Frau lieben, möglichst energisch und zielbewußt zu zerbrechen", sagte Klaus, zu Rena gewendet. „Aber Ihre Kusine hat wohl den Sinn der Ehe tief begriffen. Die Ehe ist ein Opfer für den Mann wie für die Frau und für die Frau wie für den Mann, ein Opfer, dem ewigen Sinn der Welt gebracht."

Rena zog die Brauen zusammen und sah Klaus Zum Tal feindselig an.

„Darum meide man sie und überwinde die Liebe, wenn man sie kommen fühlt."

„Die Liebe überwindet uns", sagte Klaus Zum Tal ohne jede Erregung, aber mit einer sonderbaren Festigkeit der Stimme.

Rena hob den Kopf.

„Ich glaube, Sie sind ein ganz mittelalterlicher Mensch."

„Ja, das glaube ich beinahe auch", und ein zartes Lächeln tauchte in seinen Augen auf und verbreitete sich über seine Züge.

Rena lief von seiner Seite fort und griff irgendeine Arbeit an, wobei sie ein dummes Liedchen trällerte.

Warum hatte Klaus Zum Tal Rena die traurige Liebesgeschichte seiner Schwester mitgeteilt? Sie mußte viel über diese Frage grübeln. Er war kein Schwätzer — eher ein verschlossener Mann, und niemals hatte sie ihn bisher auf einer Taktlosigkeit ertappt. Es mußte also ein Grund für diese plötzliche Offenheit vorliegen. Sie würde diesen Grund schon mit der Zeit entdecken, aber es kränkte sie, daß ihr ein zwar kostbares, aber doch nur halbes Vertrauen geschenkt worden war. Inzwischen hatte jene Abendstunde unter der Hängeweide ihr Verhältnis zu der Gefährtin innerlichst verändert und gänzlich in Unsicherheit getaucht.

Verändert aber war alles, seit jenem Abend, als im rauschenden Frühlingsregen, unter dem die Erde in Wachstumsdüften dampfte, der fremde Mann in das kleine Haus getreten war und sie ihm — um Gottes willen kein Mitleid, keine Teilnahme zeigen! — fröhlich entgegenrief: „Willkommen im Jungfernheim!"

Sah es denn Gertrud nicht, daß er alles veränderte, der hochgereckte Mann, wenn er energischen Schrittes durch das Gelände ging, oder wenn er auf einer Gartenbank saß, gebückt mit dem Stock Linien in den Sand zeichnend, trüben, ja finsteren Gedanken nachhängend, brütend über die nutzlos vergangenen sechzehn Jahre, in denen er seine Jugend hingegeben hatte, seiner Väter Erbe zu erhalten. Rena mußte daran denken, wie schwer es ihr geworden war, ihre Einwilligung zum Verkauf der väterlichen Fabrik und des Hauses im schönen Park zu geben, weil Mutter und Bruder es wünschten. Doch — welch ein Unterschied! Das Besitztum, die Fabrik waren vor drei Jahren noch sehr günstig verkauft worden, während man dafür heut kaum ein Viertel des erhaltenen Preises erzielen möchte. Rena war frei, bekam eine beträchtliche Summe in die Hand, die sie befähigte, ihr Leben nach eigenen Wünschen aufzubauen. Wie anders jener arme Kerl, der hatte zuschauen müssen, wie jedes Möbelstück, seit Jahrhunderten in der Familie, jedes geliebte, mit Sorgfalt aufgezogene Tier von gierigen Gläubigern fortgeführt wurde. Probleme krochen aus allen Ecken hervor, wo sie in diesen letzten Jahren so friedlich geschlafen, daß Rena sie längst gestorben gewähnt hatte. Sie würde sich doch nicht die Freude am eigenen gesunden Dasein verderben lassen durch den Kummer um die Verluste eines verarmten Edelmannes! Tausende verarmten heute — was war weiter dabei! Wahrscheinlich hatte der gute Klaus diese und jene Spekulation nicht richtig geführt, hätte nicht so lange mit dem Verkauf warten sollen, bis es kein Verkauf, sondern ein Konkurs wurde. Der Adel war eben zum Aussterben verurteilt — der Lauf der Entwicklung! Rette sich, wer kann! Vielleicht war ein neuer Beginn Rettung für diesen eigensinnigen jungen Mann — zwang ihn in eine der aufsteigenden Schichten, denen die Zukunft gehörte. Man konnte ihm eher gratulieren — wenn auch

Rena solche Gedanken nicht gerade vor seinen ernsten Augen aussprechen würde.

Irgendwie fürchtete sie sich vor diesem Manne mit dem Schicksal, wie sie ihn zuweilen spöttisch bei sich selbst nannte. Allezeit war viel Gegensätzliches durch Renate Rupprechts Hirn und Herz gegangen — so viel wie jetzt noch niemals. Die letzten Jahre waren eine Ruhepause gewesen — begann nun das Leben wieder gefährlich für sie zu werden? Und hatte sie solche Gefahren nicht schon leise herbeigesehnt?

*

Die selig-glühende Blütenpracht des Juni war dem dunkleren Grün, dem langsam-stillen Reifen des Hochsommers gewichen. Es gab heiße Wochen, in denen die Wasserschläuche in heftige Tätigkeit treten mußten, um die müde hängenden Pflanzen vor dem Verdorren zu schützen, dazwischen über die Berge steigende, großartige Gewitter mit dem ungeheuren Rollen des Donners und niederstürzenden Regenfluten, die vernichteten und zerbrachen, statt linde zu erquicken. Der Schweiß floß über die Gesichter der tiefgebräunten Gärtnersleute. Erquickung bot nur das Bad im See, frühmorgens und des Abends, wenn die Schatten über diesem Teil des Wassers lagen.

Rena schwamm mit Klaus oft weit hinaus. Hier, in der kühlen Zwischenwelt, die nicht Erde, nicht Himmel war, nur ein bewegtes, kristallen-grünes Reich der spielenden Fische über unergründlichen Tiefen, wich der steife, sorgenvolle Ernst von dem Manne. Seine Glieder lösten sich im freien Spiel der Muskeln, er begann seine Gefährtin zu necken mit knabenhaften Wasserspielen, die sie übermütig zu übertreffen suchte. Laut schallte ihr jubelndes Geschrei durch den stillen Abend. Die Körper schienen gleichsam vom Irdischen entbunden — tauchten sie, kamen sie wieder empor, suchten sich gegenseitig zu fangen, ruhten sie aufatmend Arm in Arm verschränkt auf dem Rücken in der sie sanft wiegenden Kühle, waren sie gleich zwei Urwesen, zu eins verschmolzen im ewigen Spiel der Schöpfungsdinge.

Kamen sie später, zwei sittig angekleidete Menschenkinder, aus ihren Badehütten, so stiegen sie ruhig, erquickt den weiß durch die Dunkelheit leuchtenden Weg zum Garten empor, über sich das unermeßliche Gewimmel der goldenen Flimmerstraße und der großen strahlenden Sterngebilde. Klaus wußte von jedem Namen und Bahn. Rena horchte begierig auf die Erklärung ungeheurer Welten, die so friedevoll da durch den schwarzblauen Äther und zwischen wechselndem Gewölk dahinzugleiten schienen in unbegreiflicher Ferne, und doch — wer weiß es — näher dem Menschengeschick verbunden, als man zu ahnen vermochte. Und innerhalb ihres hohen, stillen Glanzes erfüllt von rasenden Kämpfen, furchtbaren Zusammenstößen, lodernden Feuerausbrüchen von unmeßbarer Gewalt, und umringt von Nebelgestaltungen, aus denen neue Welten sich bildeten.

Wenn Klaus Zum Tal mit ruhiger, andächtiger Stimme von solchen großen Dingen sprach, war es dem Mädchen ihm zur Seite zuweilen, als müsse sie ihn lieben, als läge zwischen ihnen nur ein Nebel, aus dem sie auftauchen müsse, um ein Glück zu fühlen, ihm ein Glück zu schenken, das sie beide ersehnten und noch nicht kannten, das ihnen beiden ferne war, wie die Sterngebilde über ihren Häuptern.

Aber gleich wußte sie wieder: Jede Anlage zu solchem Glück lag nicht in ihrem Wesen, und sie hatte eine zu hohe Achtung vor diesem Manne, um ihm etwas vorzutäuschen, was nicht war und nie sein würde.

Gertrud begleitete die beiden höchst selten. Sie behauptete, kalte Bäder seien ihrer Gesundheit nicht zuträglich, auch fände sie jeden Abend und jeden Morgen soviel unerledigte Arbeit, daß sie nicht abkommen könne.

Nach dem Bad verabschiedete sich Klaus und zog sich in seinen grünumkränzten Eisenbahnwagen zurück. Man sah das Licht der elektrischen Birne noch tief in der Nacht flimmern. Er hatte die Rechnungsführung den beiden Damen abgenommen, ein Gebiet, das nicht gerade zu ihrer Stärke gehörte und ihnen immer lästig gewesen war. Außerdem schrieb er viel Briefe in eigenen Angelegenheiten und bekam ebenso viele, deren Inhalt ihn freilich meist zu enttäuschen schien. Es war schwer, ja fast unmöglich in jetzigen Zeiten für einen Mann, der sein eigenes Gut nicht hatte halten können, eine nur annähernd selbständige Stellung in der Landwirtschaft zu finden.

## XXII

Allerlei Versuche in der Züchtung neuer Farben- und Formenvariationen von Blumen waren Renas große Freude. Sie studierte mit Eifer und Andacht den Winter hindurch alle in dieses Fach schlagenden wissenschaftlichen und gärtnerischen Werke. Da die Versuche aber in etwas dilettantischer Weise betrieben wurden und auch viel mehr Zeit, Geld und vor allem viel mehr Geduld zur sachgemäßen Betreibung bedurft hätten, waren die Ergebnisse nur kläglich. Gelang aber etwas wirklich oder zufällig nach des Mädchens Wunsch, füllten ihre Jubelrufe das Gelände. Von der fernsten Ecke wurde Klaus herbeigeholt, um seine Meinung zu sagen.

„Potztausend, was diese Klein-Mädchen-Wirtschaft hervorbringt", neckte er dann wohl, um sich an dem zornigen Goldblitz ihrer Augen zu laben. Tagelang konnte sie mit ihm schmollen, konnte grausam sein in spitzigen Bemerkungen über sein Umhertasten ohne sichere Kenntnisse in diesem Zweig der Landwirtschaft, bis er durch eine unerwartete Freundlichkeit, oft nur durch einen Blick, eine anerkennende Bewegung ausgedrückt, sie wieder sanfter stimmte.

So ging das ewig alte, ewig neue Spiel zwischen jungem Mannsvolk und Weibchenlaune hin und wider. Das gute Einvernehmen, das trotz wechselnder Stimmungen doch am Ende zwischen den beiden Menschenkindern herrschte, die Gertruds hartes Arbeitsleben mit einem zarten Geleucht von Rührung und zuweilen mehr als

Rührung vergoldeten, brachte sie zu Plänen und Wünschen, die vor etlichen Monaten noch völlig außer dem Bereich ihrer Gedanken gelegen hatten.

Ende August trat Gertrud Zum Tal etwas zögernd und hinterhältiger, als es sonst ihrer geraden Natur entsprach, an ihre Mitarbeiterin mit der Frage heran, ob es ihr nicht gut und richtig scheine, daß man Klaus anbieten würde, in das Geschäft als Kompagnon einzutreten. Kapital könne er, wie Rena wisse, nicht einschießen, aber seine Arbeit sei mehr wert als Geld. Er habe ihr allerlei Pläne mitgeteilt, wie man die Erträgnisse der Gärtnerei bedeutend steigern könne, wenn man sie zu einer Beerenzüchterei in großem Stil ausbauen würde. Dazu müsse man das fruchtbare, sonnige Gelände am See unten pachten oder ankaufen. Damit könne er, an Arbeiten im großen Raum gewöhnt, sich am Ende auch hier einleben und heimisch werden! Während der letzten Sätze verwirrte Fräulein Zum Tal sich in Unsicherheit; irgendwie hatte sie die Sache verfahren — und wußte doch nicht, warum sie in einen falschen Weg geraten war.

Ungeduldig schlug Renas Fußspitze den Boden der Veranda, auf der die beiden Mädchen standen. Sie zog die Brauen zusammen, die weißen kleinen Zähne nagten die rote Unterlippe — allemal ein Sturmzeichen! Aber plötzlich brach ein helles, lautes Lachen aus diesem hübschen Mädchenmunde. Gertrud wurde an beiden Schultern gepackt und herzhaft geschüttelt. Dazu rief Rena lustig:

„Kuppeln, Trudchen? Kuppeln? — Lassen Sie das, steht Ihnen gar nicht!“

„Ich dachte an Arbeitsgemeinschaft", verteidigte sich Fräulein Zum Tal, um schnell die Antwort zu empfangen, sie sei zum erstenmal auf einer Lüge ertappt.

Das braune, kleine und harte Gesicht mit der großen Adlernase wurde rot.

„Sie sind gar nicht der Typ meines Bruders", sagte sie ablehnend.

„Das weiß ich. Herrn Zum Tals Typ lebt drüben jenseits des Sees im hohen weißen Schloß, die hohe weiße Frau, bei der er so gern seine Sonntagnachmittage — ohne uns — zubringt. Sie sind beide so verflucht ethisch. Wahrscheinlich ist zwischen ihnen der Plan von den Himbeeren und Johannisbeeren ausgeheckt worden, mit dem ich nun nachträglich überrascht werden soll, obgleich ich doch wohl in erster Linie diejenige bin, die das Kapital zu Kauf oder Pacht aufbringen müßte."

„Wer ist denn hier so verflucht ethisch?" Klaus, der durch die Gartenstube in die Veranda getreten war, fragte es in einem freundlichen, ja geradezu gemütlichen Ton, ohne Renas Ausbruch von Ärger zu beachten. Er zog sich einen Stuhl an den Tisch und griff nach den Streichhölzern, um sich behaglich eine Zigarette anzuzünden.

„Also — wer sind diese verfluchten Ethiker?"

„Sie und Ludo natürlich!"

„Ach — was habe ich denn so schauderhaft Ethisches begangen? Ich fühle mich keiner Missetat bewußt!"

„Ich höre Sie förmlich mit meiner Kusine moralische Gespräche führen über die Ehe als Opfer, den kommenden Generationen dargebracht!"

„Über dieses Thema haben wir allerdings gesprochen“, gab Klaus überrascht zu.

„Sehen Sie ...! Wie ich euch kenne!“

Klaus hielt Renas zornigen Blick mit dem seinen fest.

„Ich bewundere und verehre Ihre Kusine, das ist richtig. Sie ist eine Frau von außerordentlicher, stiller Willenskraft.“

„Ich gönne ihr ja auch diese — ethischen Zerstreuungen — bei ihrem langweiligen Manne ...“

„Renate ... halten Sie mich für einen Gelegenheitsjäger?“

Klaus war aufgestanden, sah das Mädchen mit einem Blick von einer Traurigkeit an, die Rena viel zu tief für die Gelegenheit erschien. Wieder durchdrang sie, wie so oft in seiner Gegenwart, ein Mitleid, das schneidend wie ein körperlicher Schmerz war.

Zweifellos liebte er Ludo ... liebte sie mit einer Liebe, die Schicksal wird ... und die sie selbst nicht kannte. Um alles in der Welt nicht solche unheimliche Gewalt auf sich laden ... Sie wußte nun plötzlich, warum Klaus ihr die Geschichte seiner Schwester erzählt hatte. Er wollte sich auf diese Weise über die eigene Leidenschaft aussprechen. Einmal hatte sie bemerkt, wie er Ludos kleinen Jungen auf dem Arm an ihr vorübertrug, mit ihm scherzte und ihn mit einer so liebenswürdigen Zärtlichkeit betrachtete, wie sie Männer nur gegen Kinder sehr geliebter Frauen empfinden.

Man denkt bekanntlich sehr schnell, und so war Klaus Zum Tal kaum die Verandastufen hinunter in den dämmrigen Garten gestiegen, als Rena ihm nachlief, ihm die

Hand hinstreckte und leise, ein wenig wie ein reuiges Schulmädchen, sagte: „Ich war häßlich. Seien Sie nicht böse!"

Er nahm ihre Hand und küßte sie sehr zart und scheu, gab sie auch gleich wieder frei. Sie gingen noch eine Weile schweigend den breiten Weg zwischen den Blumenrabatten entlang, bis sie dem Hund begegneten, der freudig an Rena emporsprang und mit dem sie zum Hause zurückkehrte.

Einige Tage später eröffnete Renate der Freundin, daß sie es nicht für wünschenswert halte, Klaus aufzufordern, als Teilhaber in die Gärtnerei einzutreten.

„Mein Bruder wünscht es auch nicht", antwortete Gertrud mit der Gelassenheit, die beide Geschwister Zum Tal anzunehmen pflegten, wenn etwas sie tief erregte. Klaus habe ihr auseinandergesetzt, er wolle und könne sich gerade im Augenblick nicht binden, da Unterhandlungen begonnen hätten, die ihm möglicherweise eine aussichtsreiche Stellung bieten könnten. Er müsse in dieser Angelegenheit auch eine kürzere oder längere Reise antreten.

„Sehen Sie, Trudchen", unterbrach Rena, „Ihr Bruder ist ein kluger Mann und weiß recht gut, daß man Geschäftsverbindungen nicht auf falschen Voraussetzungen entrieren soll — so drückt man sich ja wohl technisch aus."

Dann reiste Klaus Zum Tal ab.

## XXIII

„Sonderbar", sagte Rena am Frühstückstisch zu Fräulein Zum Tal, nachdem sie die Post durchgesehen und sich in einen längeren Brief vertieft hatte, „daß man doch nie die Gespenster seiner abgelebten Spanne Daseins los wird."

„Von Baron Rock?" kam die ein wenig neugierige Gegenfrage.

„Nein — der Geheimrat hätte Gescheiteres tun können, als meine Adresse zu verraten. Von Thora Elsinger. Sie meldet sich zu drei Uhr an. Ich kann auch nicht mehr abtelefonieren, denn sie gibt keine Adresse an. Echt die berechnende Elsinger, die sich von keinem Plan abbringen läßt, den sie einmal gefaßt hat. Etwas sehr Dringliches, schreibt sie. Es wird sich um einen Pump handeln."

„Viel ist nicht in der Kasse", meinte Gertrud nachdenklich.

„Ach, sie ist bescheiden. Wieviel mag die Seide zu einem tugendlichen Brautkleid und dazugehörigem Schleier kosten? Komisch — der gute Geheimrat machte neulich so eigentümliche Andeutungen, als ob die Sache mit Philipp Justus auseinander wäre. Haben Sie noch immer keine Nachricht von Klaus?"

Gertrud hatte den Kopf geschüttelt, und Rena fuhr gelassen fort: „Männer sprechen wohl ungern über Sachen, die noch nicht geklärt sind. Eines haben wir wohl immerhin beide bemerkt: daß er die Klein-Mädchen-Wirtschaft hier satt hatte." Ihr Ton verfiel ins Spöttisch-Gereizte: „Er wird sich weiter umtun, und die Johannisbeeren sind nur ein Vorwand." Gleich darauf fühlte sie, daß sie ihn heute gern entbehrte. Die blonde Schwedin war nicht von der Art Studentin, die sie dem mittelalterlichen Menschen besonders gern vorgeführt hätte.

*

Ein Paar kam den Gartenweg herauf. Ein überschlanker, sehr zierlich gebauter junger Mensch mit lässigschleifendem Gang — nein, das war nicht Philipp Justus — aber die Elsinger war nicht zu verkennen, trotzdem sie sich reichlich verändert hatte. Voller war sie geworden, hatte dabei nichts von ihrem elastischen Gang verloren. Rena wollte ihr entgegengehen, als das Paar unter dem alten Kirschbaum haltmachte. Thora deutete auf die Gartenbank, der Jüngling setzte sich gehorsam. Sie kam allein. Die Mädchen schüttelten sich die Hände. Rena blickte erstaunt in das geschickt geschminkte Gesicht — ihr Blick flog über das kleidsame Hütchen, das dem kühlen Septembertage angepaßte Kostüm, die Eidechsenschuhe — dies alles waren Erzeugnisse erster Geschäftshäuser, da war kein Zweifel möglich! Thora Elsinger war aus der studierenden armen Bohémienne eine schöne Frau geworden!

Sie sah sich mit ihren glasharten, blauen Gletscheraugen in dem Zimmer, in das Rena sie führte, um und fragte schnell: „Sind wir hier ungestört? Ich brauche Ihre Hilfe und muß Ihnen eine kuriose Geschichte erzählen … Philipp Justus — Ihr alter Freund …"

Rena verzog das Gesicht und hob abwehrend die Hand. Aber sie war doch zu neugierig, um die Elsinger nicht anzuhören, die schnell und ohne Umschweife folgendes berichtete: Beide, Thora und Philipp, hatten ihr Oberlehrerexamen nebst dem dazugehörigen Dr. phil. bestanden und von dem Vater, dem Geheimen Oberschulrat in derselben kleinen Stadt in der Nähe Berlins, Stellungen in Aussicht gestellt bekommen, die ihnen eine Heirat und die Führung eines kümmerlichen Haushaltes gestatteten. Kümmerlich!! wiederholte die Elsinger mit hohnvollem Pathos. Vorläufig nur als Aushilfe! Und ihr hatte sich in dieser Zeit ein märchenhaftes, schier unwahrscheinliches Glück eröffnet: auf einer Redoute hatte sie den jungen Fürsten Neblunoff kennengelernt — Ossip Neblunoff —, er hatte sie hierher begleitet — er sei so ausnehmend ritterlich, der liebe Junge, und ihr so ganz ergeben. Echte, gute, russische Aristokratie — nicht nur so ein Fürst aus schlechten Romanen. Natürlich längst verarmt — schon vor dem Krieg hatte der Vater als Rettung aus Schwierigkeiten zur Ehe mit einer amerikanischen Stahlkönigstochter gegriffen. Wirklich — ganz amerikanisch tüchtig und praktisch denkend. Sie hatte Thora Elsinger zu sich kommen lassen und ihr eröffnet, der junge Fürst — seit dem Tode des Vaters führte er zu Recht diesen Titel — brauche eine Frau, und zwar eine kluge und energische Person, die — nun, die eine gewisse Autorität über ihn ausüben könne. Der kleine Ossip habe sich toll in sie verliebt und quäle seine Mutter Tag und Nacht, ihm diese Frau zu schenken. Wie ein Spielzeug — er sei ja so — o — o kindlich! Und hier liege der Haken bei dem Geschäft, das sie freimütig mit dem Fräulein durchsprechen wolle. Ihr Sohn sei leider etwas minderbegabt — aber sie scheine nach allem, was sie über die zur Wahl gestellte Schwiegertochter erfahren habe, Lebensklugheit und Bildung für zwei zu besitzen — Ossip leide auch zeitweilig an pathologischen Störungen, er sei dann nicht zu bewegen, aus dem Bett aufzustehen, und das sei gut, denn, werde er unruhig, müsse er mit allerlei Beruhigungsspritzen behandelt werden, um nicht auf peinliche Torheiten zu verfallen. Übrigens hätten ihr verschiedene ärztliche Autoritäten versichert, eine glückliche Ehe sei das beste Mittel, seinen Zustand zu bessern, wo nicht zu heilen. Ein gewandter, kenntnisreicher, ausgebildeter Diener werde das junge Paar in die Ehe begleiten. Eine Villa bei Nizza, ein Landgut in Schottland sei zu ihrem Aufenthaltsort ausersehen. Die Fürstin Neblunoff wünsche nach Kalifornien, ihrer Heimat, zurückzukehren. Etwas lebenslustig ist meine Schwiegermama in spe — das muß man schon zugeben. Sieht auch wohl um zehn Jahre jünger aus, als sie wirklich sein mag. Kurz, sie will den Sohn los sein und läßt es sich etwas kosten! Die Stimme der Elsinger schlug plötzlich um, wurde ärgerlich und gereizt. „Nun stellen Sie sich vor, dieser Esel von Justus hat es sich in den Kopf gesetzt, das Glück, das sich mir bietet, zunichte zu machen. Nachdem ich ihm energisch auseinandersetzte, daß aus unserer Hochzeit nichts werden könne, rennt er wütend davon und steckt sich den Schlauch seines kleinen Gaskochers in den Mund, nachdem er sich vorher noch mit Veronal halb betäubt hatte. Beinahe hätte er die Kinder seiner Zimmervermieterin, die im Nebenzimmer schliefen, noch in den Tod gebracht. Man konnte ihn gerade noch rechtzeitig von dem Schlauch befreien und ins Krankenhaus schaffen lassen."

„Ich verstehe nicht", warf Rena ein, „warum diese Aufregung? Er mußte doch wissen, daß Sie ihn schon oft betrogen hatten."

„Es hat auch Szenen genug gegeben! Aber ich blieb doch am Ende immer sein Eigentum — wenigstens bildete er es sich in seiner Eitelkeit ein — hier aber fühlte er, daß es eine endgültige Trennung galt. Er ist eben ein echter Philister und eigensinnig wie ein Kamel. Denken Sie nur an seine Stirn!"

„Immerhin", sagte Rena langsam, „er hat Sie doch wohl sehr geliebt!"

„Nicht im mindesten", antwortete die blonde Schwedin schnell. „Er kannte mich ja gar nicht, liebte nur das Idealbild, das er aus mir zu machen gedachte. Wehe seinen Schülern, wenn die einmal lauter Idealbilder werden sollen!"

Rena stand auf, als wolle sie die Elsinger verabschieden.

„Ich verstehe nicht, was ich in dieser ganzen Angelegenheit tun soll?"

Thora erhob sich gleichfalls. „Ich glaubte, bei Ihnen Verständnis zu finden. Ich scheine mich getäuscht zu haben. Also mit drei Worten: ich möchte für die nächsten Wochen — vielleicht Monate — Philipp Justus unschädlich machen. Ich dachte an das Sanatorium Ihrer Kusine. Philipp hat natürlich nicht das Geld dazu. Man müßte ihm beibringen, daß irgendeine hochherzige Stiftung besonders begabten jungen Gelehrten die Summe für eine Erholungszeit gewähren würde. Der großherzige Stifter bin natürlich ich selbst — aber das darf er nicht ahnen!"

„Warum wenden Sie sich nicht direkt an Doktor Hoffpauer und Ludo?"

„Ihre Kusine ist so ethisch! Der Teufel mag wissen, was sie an dem Vorschlag schockieren würde."

„Und von mir glauben Sie, daß es mich nicht schockieren würde, wenn Sie um des Geldes willen einen Halbirren heiraten? Und den armen Kerl weiter betrügen, wie Sie Justus betrogen haben?"

„Ach, Rupprecht, machen Sie sich doch nichts vor! Sie würden in meinem Falle genau so handeln. Die Jahre meiner sogenannten Verlobung mit Justus waren eine Hölle. Dem kleinen Ossip wird es bei mir viel besser gehen als bei seiner Frau Mutter, der mütterliches Gefühl nun einmal versagt ist. Übrigens — Sie werden vielleicht lachen —, aber ich fühle wirklich zuweilen etwas wie mütterliche Wärme für dieses hübsche, von der Natur vernachlässigte Kerlchen. Also — wollen Sie oder wollen Sie nicht Frau Hoffpauer, vielleicht besser ihm, meinen Vorschlag unterbreiten? Zwei Monate werden voraus bezahlt. Sie sollen nur den Preis fordern, der ihnen in diesem besonderen Fall für richtig erscheint."

Sie zog aus ihrem Schlangentäschchen ein langes, schmales Scheckbuch. „Sehen Sie, Rupprecht, aus solchen kleinen Büchern steigt alles Glück, was die Welt überhaupt bieten kann. Alles andere ist dumme Träumerei. Meine Schwiegermutter ist eine reelle Dame. Sie hat ihr Vermögen zwischen sich und ihrem Sohn geteilt und mich mit allen Schikanen des Gesetzes zur unumschränkten Verwalterin des Geldes ernannt, natürlich nur für den Fall, daß ich mich nicht scheiden lasse."

Rena war von allem Gehörten und dem leidenschaftlichen Wortschwall aus Thoras großem, rotem Munde so verblüfft, daß sie, sonst nie verlegen, völlig verstummte. Es gab eine etwas schwüle Stille zwischen den beiden, bis Thora mit unnatürlicher Lebhaftigkeit ausrief: „Da draußen auf der Veranda steht ja eine wundervolle Obstschale! Mein kleiner Fürst schwärmt für Obst — darf ich ihn hereinrufen?"

*

„Es scheint mir, meine liebe Ludo", begann Doktor Hoffpauer, als er mit seiner Frau und Rena am nächsten Mittag in des Ehepaares behaglichem Wohnzimmer saß, „wir sind nicht in der Lage, uns so hochmütig ablehnend gegen das Anerbieten dieses Fräulein Elsinger zu verhalten . . ."

„Mir widerstrebt die ganze Angelegenheit ebenso sehr wie der Mensch, von dem sie ausgeht", sagte Ludo kühl. „Aber wenn du meinst . . ."

„Ich meine allerdings", rief Hoffpauer. „Unsere Geschäfte mit diesem Sanatorium sind keineswegs so gut, wie ich mir erhoffte . . . Ich denke, sein Aufenthalt ist für zwei Monate gedacht — habe ich recht verstanden?"

„Ja", sagte Rena, „bis dahin hofft die Elsinger mit ihrem Fürsten über die Grenze gegangen zu sein. Übrigens, Ludo, ich stimme dir vollständig bei, das Ganze widert mich an. Ich war fest entschlossen, die Vermittlung abzulehnen. Aber ich weiß nicht, was mir geschah. Als ich diesem armen, von der Natur benachteiligten kleinen Fürsten in seine freundlichen, leeren, blauen Kinderaugen sah, faßte mich ein ungewohntes Mitleid an. Man muß ihn wirklich schützen, und die Elsinger scheint mir den richtigen Weg gefunden zu haben. Ein bißchen Mitleid habe ich auch mit dem in seiner Hörigkeit und Liebesbesessenheit rabiat gewordenen Philipp. Ich bin ja sonst nicht für gute Werke, aber hier, meine ich, ihr tut wirklich ein gutes Werk!"

„Wenn meine kühle Kusine uns dazu rät, so füge ich mich", sagte Ludo und blickte Rena freundlich an.

Man sprach nun noch hin und her, wie es am besten einzurichten sei, daß der neue Patient auf keine Weise spüren könne, woher die Kosten für diesen Aufenthalt kamen.

Man einigte sich dahin, daß Hoffpauer selbst an den ihm doch bekannten Justus schreiben solle, von einem Deutsch-Amerikaner, der selbst gern studiert haben würde, sei ihm eine Summe zur Verfügung gestellt, um jedes Jahr einen deutschen jungen Gelehrten, der einer Erholung bedürftig sei, für zwei Monate zu beherbergen. Durch Geheimrat Kapeller habe er erfahren, daß Justus im Krankenhaus liege, und so lade er ihn hiermit ein, von dem großartigen Stipendium Gebrauch zu machen. Daß er noch einige freundliche Redensarten hinzufügen werde, verstehe sich ja von selbst, bemerkte Hoffpauer in wohlwollend ärztlichem Ton.

Inzwischen hatte die Kinderwärterin die Tür geöffnet und den kleinen Felix hereingelassen. Es war die Stunde, die sich die Eltern gönnten, um mit ihm zu spielen. Heute interessierte ihn der nicht alltägliche Besuch, und er kletterte auf Renates Schoß, um ihre bunte Halskette näher zu betrachten. Sie schäkerte ein wenig mit dem Kleinen. Beide lachten fröhlich, und Ludo rief plötzlich: „Herr Zum Tal hat doch recht, Felix sieht Rena entschieden ähnlich. Sieh, Mannie, dieselben goldbraunen Augen — der lustige Blick und die kleine, nach oben strebende Nase! Von welcher verstorbenen Großtante mögen sie dies Erbe haben? Von den Eltern gewiß nicht!"

Hoffpauer sah auf die beiden aneinander gedrückten Köpfe und bestätigte die Beobachtung seiner Frau. Rena war plötzlich sehr rot geworden. Ein wunderliches Gefühl, das mehr einem Schrecken als einer Freude glich, erfaßte sie verwirrend. Sie lachte verlegen und ließ das Kind von den Knien herunter.

Sie verabschiedete sich schneller, als sie eigentlich gewollt hatte. Sie schlug den Landweg ein, den Hügel hinab und am Seeufer entlang. Krankenbesuche bei diesem törichten Justus werde ich jedenfalls unterlassen, dachte sie beim Wandern. Nachdem er, wo er konnte, mich lächerlich gemacht hat, würde ihm mein Erscheinen nur peinlich sein. Mein Gott, was gibt es alles für sonderbare Liebesauswüchse auf Erden, und warum müssen sie mich betreffen? Sie hatte jahrelang kaum jemals an das unangenehme

Erlebnis mit dem Studenten Lippus gedacht. Auch jetzt schob sie es in ihrem Gedächtnis beiseite. Die vielen freundlichen Stunden, in denen sie im Dachzimmerchen der Burgerin miteinander Griechisch getrieben, tauchten in ihrer Erinnerung auf. Ohne Schuld war sie eben doch nicht ganz! Sonderbar! Und Rock! Und der Geheimrat! Und der arme kleine blöde Seppl, gegen den sie barsch sein mußte, um seine rührende Verehrung in den nötigen Grenzen zu halten? Und Gertrud, die Scheue, Herbe, von der sie doch in einem verborgenen Winkel ihres Herzens fühlte, daß sie und ihre Gegenwart dieses erstarrte Leben wieder neu erwärmt hatte?

Alle diese Menschen — in wie verschiedener Weise hatten sie ihre Liebe dargebracht, und sie konnte ihnen nichts, gar nichts dafür wiederschenken. Sie kam sich so verzweifelt arm in diesem Augenblick vor, daß ihr Tränen des Mitleids mit sich selbst in die Augen sprangen. Sie wischte sie fort, wie man Tautropfen von einer Blume schüttelt, und blieb stehen, weil ihr der Atem fehlte. Sie fühlte es gleich einem Schicksal, das sich über sie senkte gegen ihren Willen, ganz gewiß gegen ihren Willen. Die Ähnlichkeit des kleinen Felix mit ihr selbst bedrängte sie unheimlich. Froh war sie, das Bauernhaus, in dem sie einkehren wollte, vor sich zu sehen und diese seltsame Stimmung abschütteln zu können, um die Geschäfte zu erledigen.

Als sie wieder heraustrat, um ihren Weg fortzusetzen, das Körbchen mit ihren Einkäufen am Arm, erfüllte sie ein unbeschreiblicher Jubel, eine triumphierende Glückseligkeit, die sie nicht hätte nennen können und auch nicht nennen wollte. Rings um sie her strahlte die Welt in goldenem Septemberglanz der untergehenden Sonne. Auf dem hellgrünen Wasser schimmerten goldene, zitternde Brücken. Die Herbstpracht der buntgefärbten Laubbäume wurde von den Sonnenstrahlen zu einem unerhörten Leuchten gebracht. Aus den kleinen Bauerngärten strahlten Dahlien, Astern und Sonnenblumen wie zusammengedrängte bunte Herbststräuße. Dann wieder, wenn der Wald sich tiefer bis zum Wasser erstreckte, trat sie leise erschauernd in den dunkelgrünen Schatten der Fichten, und die Moospolster dufteten nach feuchter Erde und einem quellenden, heimlichen Wachstum unter dem Vergehen zu ihr empor.

Als sie aus dem Walde trat, ein Liedchen leise vor sich hinsummend, blieb sie stehen. Ein Mann kam ihr entgegen in der landesüblichen blauen Leinenjacke und den ledernen Kniehosen. Oh . . . sie kannte diese hohe, hagere Gestalt! Er war zurückgekehrt . . . und ihre Füße wurden so lebendig, sie tanzten den sich senkenden Weg entlang ihm entgegen. Als sie voreinander standen, reichten sie sich mit einem festen, kurzen Druck beide Hände, und Rena sagte fröhlich: „Schön, daß Sie wieder da sind! Was haben Sie ausgerichtet?"

Auf seinem sonnengebräunten Antlitz lag das gute, herzliche Lächeln, das sie liebte und das man selten dort sah.

„Sie müssen mich schon noch eine Weile behalten. Es ist jetzt schwer, Unterkunft zu finden für jemanden, der nichts aufzuweisen hat als eine erbärmliche Niederlage. Aber mit den Johannisbeeren", sagte er plötzlich lauter und lachend, „passen Sie auf, das wird etwas, und morgen wollen wir das Gelände besichtigen und in die Stadt fahren, um mit dem Rechtsanwalt zu reden, der es für die Erben verwaltet und darüber zu bestimmen hat."

Er hatte Rena den Korb abgenommen, ging an ihrer Seite, fragte nach den Ereignissen der Klein-Mädchen-Wirtschaft, und sie besprachen eifrig mancherlei Pläne.

## XXIV

In weißen Schwaden stiegen die ersten Herbstnebel aus dem See und trieben die Gärtnerinnen früh ins Zimmer. Klaus gesellte sich zu ihnen, die während seiner Abwesenheit eingegangene Post in der Hand. Er hatte seine Schwester auf einer Leiter stehend, an einem jungen Birnbaum die Früchte abnehmend und Seppl zureichend angetroffen. Das war nicht gerade eine bequeme Stellung zu längerer Begrüßung. Er hatte sich zur Erquickung eine Handvoll der saftigen Frühbirnen aus dem Korbe genommen und sich schnell davongemacht, Rena aufzusuchen.

„Es scheint mir, ich komme grade recht zur Ernte", rief er vergnügt. „Der Geheimrat Kapeller, den ich unterwegs im Zuge traf und der mich sehr liebenswürdig in sein Abteil bat, bestellt einen Zentner Napoleonsbutterbirnen und dito von den roten Erdbeeräpfeln. Übrigens läßt er euch grüßen und fragen, warum ihr niemals zu den Sonntag-Nachmittagen seiner Frau kommt."

„Ich mag nicht wieder in diese alte Welt hinein", sagte Rena. „Darunter ist ein Strich gemacht . . . den soll man respektieren. Gertrud macht sich auch nichts aus der Gesellschaft . . ."

„Unter der gelehrten Gesellschaft komme ich mir recht dumm und ganz ungebildet vor", entschuldigte sich Gertrud mit ihrem kleinen überlegenen Lächeln.

„Ich fand den Geheimrat heute einfach und menschlich . . . ich habe mein Vorurteil gegen ihn abgelegt. Er kann es noch immer nicht verschmerzen, seine beste Schülerin verloren zu haben. Wir haben etwas hin und her geredet über das Thema, welche inneren Gründe Rena Rupprecht veranlaßt haben können, ihren Beruf zu wechseln. Ich glaube, er liebt Sie, Rena, aber im Grunde kennt er Sie doch gar nicht."

Rena lachte. „Und Sie, Klaus? Kennen Sie mich denn besser?"

Klaus Zum Tal senkte die Lider und antwortete nicht gleich. Dann sagte er ruhig: „Ganz gewiß weiß ich mehr von Ihnen."

„Der Geheimrat hat mich einmal sehr gekränkt, indem er behauptete, ich würde niemals eine echte Gelehrte . . . ich solle heiraten und Kinder haben . . . mit so schrecklichen Nasen wie meine! Stellen Sie sich das vor! Sechs Kinder nebeneinander mit sechs solchen Himmelfahrtsnasen!"

Klaus zog die linke Schulter in die Höhe und machte ein kurioses Gesicht. „Bei dem kleinen Hoffpauer finde ich sie recht niedlich", erklärte er. „Was die Gelehrte betrifft, so würde ich dem Geheimrat recht geben . . . bei dem letzten

Punkt habe ich meine Zweifel. Sie sind keine mütterliche Natur, Rena."

„Demnach . . . in Ihren Augen erledigt!"

„Ich glaube es anders", fiel Gertrud ein. „Ich meine, es steckt viel in Rena, von dem sie selbst noch nichts weiß."

„Sein damaliges Urteil hält er jedenfalls nicht mehr aufrecht", spann Herr Zum Tal das Thema weiter aus. „Er erzählte mir von einer Arbeit, die ihn sehr interessiert habe und aus der er denn doch auch auf gelehrte Talente bei Ihnen zu schließen schien. Warum verheimlichen Sie mir solche Taten? Lassen Sie mich die Geschichte dieser byzantinischen Königstochter doch einmal lesen, oder halten Sie mich dessen nicht für würdig?"

„Ach, ich weiß gar nicht, wo der alte Schmarren hingekommen ist", sagte Rena, „ich habe damals nur ein paar Abschriften machen lassen, gedruckt ist er nie worden."

„So geben Sie mir eine von den Abschriften!"

Sie schüttelte trotzig den Kopf, und er drang nicht weiter in sie.

„Um auf etwas anderes zu kommen", begann er, zog das Feuerzeug an sich und fing an, in seiner gewohnten Weise bedächtig zu rauchen. „Die Herzen der Bankiers sind etwas Unergründliches."

„Wieso?" fragte Gertrud aufhorchend.

„Ja, aus meinem Erbe haben sie mich mit List und Tücke herausgetrieben. Ich bin noch heute überzeugt, daß ich doch am Ende, hätte man mir länger Geduld gehabt und mir etwas länger Kredit gewährt, mich herausgehauen haben würde. Jetzt teilen sie mir mit, daß sie mein Gut in so

‚ausgezeichnetem Zustande' gefunden hätten, daß sie bereit wären, eventuell zu einem neuen Geschäft mir die Hand zu bieten. Verstehen Sie mich, Rena, ich will auf keinen Fall, daß Sie den Rest Ihres Vermögens, um mich zu beschäftigen, in der Vergrößerung dieser Besitzung anlegen."

„Oh . . ." meinte Rena, „ich habe eigentlich noch gar nicht darüber nachgedacht!"

„Aber ich habe für Sie gedacht!"

„Nun also, diese neue Obstplantage soll Sie von uns unabhängig machen, nicht wahr?"

„Vielleicht war mein Gedankengang ähnlich. Jedenfalls freue ich mich, daß mir Gelegenheit zu einer Pachtung auf eigene Hand gegeben worden ist."

„Und ich kann bei meinen Zuchtversuchen und Gertrud bei ihrem Gemüse bleiben", sagte Rena sonderbar mißmutig. „Diese neue Sache hätte auch wohl unsere Kraft überstiegen."

Am nächsten Morgen schon besichtigte man zu dreien das Gelände. Es fanden Verhandlungen statt, die Zum Tal mit Umsicht und Klugheit leitete. Es gab außerdem in den Erntetagen viel zu tun mit Pflücken und Einsammeln der Früchte, mit ihrer sachgemäßen Verpackung und Absendung an die verschiedenen Käufer, und zu Privatgesprächen fand sich nicht ein Augenblick Zeit. Aber es war ein lustiges Schaffen in dem milden Septembersonnenschein, und alle waren fröhlich und lachten viel über harmlose Scherze, Seppl inbegriffen, dem man freundlich gewährte, sich an dem reichen Obstsegen kräftig zu laben. An einem der Abende, als man sich heiß und müde früh gute Nacht wünschte, schob Rena eine kleine Papierrolle in Klaus' warme, rote Hand und sagte schüchtern und verlegen lachend: „Wenn Sie es durchaus wollen!" Er nickte ihr freundlich zu und ging hinüber in seinen Eisenbahnwagen.

Während Rena und Klaus am nächsten Morgen beschäftigt waren, einen der Obstkörbe zu packen, jede einzelne der schönen, duftenden, grünen Birnen von Rena in Papier gewickelt und von Klaus vorsichtig zwischen Heulager geschichtet, sagte er plötzlich kopfschüttelnd: „Verschrobene Person, diese Hilaria! Was fanden Sie eigentlich an ihr?"

„Ich habe sie so gut verstanden. Sie suchte die Liebe und fand sie nicht."

Sie sagte es leise und gegen ihre Gewohnheit beinahe träumerisch.

„Die Liebe darf man nicht suchen. Sie kommt über uns und ist eine Gnade oder ein Verhängnis!"

„Gegen das man sich doch mit seinem Willen wehren kann!"

Schon hatte das Mädchen die alte, scharfe Art zurückgewonnen.

„Nein, man kann sich nicht wehren", sagte Klaus, „man muß sie tragen, auch wenn sie sehr aussichtslos ist!"

„Das scheint mir unmännlich! Ein Mann wie Sie muß doch Freude haben am Kampf gegen eine solche Gewalt."

„Er will wohl nicht kämpfen gegen das Schönste, was ihm im Leben widerfahren."

Rena legte langsam die Frucht, die sie in der Hand hielt, in den Korb und sagte zögernd: „Ist die Frau nicht zu erobern?"

„Das Mädchen ist nicht für die Ehe geschaffen . . . ich fürchte es wenigstens", erwiderte Klaus.

„Es käme auf einen Versuch an", flüsterte Rena.

„Nein", rief der Mann laut und hart. „Die Ehe ist kein Versuchsfeld für launenhafte junge Damen."

„Wie kann man eine Ehe eingehen auf Lebenszeit, wenn man gar nichts von ihr weiß und sich auch kein Bild von diesem Zustand machen kann?" meinte Rena, und ihre Stimme zitterte ein wenig.

„Fräulein Rupprecht, wir wollen unsere Arbeit tun und nicht mehr über solche Spitzfindigkeiten grübeln."

Sie sahen sich beide in die Augen, gespannt wie zwei Kämpfer. In dem Gesicht des jungen Mannes war nichts Mildes, vielmehr eine strenge Zusammengefaßtheit, hinter der Rena einen eisernen Willen spürte, der sie bis zur Atemlosigkeit lähmte. Sie wandte sich scharf um, ließ ihn stehen und lief davon.

## XXV

Klaus hatte den beiden Mädchen auseinandergesetzt, daß sie mit ihren Versuchen, neue Alpenveilchen- und Nelkensorten zu züchten, nur ihr Geld zum Fenster hinauswerfen würden. Es sei jetzt nicht die Zeit, mit solchen Luxusdingen zu tändeln . . . man müsse sich jetzt fest und sicher dem Notwendigen, für den Gebrauch des Volkes Heilsamen zuwenden. Damit allein tue man seine Pflicht und verdiene vielleicht auch Geld, weil man einem entstehenden Bedarf entgegenkomme. Er sprach zu den beiden Mädchen, wandte sich aber hauptsächlich an Renate. Gerade auf seinen Fahrten in Württemberg habe er auf verschiedenen Versuchsstationen die interessantesten Erfahrungen gesammelt, ebensowohl in der Bereicherung des Bodens wie in den vielfachen Möglichkeiten, gerade das Beerenobst für die menschliche Nahrung zu verwerten. Die Sportjugend habe sich von Alkohol und Nikotin entschieden abgewandt und bevorzuge die natürlichen Produkte. Hierin liege ein guter Kern zur Gesundung und Kräftigung des Volkes. Beim Körper fange es an, in Geist und Seele werde es hoffentlich Frucht tragen.

Gegen ihre Gewohnheit blieb Rena still, während Gertrud durch ernste, sachliche Fragen jetzt ein unerwartetes Interesse bekundete.

„Klaus", sagte sie freundlich, „wie du mich in diesem Augenblick an unseren Großvater erinnerst, der von seiner Merinoschafzucht das Heil für Deutschland und die sinkende Landwirtschaft erwartete . . ."

„. . . und so viel Geld dabei verlor", warf der Bruder lachend ein. „Seinen Eigensinn werde ich wohl geerbt haben."

„Hoffentlich hast du mehr Glück mit den Beeren."

„Du meinst, ein Gescheiterter sollte sich hüten? Aber ich glaube jetzt manchmal, mein Stern wendet sich zum Guten, und wenn ich nicht mehr experimentieren darf, dann kann ich auch nicht mehr leben!"

Er stand auf und ging rauchend im kleinen Zimmer, das nach Holz duftete, auf und nieder.

„Ich möchte grade Sie, Rena, aus der Kleinmädchenwirtschaft in eine größere Tätigkeit versetzen, die Sie durch den notwendigen Verkehr mit den Obstverwertungsfabriken stärker mit der Welt zusammenbringt“, sagte er warm. „Ihr beide lebt hier wie halbe oder ganze Einsiedlerinnen . . . das ist gut für eine Weile, aber nicht auf die Dauer. Ein Mensch mit einem so starken Leben wie Sie, Rena, braucht zuweilen Futterwechsel, um frisch und leistungsfähig zu bleiben, wie ein feuriger kleiner Gaul!“

Rena lachte . . . der landwirtschaftliche Vergleich gefiel ihr.

„Er meint mich . . . aber im Grunde vielleicht sich selbst noch mehr“, flüsterte sie Gertrud lustig zu, so daß der Mann es wohl hören konnte. Er schmunzelte und fühlte, der Friede zwischen ihm und dem eigenwilligen Mädchen war wiederhergestellt.

So wurde die Arbeit in dem neuen Gebiet von diesem Abend an energisch und mit Eifer von allen Seiten gefördert.

„Ich verstehe eigentlich nicht“, bemerkte Rena einmal zu Fräulein Zum Tal, „daß Klaus mit seiner Energie und seinem Ideenreichtum es nicht geschafft hat, euer Gut zu halten. Er ist doch viel klüger als das, was man sich so unter einem gewöhnlichen Landwirt vorstellt.“

„Ach“, seufzte Gertrud, „du hast in allem recht, aber er mußte die Sünden seiner Väter büßen. Der Großvater freilich war schon ein prächtiger Kerl, Klaus hat viel von ihm im Charakter, die weitausschauenden Pläne und das tiefe Bedürfnis, mit der eigenen Arbeit das Allgemeinwohl zu fördern. Aber der Alte war daneben eigensinnig bis zum Starrsinn. Der Harzboden war eben nicht geeignet für die Schafzucht, wie die weitläufigen Weidegebiete in Schottland mit der eigentümlichen Vegetation und dem Seewind, der darüber hinstreift. Er hat die schönsten Böcke von dort kommen lassen, hätte am liebsten sein ganzes Gut zu Weideflächen umgearbeitet, aber sonderbarerweise hatte die Wolle der Schafe durchaus nicht die Weichheit und den Wert der schottischen. Ich erinnere mich noch aus meiner Kinderzeit, wie Vater und Sohn oft heftig zusammenkamen, wenn der alte und der junge Klaus — so wurden die beiden in der Gegend genannt — sich gegenseitig ihre Liebhabereien vorwarfen. Mein Vater war ein glänzender Kavallerieoffizier. Er hätte am liebsten wieder das Gut in einen riesigen Rennstall verwandelt und verwettete Unsummen am Totalisator. Die Neigung zum Spiel gewann schließlich, als er durch den Tod des Vaters unabhängig wurde, durchaus Macht über ihn. Er verbrachte seine Zeit in Monte. Die Mutter, ursprünglich einfach und bescheiden, entwickelte sich dort zu einer gefeierten Weltdame, das heimatliche Gut den Beamten überlassend. Ach, Rena, die Offizierslaufbahn ist keine gute Vorbereitung für den Landwirt gewesen. Als mein Bruder, noch ein halber Junge, nach dem Tode unseres Vaters die Erbschaft antrat, fand er alles im Übermaß verschuldet. Die Gläubiger, hauptsächlich die Banken der umliegenden kleinen Harzstädte, deren Inhaber durch die glänzende Erscheinung des Vaters geblendet waren, begannen, den jungen, bescheiden auftretenden Menschen abscheulich zu bedrängen. Klaus hatte, um zu sparen, ohne Verwalter gearbeitet, gelebt wie ein Mönch, sich keine Freude, keine Erholung gegönnt. Aber er bekam den Kredit nicht mehr, der seinem Vater zu seinen Reisen nach Monte so freiwillig gewährt wurde. Die Zeiten waren eben andere geworden, und jeder Bankier fürchtete für das Seine. Das alles ist schwer zu erklären, und ich vermute fast, Klaus ist manchmal nahe daran gewesen, alles hinzuwerfen und sich eine Kugel vor den Kopf zu schießen. Hier kam ihm, Gott sei Dank, der großväterliche Eigensinn zu Hilfe, der eine Aufgabe nicht fallen läßt, bis die äußersten Möglichkeiten erschöpft sind."

Rena hatte aufmerksam zugehört. „Ich glaube", sagte sie nachdenklich, „es ist diese starke Männlichkeit in seinem Wesen, die mir imponiert, auch wenn ich mich über sie ärgere. Liebenswürdig ist er ja nicht immer . . ." Sie brach das Gespräch kurz ab, und es wurde auch nicht mehr fortgesetzt.

Es kam der Tag zu Anfang des Oktober, als die Anwälte endgültig nach der Stadt zurückkehrten und die drei noch einmal den neuen Besitz umschritten. Dann fragte Klaus Rena; ob sie mit ihm einen Gang den Berg hinauf in den Wald tun möchte . . . er habe Lust, sich für eine Stunde all diese Schreibgeschäfte und Zänkereien aus dem Kopf zu schlagen. Gertrud erklärte gleich, sie sei müde, wolle heim, ein wenig ruhen und den Kontrakt nochmals durchgehen. Klaus nickte ihr zu.

Klaus und Rena stiegen den ziemlich steilen Hohlweg, den Berg hinan, wo der Wald sich breiter mit großen alten Fichten entfaltete. Sie schwiegen beide, achteten kaum ihrer

Umgebung. Felsblöcke lagen zur Seite des Weges, Moospolster glitzerten silbern von den Tautropfen eines am Morgen gefallenen Regens. Zarte Pflanzengebilde hatten sich hier angesiedelt, winzige graue Becherchen erhoben sich aus dem Moos, rötliche und gelbe Flechten klammerten sich an das feuchte, braune Gestein. Kleine Trupps von rosa Pilzchen standen zierlich dazwischen . . . eine Welt im kleinen, sich in zahllosen Winzigkeiten entfaltend. Von den hohen Fichten hingen silbergraue Greisenbärte lang herab. Die Buntheit des Herbstes war zurückgeblieben im Sonnenschein der Wiesen. Die Wanderer traten tiefer und tiefer in den dunklen Schatten des Hochwaldes. Tiefe Stille herrschte hier, die Stille des Herbstes, von keinem Vogelruf gestört. Nur in der Ferne zuweilen ein Knacken im Gehölz, wenn ein Tannenzapfen sich löste und auf den Boden fiel.

Plötzlich durchdrang ein Ton den Wald, mächtig dröhnend, der fürchterliche, gewaltige Schrei einer großen Kreatur, die man nicht sah. Rena faßte erschrocken nach der Hand des Mannes an ihrer Seite, und wieder tönte es von der Höhe hernieder. Sehnsuchtsvoll, wild, in einer ungeheuren Naturbegierde hallte der Brunstschrei der Hirsche. Klaus Zum Tal lachte laut auf. „Herrlich . . . herrlich", rief er, „fürchten Sie nichts, kleines Mädchen, sie sind nicht auf unserem Weg. Ach, wie oft bin ich hier heraufgestiegen, des Nachts, wenn ihr zu Bett ginget, um ihnen zuzuhören! Wie erinnern sie mich an meine schönen Hirsche im Thalegrund und auf den Harzbergen! Das war furchtbar, als ich meine Jagd verpachten mußte und die elenden Sonntagsjäger das edle Wild anschossen, das jämmerlich in den Schluchten verenden mußte. Einmal habe ich einem den Gnadenstoß gegeben, obwohl ich es ja nicht mehr durfte. Ach, Rena ..." Sie drückte seine Hand und ließ sie dann los. Sie traten auf die Kuppe des Berges, die frei und mit hohen, verdorrten, hellgelben Gräsern bestanden war. Ein gelbroter Streifen Abendlicht umsäumte den Horizont. Grünglässern hob sich die Himmelskuppel von ihm ab. Unter ihnen wogte der Wald, der sie rings umschloß. Aus der Ferne drang von Zeit zu Zeit der majestätische Hochzeitsruf des Hirsches zu ihnen.

„Wie glücklich ist solch ein Tier", sagte Klaus und trat von Renas Seite an den Rand des Hochplateaus. „Es kann wenigstens seine Qual hinausschreien in die Weite der Welt. Wie muß das befreiend sein!"

Er sprach nicht zu dem Mädchen, er sprach zu sich selbst. Ein Grauen kam über sie vor den starken Mächten, mit denen sie hier in der Einsamkeit des Waldes standen. War das Liebe? War sie so schauerlich?

„Klaus", sagte sie leise und bange, „wir wollen heim ..."

„Ja, wir müssen wohl", antwortete er heiser.

Er wandte sich zu ihr. Unter dem hellen Abendhimmel schien sein braunes Gesicht unheimlich blaß. Er sah Rena an. Das war kein werbender Blick, wie sie viele gekannt hatte, wie sie ihr töricht und lächerlich erschienen. Das war der Blick eines Mannes, auf dem ein Schicksal lastete. Sie kam sich klein und armselig vor unter der Glut dieser scharfen Augen.

„Es wird Zeit, daß ich gehe ..."

„Ich glaubte, Sie wollten immer bei uns bleiben?" fragte sie leise und sanft.

„Nein . . ." antwortete er schroff. „Das ist unmöglich, Sie sehen es wohl!"

„Könnten wir nicht wie drei gute Geschwister zusammen leben?" fragte sie schüchtern.

„Kleines Mädchen . . ." Nun wurde seine Stimme weich und zärtlich. „Sie wissen gar nicht, wie grausam Sie sind! Lassen Sie doch diesen Unsinn von Bruder- und Schwester-Spielerei! Ich bin ein Mann, und wenn ich ein Mädchen will, dann will ich auch eine Frau, will Kinder . . . daß Sie es wissen ein für allemal! Und nun genug! Was Sie nicht fühlen, läßt sich nicht erzwingen!"

„Ich . . . ich . . . weiß ja nicht, was ich fühle", stotterte Rena verwirrt. „Ich möchte Sie halten, Sie sollen nicht fort aus meinem Leben."

„Halten, ohne zu geben? Wissen Sie nicht, daß das unmöglich ist?"

Sie gingen wieder schweigend durch den rasch sich verdunkelnden Wald, in dem jetzt weiße, dünne Nebel zwischen den Stämmen hin und her schwebten. Rena blieb stehen, atmete schnell.

„Klaus", sagte sie leise und wie fragend, „könntest du dir nicht eine Frau denken, die sich und dich nicht betrügen will und die nicht mehr verspricht, als sie geben kann, die aber doch so sehr hofft, du könntest sie die Liebe lehren?"

„Wenn du es ehrlich meinst, Rena?"

„Ja, ich meine es ehrlich! Darum will ich nichts versprechen, was ich nicht geben kann."

Er stand vor ihr.

„Ich weiß, daß ich jetzt schwach bin", sagte er rauh. „Aber ich kann nicht anders, als dich fragen: willst du wahrhaftig das Opfer bringen, das eine Ehe mit mir von dir verlangt?"

„Ja, ich will es bringen!"

Er faßte ihre beiden Hände und preßte sie so heftig, daß der Schmerz ihr bis ins Herz ging. Mit wollüstigem Grauen fühlte sie: jetzt wird er mich küssen! Doch sie wartete vergebens. Er ließ ihre Hand los und schob nur seinen Arm sanft unter den ihren. So gingen sie vorsichtig, um nicht zu stürzen, das letzte, rauhe Ende des nächtlichen Weges hinab.

## XXVI

Frau Rupprecht stand der Nachricht von der plötzlichen Verlobung ihrer Tochter und der zwanzig Tage darauf erfolgten standesamtlichen Trauung fassungslos gegenüber. Man hatte sie nicht gefragt, nicht einmal schriftlich ihren Rat eingeholt zu diesem wichtigen Schritt. Sie wußte nicht recht, ob es ihre Ehre als Mutter gebot, sich gegen diese Verbindung mit einem völlig fremden und anscheinend mittellosen Mann aufzulehnen und Renate ihr Haus für die Zukunft zu verbieten, als die Anmeldung des jungen Paares zu einem kurzen Besuch bei ihr eintraf.

So beschloß Frau Rupprecht denn, dem Rat ihrer Freundinnen zu folgen und die Liebe einer Mutter über alles von Menschen je erdachte Maß hinaus zu bewähren. Ein Telegramm enthielt Glückwunsch und gewährte freundlichen Empfang. Zu gleicher Zeit begann eine gewaltige Reinigung der stets tadellos gehaltenen Wohnung, als verfolge der erwartete Schwiegersohn mit seinem Besuch kein anderes Ziel, als in der fernsten und höchsten Ecke nach einem verirrten Spinnfaden oder Staubflöckchen zu suchen.

Die Tür war mit einer Girlande aus Tannenzweigen, Chrysanthemen und Papierrosen umkränzt, aus deren Mitte das Wort „Willkommen" auf weißem Schilde leuchtete.

Rena reichte der Mama die Wange zum Kuß, und während der Schwiegersohn für einen Augenblick in ihrer Umarmung verschwand, rief die junge Frau laut und lustig: „Nein, daß ich diesen Einzug unter einer Trauergirlande noch einmal erleben muß, ist erschütternd! Unser guter, blöder Sepp hatte mich schon, als wir vom Standesamt kamen, mit solcher Überraschung empfangen. Und dazu stand unser Eselchen noch vor der Tür unseres Blockhauses mit einem dicken Kranz um den Hals, den es vergebens versuchte abzurupfen. Der gute Kerl — ich meine nicht den Esel, sondern den Blöden — war so beseligt über seinen Einfall, daß ich nicht anders konnte, als ihm dankbar auf die Schulter zu klopfen. Also, Mama, es ist lieb von dir, uns so nett zu empfangen."

Klaus sagte nicht: „Aber Rena ...", er dachte vielleicht etwas Ähnliches. Die Mutter hatte die Augen voll Tränen, doch das gehörte ja wohl zu einem so feierlichen

Empfang und fiel nicht weiter auf. Der Schwiegersohn war schweigsam und befangen. Mutter und Tochter konversierten lebhaft von hundert Dingen, die ihn nichts angingen und auch den Frauen nicht besonders wichtig sein mochten. Ja der Bruder hatte es abgelehnt, zu kommen. Er arbeitete in einem Parteibüro und war dort nach seiner Behauptung eine wichtige Persönlichkeit. Wenigstens verbrauchte er sehr viel Geld, und die Mutter mußte ihm oft aushelfen, gestand sie seufzend.

So versuchten diese drei Menschen, für eine kurze Zeit sich miteinander einzurichten, und jeder von ihnen sehnte das Ende des Besuches herbei. Rena hätte sich kaum zu ihm entschlossen, wenn Klaus nicht erklärt hätte, er würde dann ohne sie fahren, sich der Schwiegermutter vorzustellen. Er besuche nicht eine ihm sympathische oder unsympathische Persönlichkeit, sondern das jetzige Haupt der Familie Renas und das Glied der Generationen, die sich in ewiger Reihenfolge aneinanderschließen, um ein Volk zu bilden, und denen man nicht entrinnen konnte, ohne sich an dem Volke selbst zu versündigen.

Da war er wieder ganz der „mittelalterliche Mensch", den Rena, in einem sonderbaren Widerspruch zu ihren eigenen Anschauungen, besonders an ihm liebte.

Frau Rupprecht führte ihre Kinder in das Gastzimmer, das sie zu dieser feierlichen Gelegenheit sehr traulich ausgestattet zu haben glaubte. Dicht standen die beiden Ehebetten nebeneinander, mit Spitzenkopfkissen und lila seidenen Daunendecken, denen ein leichter Naphthalingeruch entstieg, geschmückt. „Ja, unter diesen Decken haben der

Vater und ich geschlafen und sind glücklich gewesen. Ich habe sie gleich nach seinem Tode verpackt", sagte Frau Rupprecht mit etwas unsicherer, zitternder Stimme. „Es hat sie niemand seither benutzt, möchtet ihr, liebe Kinder, auch glücklich darunter schlafen."

Die Mutter hatte sich diese kleine Anrede seit Tagen ausgedacht und oft wiederholt, um nicht schließlich etwas ganz anderes zu sagen, als sie sich vorgenommen hatte.

Ein heftiger Stoß gegen einen Stuhl ließ sie aufschrecken. Klaus ließ mit gesenktem Kopf alles über sich ergehen. Rena hatte den Stuhl weggestoßen, als sie sich umwandte, um hinauszugehen. Sie war nicht errötet, das hätte die Mutter als natürlich empfunden, sie hatte auch nicht schämig gekichert, aber was bedeutet dieses tödliche Erbleichen? Es war ja doch eine Liebesheirat — oder nicht?

Rena hatte fluchtartig, die Tür hinter sich zuschlagend, das Zimmer verlassen.

„Sie werden sich noch an manche Eigentümlichkeit bei meiner Tochter gewöhnen müssen, lieber Schwiegersohn", sagte Frau Rupprecht. „Rena ist ein sonderbarer Charakter."

„Da ich sie lieb habe, liebe ich auch ihren Charakter", antwortete Klaus Zum Tal steif, ohne jede Wärme.

Zum Abendessen waren einige alte Freunde und Verwandte geladen. Die Speisen waren vorzüglich, die Weine auserlesen, Zigarren und Schnäpse waren erster Güte. Klaus in seiner ruhigen, würdigen Haltung fand allgemeinen Beifall vor dem strengen Richter- und Richterinnenkreis.

Renate, der niemand eine so solide Wahl zugetraut hätte, zeigte übertriebene Lebendigkeit, lachte viel, machte Witze mit den alten Herren und neckte sich mit jungen Vettern, die sie als Knaben gekannt. Ihres Mannes Blicke folgten ihr. Er war beunruhigt von diesem Wesen, das ihm plötzlich fremd geworden war. Wurde seine Frau ihm nicht mit jedem Tag ihrer kurzen Ehe unbegreiflicher?

„Unerträglich ... das alles ist unerträglich, Klaus, wir müssen abreisen ..."

„Ja, du hast recht, ich glaube nicht, daß es so schlimm sein würde", sagte Klaus bekümmert. „Ich will es so einrichten, daß wir morgen mit dem Abendzug fahren können. Ein Ferngespräch mit Gertrud wird uns zur Arbeit zurückrufen!"

„Ach, Klaus, du bist so gut!" Sie strich leise mit der Hand über den Ärmel seines Smokings und sah ihm mit süß-zärtlicher Dankbarkeit in die Augen.

Er verzog schmerzlich den Mund. Sie wußten ja beide, was folgen würde ... So behutsam zart er sie zu gewinnen suchte, sie mußte alle Willenskraft aufwenden, nicht aufzuspringen, sich gegen die leichteste Liebkosung wild und gehässig zu wehren ... Sie wollte ja das Opfer bringen, das Ehe bedeutete, sie war bereit gewesen, ja sie begehrte danach, sich einzureihen in den Strom der Geschlechter, die in liebender Verschlingung die ewig sich erneuernde Kette der Menschheit bildeten — aber sie fühlte immer deutlicher, daß es hier eine Grenze gab, an der das Wollen aufhörte vor heimlich widerstrebenden dunklen Gewalten. Sie fürchtete nicht die Schmerzen, die mit der Hingabe verbunden waren ... es war etwas viel Tieferes, Grauenvolleres, das sie von dem Manne ihrer Wahl schied, sie jede Nacht zurückjagte in öde, qualvolle, seelische Einsamkeit.

Ihre schönen, braunen Augen bekamen zuweilen, wenn sie ihren Gatten freundlich anzuschauen suchte, ehe er das Licht löschte, den flehenden Ausdruck eines gequälten Tieres, eines Hundes oder eines waidwunden Rehes.

„Du bist müde, kleines Mädchen", sagte Klaus leise und traurig. „Wirst nächste Nacht im Zuge wieder nicht schlafen können. Mach deine Augen zu und träum dir was Schönes!"

Rena seufzte, wickelte sich in die seidene Decke der Mutter und tat, wie Klaus ihr geraten. Sie war wirklich müde, erschöpft von allen Gedanken und Gefühlen, die in wirrem Wechsel die letzten acht Tage durch sie hingegangen waren. Eine schwere Schläfrigkeit schloß ihr die Lider ... wie gut tat es, alle Empfindungen im Wesenlosen verschwinden zu lassen!

Klaus lag neben seiner Frau, den sehnigen Körper hart und gerade auf dem Rücken ausgestreckt, die Hände geballt, die Zähne fest zusammengebissen. So lauschte er den stiller und gleichförmiger werdenden Atemzügen des jungen Weibes, das ihm gehörte und ihm doch unerreichbar blieb. Und er fühlte die schreckliche Wahrheit des Wortes, das er einmal gehört hatte: „Die Seele des Mannes lebt in seiner Sinnlichkeit!" Neben sich den zierlich gedrechselten, lieblich duftenden jungen Mädchenleib, der seiner nicht begehrte, friedlich in sich selbst gehüllt, schlummernd wie ein ahnungsloses

Kind, erinnerte sich Klaus in dumpfem Sehnen eines Bauernmädchens, das er sich einmal in sein Haus geholt, ihres Geruches wie nach Erde, ihrer Hitze ausströmenden Haut, ihres gierigen Atems ... Und eine große Furcht befiel ihn. Sollte einmal der Tag kommen, an dem sein Körper des Wartens überdrüssig würde und dieses süße, spröde kleine Mädchen, das sein Herz doch so inbrünstig liebte, nicht mehr haben wollte?

*

Frau Rupprecht war ihrem ganzen Sein nach zu sehr Weib, als daß sie nicht hätte sehen sollen, wie Rena und Klaus beunruhigt, ja verstört, jedes für sich und gleichsam in eigener Welt befangen, scheu voreinander durch den Tag schlichen. Als sie die Nachricht von der unerwartet frühen Abreise der Kinder empfing, sagte sie nicht viel, drängte auch kaum zum Bleiben. Etwas war da nicht in Ordnung. Sie gehörte noch zu der alten Sorte Mütter, die von dem Augenblick an, da die Tochter verheiratet ist, nicht mehr wagen, sich in die Geheimnisse der geheiligten Zweiheit zu drängen. Am Nachmittag, als sie mit der Tochter allein blieb, während Klaus nach der Station gegangen war, die Züge zu notieren, und sie ihr sonderbares Kind blaß, in Grübeleien versunken sitzen sah, trat sie zu ihr, strich behutsam über den kleinen braunen Kopf.

„Mama ... warst du glücklich mit Vater ... vom ersten Tage an?" fragte die Tochter leise.

„Ach, Kind, darüber ist schwer zu reden!" Sie beugte sich dicht zu der jungen Frau. Urworte jahrtausendalter

Weibesweisheit sprach sie ihr stockend, zögernd ins Ohr. Wieviel dichte Schleier gebreitet würden über das sogenannte Glück der Ehe, und wie es doch in Ewigkeit das schwere Los der Frauen sei, dem fremden Manne zu gehorchen. Es werde viel gelogen über die Seligkeit der Flitterwochen ... Habe man den Mann auch mit dem Herzen lieb, es brauche oft lange Zeit, bis die Körper sich ineinander gewöhnten ... heiße Sehnsucht gehe voraus, trübe Enttäuschung folge... Das Bewußtsein des gegebenen Wortes, auch Gewohnheit helfe.

Rena stieß die Mutter weg. „Gewohnheit ... das ist furchtbar! Gibt es überhaupt keine Liebe für die Frau? O ja ... ich ahnte es ...“

„Es mag auch andere geben ... die Gefühle der Menschen sind verschieden wie die Blätter an den Bäumen. Habe nur Mut und Geduld, Rena. Du hast einen Mann, der sehr zart und gütig mit dir ist. Und nämlich dazu ... das findet sich selten zusammen ...“

„Ich weiß ... ich weiß“, flüsterte Rena und legte den Kopf auf der Mutter Schulter. So waren sie still beieinander. Ein Verwundern war in der jungen Frau, wie die Schalen der Konvention die Mutter töricht und falsch erscheinen ließen, während, wenn sie sich lösten, Wahrheit und einfacher Ernst darunter hervorleuchteten.

Als die beiden Frauen den Klang der Glocke an der Wohnungstür hörten, lösten sie sich voneinander. Rena hob die Hand der Mutter an ihre Lippen, küßte sie schnell und schüchtern.

Über den letzten Stunden des Beisammenseins lag eine

ruhige Wärme. Klaus sah mit Erstaunen den Frieden auf dem Gesicht seiner Frau. Als sie schieden, nahm er seine Schwiegermutter in den Arm und drückte sie an sich, obwohl er sie am Abend vorher unerträglich gefunden hatte.

## XXVII

Klaus Zum Tal suchte seine Frau. Sie war nicht zum Abendessen erschienen. Die Geschwister wartete neine Weile am gedeckten Tisch. „Ich denke, wir fangen an", sagte Gertrud und hob die Teekanne, „ich bin hungrig."

„Weißt du, wo Rena verblieben ist?" fragte Klaus barsch.

„Nein . . . sie geht jetzt oft allein . . . mag nicht, daß man ihr nachfragt."

„Das ist schon Hysterie der Freiheit", murrte der Mann. Er nahm einige Schlucke des heißen Getränkes, schob den Teller zurück, spang auf. „Ich will nach ihr suchen."

„Sie kann nicht weit sein", murmelte Gertrud.

Klaus griff nach seiner Taschenlaterne, pfiff dem Hund, dem feingliedrigen Terrier, den Rena liebte, dem sie Zärtlichkeiten gönnte, das Tierköpfchen sich zwischen Hals und Schulter drückte . . . Teufel . . . man war auf einen Hund eifersüchtig . . .

Zorn und Bitterkeit erfüllten sein Herz. Mit weiten Schritten ging er den breiten Mittelweg hinunter zum

See, ließ den Strahl seiner kleinen Laterne über die Bank unter der Hängeweide gleiten ... sie lag voll gelber, nasser Blätter. Die nackten, dünnen Zweige des Baumes wehten im Nachtwind auf und nieder. Die Fläche des Wassers breitete sich schwarz und still weit hinaus; nur die Uferwellen schäumten und klatschten gegen die Böschung. Von den fernen Ortschaften schimmerten Lichter herüber. Klaus ging ein Stück die Chaussee entlang zum Dampfersteg ... um ihn war schwarze Finsternis. Der letzte Dampfer war längst vorübergezogen. Im Winter war der Verkehr zu dieser entlegenen Gegend nicht groß.

Er ging bis zur Spitze des Steges, rief Renates Namen laut und scharf in die Nacht. Der Hund an seiner Seite begann mit den bekannten Lauten hell aufzukläffen ... Eine furchtbare Angst ergriff Klaus, verschüttete den Zorn. Er hörte sein Herz wild klopfen. Wußte er, wessen sie fähig war? Hatte er auch nur eine Ahnung, was in ihr vorging? Nichts wußte er von dem Rätselgewirr in dieser Frauenseele, diesem schrecklich Undurchdringlichen, scheinbar Launenhaften, das doch wohl durch tiefe, heimliche Fäden verbunden war. Vermessen hatte er sich, Rena an sich zu binden, weil er sie liebte ... sie, die ihre eigene Mutter ein sonderbares Mädchen nannte. Aber was wußte er denn überhaupt von den Frauen? Verbissen in seine Arbeit, wie er seit Jahren gelebt, fast wie ein Mönch ... bis die Liebe zu diesem herben, ‚sonderbaren' Mädchen über ihn herstürzte mit bebender Verehrung und der Begierde erster glühender Jugend, während sein Haar doch schon einzelne graue Fäden zeigte.

Willfährig war sie ihm gewesen in den letzten Wochen seit dem Besuch bei der Mutter ... aber wenn er das geduldige Lächeln auf dem kleinen, erblaßten Gesicht sah, packte ihn die Raserei der Verzweiflung ... mit den Fäusten hätte er diesen süßen Mädchenleib schlagen mögen, der sich ihm gab und sich ihm zugleich verschloß ... dessen Seele ihm todfremd blieb.

Er stand einige Minuten im Dunkel, sein wildes Herz, seinen keuchenden Atem zu beruhigen.

Was für ein Irrsinn hatte Rena in dieser feuchten, kalten, windigen Nacht von ihm weg in den ungebahnten Wald getrieben, an dessen Rand in diesen Tagen die Holzfäller tätig gewesen waren, wo sie bei jedem Schritt stürzen, sich arg verletzen konnte ... Am Ende lag sie schon lange dort irgendwo hilflos ...?

Er stöhnte leise. In tiefer Zärtlichkeit sprang es ihm heiß und feucht in die Augen. Das helle scharfe Gekläff des Terriers weckte ihn aus seiner Versunkenheit von Sekunden. Der Hund sprang an Renas grüner Gartenschürze empor, die dort am Nagel hing, versuchte, sie herabzureißen, wühlte seinen Kopf in die Falten.

Klaus nahm den Hund auf den Arm, rieb dessen schwarzes Näschen an der Schürze, ließ ihn dann los: „Such, Argo ... such Frauchen ... such!"

Der Hund rannte den schmalen Gang bis zum Ende, schnüffelte hier und dort, wendete sich um und schoß in großen Sprüngen ins Freie und gegen das Gartengitter zu, welches hier, nahe dem Stall, zwischen Dünger- und Komposthaufen das Grundstück gegen den Wald abschloß.

Klaus rüttelte an der Stalltür ... sie war verschlossen. Man hörte das Schnaufen der Kuh, das Rasseln des Esels an der Kette. An dem Pförtchen des Holzgitters winselte und kratzte der Hund. Jenseits lagen abgeholzte, rindenbefreite Stämme, die, vom Lichtstrahl der Laterne getroffen, leichenhaft weiß glänzten, von einem Gewirr dürrer Äste umgeben. Dahinter sah man mächtige Tannen, einzelne Felsblöcke zwischen ihnen, keine weibliche Gestalt war zu entdecken.

Der Hund stand plötzlich still, atemlos schnaufend. Im Hintergrund schlossen sich die Bäume zu einer Mauer von dichter Finsternis, in der der Winterwind durch die Kronen rauschte ... Noch einmal rief der bebende Mann den Namen „Rena" durch die Nacht. Kein Menschenlaut antwortete. Doch der Hund sprang wild und immer wilder durch das Geäst und zwischen den Baumstämmen umher, über die Klaus hinüberstieg, denn er wußte, hier mußte er sie finden, er zweifelte keinen Augenblick mehr. Und schon ertönte das Freudengebell des eifrigen kleinen Terriers. Er sprang auf eine graue Gestalt zu, die zusammengekrümmt auf einem Baumstumpf saß, tief im Schatten einer Tanne. Ganz eingehüllt in ihren Mantel, die Regenkapuze über den Kopf gezogen, saß Rena und rührte sich nicht, auch als der Hund sie ansprang und Klaus auf sie zutrat.

„Nimm das Licht weg ... es blendet so", hörte er eine kleine, müde Kinderstimme.

Er folgte ihr nicht, stieß den Hund weg, hob ihr Kinn, sah in ein von Tränen überflutetes, armselig von Kummer zerstörtes, rotfleckiges, verschwollenes Gesicht.

„Rena . . . Kind . . . warum tust du mir das an? Hast du gar kein Vertrauen zu mir?"

Sie seufzte tief und trocknete das nasse Gesicht mit dem schon völlig durchnäßten Tuch. Er nahm das seine, ungebrauchte, trocknete sorgsam mit zuckender Hand dieses geliebte, kleine Antlitz.

„Du bist so gut, Klaus . . ."

„Und du so grausam, Rena . . ."

„Ja, wußtest du nicht, daß ich grausam bin?"

„Komm jetzt, Rena, du zitterst vor Frost", antwortete er nur.

Sie stand auf, faltete die Hände, hob sie mit einer kindlichen Gebärde zu ihm empor. „Klaus, es geht nicht mit uns zweien. Laß mich frei! . . . Ich bin mir endlich klar geworden . . . ich kann das Opfer nicht bringen, das du von mir verlangt hast. Schieß mich nur tot . . . wenn du mich so sehr verachtest. Schieß mich nur tot . . . tot . . . ich will dies Leben nicht mehr länger ertragen! Klaus . . . ich komme dazu, dich zu hassen! Wenn ich mir vorstelle, ich müßte ein Kind von dir . . ."

„Schweig! Kein Wort weiter . . . ich will nichts von dir hören, was ich dir nicht verzeihen könnte!" Klaus sprach schnell und hart: „Du bist frei! Ich werde dich verlassen. Dann fällt keine Schuld auf dich."

„Nein, ich werde gehen", schluchzte Rena.

„Unsinn! Du bleibst in deinem Eigentum. Komm jetzt . . ."

Sie folgte ihm. Er half ihr, über die Baumstämme zu steigen, durch das Geäst den Weg zu finden, indem er ihr leuchtete, zuweilen auch ihren Arm ergriff, sie zu stützen, denn sie zitterte sehr. Doch keines sprach ein Wort dabei. Der Terrier, als fühlte er, daß hier etwas Entscheidendes geschah, hatte Gebell und Freudensprünge eingestellt und trottete still mit gesenktem Kopf an Renas Seite.

Klaus verschloß die Gartenpforte. Als sie am Warmhaus vorbeikamen, trat er ein, schaltete das Licht aus, sah nach dem Feuer, verschloß auch hier die Tür.

Wie ruhig er ist, dachte Rena entsetzt. So ist ein Mann ... Als er wieder zu ihr trat, hob sie den Kopf, schaute ihn an. Sein Gesicht mit der großen Adlernase war wie Eisen. „Arme Hilaria, der Gott sich nicht offenbaren wollte", sagte er traurig und schon aus einer großen Ferne.

Rena, die aufs neue einen Tränensturz aufsteigen fühlte, lief in ihr gemeinsames Schlafzimmer und schob den Riegel vor. Es war unnötige Vorsicht, niemand begehrte Einlaß in dieser Nacht.

Lange noch hörte sie die Schritte von Klaus in seinem Arbeitsraum jenseits des schmalen Flurs gleichförmig hin und her gehen. Gegen Morgen verfiel sie in einen schweren, dumpfen Schlaf. Es mußte spät sein, wohl schon gegen Mittag, als Rena aus ihrer Erschöpfung aufwachte. Jemand klopfte heftig. Sie wünschte nicht zu öffnen. Erst als die Stimme der Magd rief, sie habe einen Brief abzugeben, erhob sie sich langsam und widerwillig, nahm den Brief mit der Handschrift ihres Mannes, stieß den Fensterladen auf ... draußen fiel still und dicht der Schnee nieder.

Die junge Frau saß auf dem Bettrand, öffnete den Brief und las:

Meine liebe Rena! Um Dir und mir den Abschied zu ersparen, gehe ich schon heute nacht. Eine Gemeinschaft ist nach dem, was ich gestern von Dir gehört habe, nicht mehr möglich. Ob wir uns noch einmal wiedersehen werden ... darüber kann und will ich jetzt nicht nachdenken ... Seit dem Abend, als ich bei Euch eintrat, ein zerschlagener, verzweifelter Mann, und Du mich so herzhaft fröhlich bewillkommnetest, als ich zum erstenmal die Goldfunken in Deinen Augen aufleuchten sah, habe ich Dich geliebt mit der schicksalvollen Liebe, die, wie ich glaube, nicht zu zerstören ist, wieviel Leid sie auch bringen mag. Du lebst in mir, ich lebe mit Dir weiter, auch wenn wir getrennt sind. Rufst Du mich einmal, werde ich kommen, sollten auch Jahre darüber hingegangen sein. Einmal bin ich schwach gewesen, das weiß ich ... als ich einwilligte, daß wir Mann und Frau wurden, obwohl ich doch wußte, daß Du nur eine geistige oder vielleicht eine herzliche Freundschaft für mich fühltest. Verzeihe mir, meine Rena, ich hoffte so sehr ... es war doch meine große Liebe, die mich hoffen ließ. Es gab Augenblicke, für die ich Dir danken werde bis zu meinem Tode ...

Lebe wohl, meine Rena. Klaus Zum Tal.

Rena liefen die Tränen über das kleine, blasse Gesicht auf das Blatt, aus dem die große, unzerstörbare Liebe zu ihr sprach, von der sie immer geträumt und die sie nicht erwidern, nicht empfinden konnte. Ihre Hände wurden eiskalt, ein Frieren überfiel sie, in dem ihr ganzer Körper erzitterte, das aus den tiefsten Gründen ihres Seins aufstieg und wie ein Krampf wurde, ein Schwindel, der schwarze Schleier um ihre Augen zog und ihre Zähne klappern ließ.

Sie legte das Briefblatt beiseite, auf das Tischchen neben ihrem Bett, leise, vorsichtig, wie man einen lieben Toten berührt. Sie fiel in die Kissen, zog mit letzter Kraft die Decken über sich, schloß die Augen. Die Tränen drangen auch durch die geschlossenen Wimpern. Sie fühlte die salzigen Tropfen auf den Lippen, in den Mundwinkeln. So lag sie lange in halber Bewußtlosigkeit, ohne etwas zu fühlen oder zu denken.

Allmählich verfiel Rena in den schweren Schlaf, der sie auch in der Nacht schon heimgesucht hatte.

Sie hörte Schritte hin und her gehen. Aus dem Arbeitszimmer von Klaus drang Gertruds Stimme in Befehlen an Sepp und die Magd, Scharren von Gegenständen und Möbeln, Klopfen und Hämmern.

Dann erschien Gertrud bei ihr, fragte nach ihrem Befinden und berichtete ihr, sie habe auf den Wunsch ihres Bruders seine Kleidung, Bücher und Schriften verpackt, werde am nächsten Morgen die Kisten und Koffer zur Bahn schaffen. Sie sollten zunächst bei einem Spediteur lagern, bis er weitere Bestimmungen darüber treffen werde. Über alle anderen praktischen Fragen werde er sich später mit der Schwester verständigen. Befremdung und Kälte sprachen aus Gertruds Stimme.

„So . . . es ist gut“, murmelte Rena und wandte den Kopf noch mehr nach der Wand.

Was aus den Kleidern und Büchern ihres Mannes wurde, war ja gleichgültig.

Gertrud blieb noch einen Augenblick vor Renas Bett stehen. — Als nichts weiter erfolgte, wandte sie sich langsam und ging hinaus.

Nach einer Nacht voll wirrer phantastischer Träume erwachte Rena früh, fühlte sich sonderbar leicht und frisch. Sie stand auf, hörte die Magd vom Flur aus den Ofen heizen, empfand angenehm das Knacken des Holzes, das Prasseln der Flammen, die aus dem Ofen ins Zimmer dringende Wärme. Sie stieß das Fenster auf, sah in eine schimmernd-weiße Schneelandschaft. Die Flockendecke mußte bei völliger Windstille sich ungehindert über alle Gegenstände, Gitter, Baumäste gelegt haben und gab den Dingen eine zierliche Schönheit, von der Morgensonne zartrosa beschienen. Eine scharfe Kälte drang in das niedrige Zimmer. Rena fürchtete, der Frost, der sie am Tage zuvor gepeinigt wie ein Schmerz, möge sie wieder überfallen. Sie tat schnell einen tiefen Atemzug, der sie wunderbar erquickte, schloß die Fensterflügel und zog sich an. Auf dem zweiten Bett bemerkte sie den Schlafanzug von Klaus. Den haben sie vergessen, dachte sie.

Sie trat auf den kleinen Flur, sah die Tür von Klaus' Arbeitszimmer halb offenstehen, die Fächer seines Schreibtisches herausgezogen, Papiere und Holzspäne auf dem Boden. Ein feiner Stich ging durch ihr Herz, sie fühlte aufsteigende Übelkeit. So eilig war es wohl doch nicht, gute Gertrud, dachte sie . . . wie sonderbar . . . schon ganz ausgeschlossen zu sein aus dem Leben, das ihr noch vor zwei Tagen so völlig zu gehören schien. Die Zum Tal machen ganze Arbeit . . . alles oder nichts.

Rena fühlte heftiges Bedürfnis nach Speise, rief das Mädchen, bestellte sich eine tüchtige Mahlzeit. Als sie hörte, daß Fräulein Zum Tal mit dem Gepäck des Herrn zum Bahnhof gefahren sei, erhöhte dies noch ein Gefühl von zurückgewonnener Freiheit. Sie lief eifrig in den Garten, nachzusehen, ob der Seppl auch die Deckel der Treibbeete geschlossen und gut mit Strohmatten gegen die plötzliche Kälte verwahrt habe, ging von dort zum Gewächshaus und prüfte den Stand der Heizung am Thermometer, gab dem Gärtnergehilfen, dessen Aufsicht das Gewächshaus unterstand, einige Befehle für die Tagesarbeit und ließ liebevolle Blicke über die stattlichen Reihen ihrer Nelken und Alpenveilchen gleiten.

Die Empfindung von Befreiung vermehrte sich noch, steigerte sich bis zur Lust ... Rückkehr ins Mädchentum, ins starke, glückliche Mädchentum zu ihrem eigensten Leben ... o schön! ... schön!

## XXVIII

Die Untersuchung war beendet. Ludo, die Ärztin, wandte sich mit der ausgestreckten Hand der Kusine zu:

„Also, kleine Rena ... ich gratuliere! Deine Befürchtungen sind unnötig. Ein gesundes Kindchen! Was machst du für ein seltsames Gesicht?"

„Ich will mich aber nicht der Natur unterwerfen", schrie Rena, sprang auf und lief im Zimmer umher. „Ich will nicht! Will nicht das Los des Weibes tragen. Es erscheint mir ekelhaft, unwürdig!"

„Als du Gärtnerin wurdest, Rena, habe ich dich so verstanden, daß du die ausdörrende Ichsucht und Intellektualität mit dem demütigen Dienst an der Natur überwinden wolltest. Habe ich dich recht beurteilt?"

Rena nickte. „Ich liebe meine Alpenveilchen, Nelken, Rosen ... Ach ... die süßen Keimblättchen, wie sie sich entfalten und wachsen ... und endlich so geheimnisvoll die Blüten hervorbringen ... und den Duft der Erde, wenn der Regen daraufgefallen ist ... ich sauge ihn in mich, wie man Lebensstoff trinkt. Und die Tiere! Das Eselchen, die gelb gescheckte Kuh mit dem rosa Maul, dem weichen ... ja, ja, die stillen Pflanzen, die Tiere haben mir Gefühl ins Herz gegeben."

„Und dein Kindchen willst du nicht lieben?"

„Versteh mich doch, Ludo ... sie gehörten mir, sie waren schweigend meinem Willen untertan. Aber dieses kleine Wesen in mir hat jetzt schon einen Willen für sich ... einen bösen Willen, der an seinen Vater erinnert und an seine mittelalterliche, eigensinnige Liebe zu mir, die ich mit keiner Art von Empfindung erwidern kann und darum verabscheue. Die zwei Monate Ehe haben mich den Haß gelehrt. Den Haß gegen einen Menschen, an dem ich eine peinliche Pflicht erfüllen mußte ... nicht weil es mich freute, nur, weil ich es versprochen hatte. Was weiß man vom Opfer ... ehe man es erduldet hat ...?"

Die Ärztin hatte Rena derb an den Arm gepackt, schüttelte sie zornig.

Feindlich blitzten sich die Augen der Frauen vom gleichen Stamm an, zwei gegensätzliche Typen, zwei Wesensarten, in die die Frauenseele sich gespalten hat, um ewige, ihr selbst noch unbegreifliche Gesetze zu erfüllen.

„Du bist nur feige", höhnte Rena mit einem häßlichen Herunterziehen der Lippen.

„Ich will mich gern ins Zuchthaus stecken lassen, wenn ich einem armen Weibe helfen kann, die einen Trinker zum Mann hat oder wo sonst Degenerationserscheinungen, Wahnsinn in der Familie ist . . . Die Sünde an dir tue ich nicht!"

„Sage noch einmal — ja oder nein?"

„Nein!"

„Ich könnte mich ja auch an deinen Mann wenden . . ."

„Rena, das tust du mir nicht an!"

„Glaubst du, daß er unzugänglich wäre?" fragte Rena leise und lauernd.

„Geh jetzt . . . Rena."

„Arme . . . du glaubst noch, Gefühle für einen geldgierigen, geizigen Mann zu haben?"

Ludo hob das Haupt. Ihre großen, ernsten Augen sahen mit stolzer Hoheit in eine Welt, die Rena nicht kannte.

„Du weißt nichts von den Geheimnissen der Ehe. Es gibt ein altes, sentimentales Lied. Darin lautet eine Strophe: „Er bleibt ein König doch, der meiner Liebe Krone einst getragen."

Sie sprach die Worte mit einer ruhigen Würde. Rena nahm schweigend Mantel und Mütze, ging hinaus in den dünn und wässerig vom Himmel rieselnden Schnee, lief mit schnellen Schritten in fahler Dämmerung den Seeweg entlang, schnell, immer schneller, als verfolge sie ein Unheil.

*

Am nächsten Morgen beorderte Ludo das Motorboot und fuhr, nachdem die nötigsten Befehle für den Tag gegeben worden waren, hinüber zur Gärtnerei. Die Ärztin wußte um ihre Macht über die Menschen. Es hatte sich allmählich eine Zweiteilung der Arbeit im Sanatorium zwischen ihr und ihrem Mann herausgebildet. Während sie ihm die medizinische Behandlung der Patienten völlig überließ, fiel ihr, außer der wirtschaftlichen Leitung, ohne daß sie sich darum bemüht hätte, die leise und geheimnisvolle Beeinflussung dieser angekränkelten oder tief erkrankten, von manchem wunderlichen Irrwahn gepeinigten Seelen zu.

Ludo hatte auf diesem reichen Gebiet manchen schönen Erfolg errungen, ein sicherer Instinkt leitete sie, die hoffnungslosen Fälle zu erkennen und ihre Mühe nicht an sie zu verschwenden. Es gab Krisen in den meisten Menschenleben. Traf man in solche Krise, griff helfend ein, so konnte es geschehen, daß eine Umwandlung eintrat, die an Wunder grenzte. Ein solcher Fall hatte sich jüngst mit dem ihr aufgezwungenen Patienten Doktor Philipp Justus ereignet. Dem eigensinnig Hörigen mußte gezeigt werden, daß persönliche Rache ein überlebter Begriff sei ... daß sein Charakter, seine Gaben ein weites Feld der Betätigung finden müßten, wenn er sie schulte, junge Knaben zur Selbstbeherrschung zu erziehen ... ihnen immer wieder ein großes, würdiges Ziel vor Augen zu stellen, über das er Thora, seine Geliebte, nur immer hatte spotten hören. Ludo lächelte in sich hinein, während sie in die weißen Wellenstrudel um ihr Schifflein schaute. Als Dank entführt er mir unsere beste Pflegerin. Aber sie ist nüchtern und auch von einer angenehmen Wärme und wird dem im Grunde schwachen Starrkopf die beste Frau werden.

Bei Rena ist die Aufgabe schwerer ... ich hab sie gern, trotz ihrer gelegentlichen Grobheiten und Zynismen. Medizinisch ist der Fall nicht zu erledigen ... nicht einmal richtig zu beurteilen. Zeiterscheinung ...? Sicherlich! Aber damit ist auch wenig genug gesagt. Jedenfalls will ich versuchen, was in meinen Kräften steht, sie von ihrem unheilvollen Wahn zu heilen ... der am Ende jede Möglichkeit, diese Ehe zu retten, zerstören muß. Armer, guter Klaus!

Als Ludo ihr Ziel erreicht hatte, mußte sie durch Gertrud Zum Tal erfahren, Renate sei mit dem ersten Schiff abgefahren, um den Frühzug nach der Hauptstadt zu erreichen. Sie habe ein Handköfferchen bei sich gehabt und angedeutet, sie werde vielleicht einige Tage wegbleiben. Die ärztliche Diskretion verbot Ludo, weitere Fragen zu stellen.

## XXIX

### Aus Rena Rupprechts Tagebuch

Hat dieses kleine Untier wirklich schon einen eigenen Willen? Das eine wird mir täglich klarer, von dem Augenblick an, in dem man sich einem Mann hingibt, ist man von Geheimnissen umwittert, die zugleich schauerlich abstoßend ... und von dämonischer Anziehungskraft sind. Merkwürdig, daß Millionen von Menschen diese Geheimnisse so gleichmütig durchleben, ohne je darüber nachzudenken. Wahrscheinlich muß das sein, da die Erde sonst nur von Halb- und Ganzirren bevölkert sein würde. Die Männer haben schon aus richtigem Instinkt gehandelt, wenn sie die Weiber in einem dumpfen, tierhaften Zustand erhielten und geistiger Selbständigkeit sofort feindlich gegenübertraten. Siehe den lieben Hoffpauer ... was er bewundert, muß er zermürben und am Ende zerbrechen. Ein täglicher schauerlich-stiller Kampf ... Ich bin doch kein solches Schwein, daß es mich gelüsten sollte, Ludos schwere Ehe noch zu erschweren. Sie würde maßlos leiden, täte er für schnödes Geld, was sie ihrer Natur nach für tiefes Unrecht hält.

Also tat ich den harten Gang in die Stadt, um den Mann aufzusuchen, dessen Adresse Thora Elsinger mir einmal gegeben hat. Es war bei Gelegenheit des Selbstmordes einer armen, törichten Studentin ... So etwas dürfte doch jetzt nicht mehr vorkommen, schimpfte die Thora, man sollte doch etwas dagegen tun. Ist doch so einfach ...

Nun ... einfach ...? Nein ...! Ich bin armselig und gedemütigt bis in den Grund meiner Seele von dem vergeblichen Versuch zurückgekehrt. Habe noch immer Stunden, in denen ich die arme kleine Studentin beneide, weil sie Ruhe gefunden hat.

*

Ich sitze in einem Bergnest an der deutschen Seite des Brenners in glitzerndem Schnee. Möchte weder Gertrud noch Ludo unter die Augen treten. Aber die eiskalte, klare Luft tut mir wohl. Die Übelkeit, von der ich fortwährend gefoltert wurde, hat sich gebessert, wenn sie auch nicht ganz geschwunden ist. Mein Dasein ist völlig tierisch: fressen ... schlafen ... wieder die Speisen gierig verschlingen ... und sie zuweilen wieder von mir geben ... Auf manches hat das kleine, böse Wesen Appetit ... anderes mag es nicht leiden ... das nennen die Menschen Mutterglück! Oh, die große Lüge! Dumpf ... dumpf!

*

Warum habe ich plötzlich meine Absicht aufgegeben, mich ganz und gar von der Episode Klaus Zum Tal zu befreien? Feigheit? Nein! Von Feigheit fühle ich mich frei! Eher eine gewisse Passion für Sauberkeit. Aber hauptsächlich doch wohl Neugier, die ein Grundzug meines Charakters zu sein scheint. Grausame Neugier, zu erleben, was mir alles vorbehalten ist. Warten wir's ab! Alles kommt, wie es kommen muß ... alles ist Schicksal! Vielleicht sterbe ich bei der Geburt, und das wäre schon das

Beste ... das kleine Wurm würde von Ludo übernommen und wäre bei ihr wohlgeborgen. Warten wir ... tragen wir, was es zu tragen gibt. Hilaria hatte es wohl auch nicht so sehr angenehm in ihrer Höhle und in ihrem Kampf mit Gott. Ohne Kamm ... ohne Waschwasser ... Ungeziefer hat ihr der Teufel gewiß auch geschickt, um sie von ihrer heiligen Begierde abzuschrecken ...

Es hat mich sonderbar angerührt, als Klaus mich zum Abschied an die heilige Hilaria erinnerte, die er früher nur ein verschrobenes Frauenzimmer nannte. Der arme Baron Rock kämpft nun auch seinen einsamen Kampf um die letzte Erkenntnis, die wir doch nicht finden sollen. Wahrscheinlich gibt es viel Weisheit bei den Mönchen in den Schluchten des Himalaja ... aber die allerletzte doch sicher nicht! Und dafür hat der arme Freund, den ich beinahe geliebt hätte, alle Feinheiten und Behaglichkeiten der Zivilisation geopfert, die ihm doch so sehr Bedürfnis waren. Ob er überhaupt noch lebt ...?

Ich leide an Magenschmerzen und Herzbeklemmungen durch die schwere Kost bei meiner guten Bäuerin auf der Schneehöhe ... Und notiere auch dies sorgfältig ... denn warum schreibe ich dieses dumme Tagebuch, wenn nicht, um mir über die einzelnen Stationen dieses Leidensweges Rechenschaft zu geben? Heilige oder Ketzerin ... womit wird es enden?

*

Heute kamen meine Skier, Geld, Wäsche, alles, was ich von der guten Gertrud erbeten hatte. Es war zwecklos, meinen Aufenthalt hier weiter geheimzuhalten. Ich bin sicher, daß Klaus mir nicht nachspüren wird. Er ist kein zweigeteilter Mensch, der morgen bereut, was er am Tage zuvor getan oder beschlossen hat. Seine Ganzheit liebe ich! Und daß er meine Natur so tief erkannt hat ... Kein weibisches Geflenne ... eben ein Mann! Er kommt nicht wieder. Findet er keine Stelle, wird er als Knecht arbeiten. Darum soll er auch nicht wissen, daß ich das Kind von ihm trage. Jetzt ahnt Gertrud noch nichts, und auf Ludos Verschwiegenheit darf ich bauen.

Gertrud schreibt mir gute, doch kühle Worte. Es sei recht, daß ich in die Einsamkeit flüchtete, es gebe Zeiten, in denen man bekannte Gesichter nicht um sich ertragen könne. In der Gärtnerei gäbe es jetzt sowieso nicht viel zu tun. Meine Gewächshausblumen werde sie in gute Hut nehmen ... der Argo, die Mutschi, das Eselchen und der Sepp bestellten Grüße. Wie taktvoll, des Bruders nicht einmal zu erwähnen!

Dieser abgelegene Hang mit dem stattlichen Bauerngehöft ist den Sportsleuten unbekannt. Niemand von den Städtern verirrt sich hier herauf. Aber die Buben, groß und klein, haben schon längst gelernt, auf dem Rodel zum Tal zu sausen — o der Name, den ich tragen muß! — Fahre ich mit den Hölzern über die weißen Hänge, begleitet mich ein Zehnjähriger, den mir die Bäuerin mitgibt.

„Gelten's Frauele, Sie machen keine Dummheiten ... ein Weib in der Hoffnung sollte nicht mit den Buben rodeln ... das heißt Gott versuchen! Wenn's einen Fall tun, hat's das Kindel zu büßen.“

Steckt im Tiefsten meines Innern etwa der Wunsch, einen befreienden Fall zu tun? Trotzdem nehme ich mich in acht. Will das unsichtbare Wesen, ich soll mich gut, gut hüten, damit ihm nichts geschieht?

Wundervolle, weiß glitzernde Einsamkeit! Vor dem kleinen Fensterchen hängen lange Eistränen. Die stählerne Luft saugt allmählich die Dumpfheit aus meinen Gliedern. Dagegen schleppt sich die Bäuerin nur noch mühsam unter der Last ihres Fünften durch Ställe und Haus.

„Wird's Ihnen nicht schwer?" frage ich sie.

„Wohl, wohl . . . das muß halt so sein. Die Weiber sind auf Erden, damit die Menschen nicht aussterben."

„Und wenn schon . . . was läge daran?"

„Schauens . . . Sie sollten so nicht reden. Das is a Sünd'."

Dieser einfältige Glaube gehört zu dieser Frau und in dies Haus. Er gehört nicht zu mir, doch hüte ich mich, zu spotten. Abends fand ich über meinem Bett ein buntes Bildchen, Maria mit dem Kind an der Brust. Soll wohl ein Talisman sein! Daß ich zerrissen und unglücklich bin, hat die kluge Frau schon gemerkt. Was soll mir das Bild!

Aus dem weißen Schnee, der über den Hof gebreitet ist, steigt weißer Dampf, wie Urnebel, von den Düngerhaufen empor. Soll man weiter nichts sein als Dünger, aus dem die Fruchtbarkeit der kommenden Saaten gen Himmel dampft?

So etwas denkt die Frau sicher nicht . . . Sie lebt nur.

*

Da liege ich unter dem schweren Federbett mit dem blau karierten Überzug von hausgesponnenem Leinen ... Habe acht Tage bereits auf dem Rücken gelegen ... werde voraussichtlich noch Wochen liegen müssen ... jede Bewegung langsam ... vorsichtig ... ich, die ich sonst zufahre wie ein Wirbelwind ... schwer ...! schwer! Man ist kein einzelnes Individuum mehr ... nur noch ein Gefäß für ein im Dunkel sich dehnendes, wachsendes, sehr zartes, sehr gebrechliches Pflänzchen. Und das Pflänzchen gebietet mir, Geduld zu üben ... ein Zustand, der meinem Wesen so gegensätzlich ist wie nur möglich. Das „Es" gebietet, und ich muß gehorchen, will ich mir nicht Zeit meines mir noch gegönnten Lebens Vorwürfe machen. Ein Kind mit einem Buckel, oder mit gelähmtem Rückgrat oder sonst verunstaltet ... Gipfel des Entsetzens!

Mörderischer Wille, hast du mich zu diesem elenden Sturz geführt? Aber gerade an dem Tage ... Gott, du weißt es, dachte ich nicht an Tod oder Vernichtung, war so voller Leben, zog mit dem Peterle lachend und spaßend hinauf in den Wald, um mit den Skiern auf der breiten Schneise hinunterzugleiten. Ein paar Tage zuvor hatte es getaut, dann wieder gefroren, dann gab es zu Eis gefrorenen, körnigen Neuschnee. Es ging schlecht mit den Hölzern ... ich schlug dem Buben vor, abzuschnallen und zu Fuß hinunterzusteigen: Ich war voller Besorgnis. Man sieht mir noch nichts an, bin schlank wie eine junge Birke ... dabei im Innern eine Schwere, die mir unbehaglich ist. Der Bub lachte mich aus, flog wie ohne Gewicht vor mir her. Ich schämte mich, folgte ihm ... dachte nichts ... grübelte über nichts . . . stieß einen Juchzer aus, dem ein Schrei folgte wie von einem fremden Menschen . . . Weiß nichts mehr von mir bis zu dem Augenblick, in dem der Bauer Lengpacher und sein Knecht mich aufhoben, aus den zerbrochenen Hölzern lösten und der Schmerz mich überflutete und ich das Bewußtsein wieder verlor. Und wieder lange währendes Dunkel . . . Der Arzt wurde aus dem nächsten Sportplatz heraufgeholt: eine leichte Gehirnerschütterung . . . ein gebrochener Fuß.

Der Medizinmann meinte, ich hätte Glück gehabt. Mir war's genug! Eine Felsbrockennase, die den dünnen Schnee durchbohrt hatte, war die Missetäterin, die mich zu Fall gebracht hatte. In schrecklichen Überschlagungen hätte ich auf dem vereisten Hang zu Tal fahren können . . . Dann hätte sich mein grausamer Mörderwille erfüllt . . . ich und das Kind wären tot gewesen . . .

Genug für heute . . . ich bin todesmüde . . .

*

Allmählich wird's wieder heller in mir. Bin froh, daß der Arzt die Überführung ins Spital verboten hat, wegen des schwierigen und gefährlichen Transports. Hier liege ich stundenlang träumend, und kein Mensch stört mich mit dummen Fragen und sentimentalem Gerede. Viel gute Milch trinke ich . . . frisch schäumend bringt sie die Lengpacherin aus dem Kuhstall, morgens und abends . . . ist ein Labsal. Und Honigbrot, und sorglich im Stroh aufbewahrte Äpfel. Mittags einen Schmarren oder eine Brennsuppe. Zuweilen schmatze und beiße ich mit Wollust an einem steinharten „Landjäger", und wenn der Magen mir weh tut, gibt es einen Enzianschnaps, der brennt wie das höllische Feuer. Ein Enzian ist das Heilmittel und die einzige Arznei auf diesen einsamen Bergeshöhen.

. . . Die Welt liegt fern . . . fern . . . irgendwo . . . Nachrichten bekomme ich selten, da ich noch seltener eine Karte an Mama oder Gertrud sende. Ich habe mir auf einer Skitour den Fuß verstaucht, werde vorzüglich verpflegt . . . das ist ein plausibler Grund für mein langes Wegbleiben. Wüßten sie mehr, kämen sie beide gleich angesaust. Entsetzliche Vorstellung! Ich könnte ihre besorgten und heimlich-vorwurfsvollen Gesichter nicht jetzt um mich sehen.

Abends, wenn der Postbote durch den Schnee gestapft ist, kommt das Peterle und bringt mir ein rührend dummes Lokalblättchen, in dem Bullen zur Zucht empfohlen und gutlegende Hühner angepriesen werden. Dazwischen kirchliche Nachrichten und Ermahnungen. Peterle versucht, mit seinem komischen Schulhochdeutsch mir vorzulesen . . . es ist mehr ein Vorstottern. Die Schweißtropfen laufen ihm dabei vor Eifer und Angst über die hübsche kleine Bubenstirn.

Zwei Tage soll er geheult und geschrien haben, weil er sich für schuldig an meinem Unfall hielt, berichtete mir die Mutter. Immer wieder hat er sie umklammert und gefragt: „Muß die Frau nu sterben? Gell . . . das kann der Herrgott nicht zulassen, wenn ich doch mein ganzes Erspartes geben will für eine schöne bunte Kerzen zum Lichtmeß! Das muß die heilige Mutter doch freuen, und nachher tut der Herrgottvater ihr auch a Freud und macht die Frau wieder gesund." Als mir die Lengpacherin das erzählt hat, da habe ich auch geheult.

Überhaupt bin ich erstaunlich nah ans Wasser gebaut und weine an einem Tage mehr zusammen als meine ganze Kindheit hindurch. Wenn Mama mir wegen einer frechen Antwort eine Backpfeife verabreichte und es brannte, daß ich die Engel im Himmel singen hörte, hab' ich ihr die Zunge herausgestreckt . . . aber geweint hab ich nie!

Sollte es möglich sein, daß eine tiefschürfende Umwälzung meines ganzen Wesens bevorsteht? Tiefschürfend ist ein so wunderbares neues Wort, das sich sogar in das Tiroler Bergblättchen verirrt zwischen die Predigt des Herrn Kaplan und die Rede des Herrn Landtagsabgeordneten über die Zuchtbullen.

Schürfst du tief in meinem Herzen, unsichtbarer kleiner Bergmann?

*

Der Föhn heult ums Haus, daß die Dachschindeln klappern und die Lengpacherin das Feuer auf dem Herd und in den Öfen sorgfältig bewacht . . . die Eiszapfen an den kleinen Fenstern triefen im Tauwind.

Ich bin wie ein warmer Februartag, der da trächtig ist von Säften und krank von geheimnisvoll schwelenden Kräften. Sehne mich nach Bewegung und Arbeit. Der Seppl beschneidet die Bäume ja immer falsch, wenn man nicht acht gibt . . . und an allen Orten kann Gertrud auch nicht zugleich sein.

Ich hoffe inbrünstig, man kann mich noch mit dem Schlitten zur Station schaffen, wenn der Arzt den Fuß aus dem Gips befreit hat. Ich brauche dann Massage . . . Bäder . . . wer weiß noch was. Ungeduldig und in sehr schlechter Laune habe ich gestern die arme Lengpacherin angefaucht, weil der Schmarren angebrannt war . . . war das schon ein Grund, so bös zu werden?

„Das Fraule muß heim zu ihren Leuten", sagte sie sanft, „muß wieder in das Leben, das sie gewohnt ist."

„Ich habe keine Leute", schrie ich sie an, „bin nirgend daheim." Doch hat sie recht. Muß an die Arbeit.

„Und der Mann? Kommt er nicht, die Frau holen?" forschte sie zum erstenmal.

Ich schüttelte den Kopf. Der Trauring liegt irgendwo tief im Koffer. Klaus ahnt nicht, wie es um mich steht: was geht mich dieser Herr Zum Tal an, und ob er Arbeit fand oder an den Landstraßen bettelt? Dabei sehe ich oft im Traum sein Gesicht, oder er sagt etwas, was ich nicht verstehen kann und was mich quält, bis ich erwache.

. . . Mein freies, frohes Wesen kann er mir doch nicht zurückgeben. Niemals wieder . . . niemals wieder! Oh, mein Gott . . . mein Gott . . . warum mußte das sein?

## Gärtnerei am See

Einen Monat energischer Arbeit hinter mir. Habe meinen Ehrgeiz hineingesetzt, die Beerenpflanzungen zu bewältigen. Ist Ehrensache! Kann ich nicht Ehefrau sein, soll er mich doch als Kameradin schätzen! Das stundenlange

Stehen unter den Arbeitern war ziemlich schrecklich. Zweimal bin ich vor Müdigkeit und von dem Dunst schwitzender Männerkörper ohnmächtig geworden. Dann befahl ein älterer Mann unter ihnen, mich auf einen Gartenstuhl, den man hin und her tragen konnte, zu setzen. Ich schämte mich wütend und haßte einmal wieder die Ursache all dieser Demütigungen. Vielleicht aber irre ich mich, zu glauben, daß mir jeder das Kommende ansieht. Ich gehe ja noch am Stock, der Schwäche im Fuß willen, und fordere schon dadurch das Mitleid heraus. Ich ... Rena Rupprecht, die Spottdrossel, wie mich der Geheimrat nannte, brauche ... brauche ... brauche ... Mitleid!

Nun stehen die Beerensträucher vom Wald hinunter bis zum See in strammen, fröhlichen Reihen, wie ein kleines, junges Rekrutenregiment. Wir haben auch eine Leitung vom See herauf zu einem großen betonierten Bottich gelegt, damit das kalte Gebirgswasser sich in der Sommersonne erwärmt, ehe es abends in die Gummischläuche kommt. Bezahlt ist das noch nicht, denn Klaus hat sich natürlich verrechnet in dem Kostenanschlag. Wann hätte je ein Unternehmer sich zu seinem Vorteil verrechnet? Bei Mama ist kein Kapital zu erlangen ... ich frage gar nicht. Was sie erübrigt ... und es muß eine ganze Menge sein ... fließt unbesehen in Rudis politische Bestrebungen. Gott ... wie gleichgültig ist mir Politik! Und wie gut tut sachliche Arbeit, in der man sich selbst und alle Grübeleien vergißt.

Der Frühling beginnt dies Jahr sehr zeitig. Es ist ein schönes, fruchtbares Wetter, mit kleinen Regenschauern und glitzernder Sonne. Ich genieße diese schwellende, wachsende Erde in ihrem ersten zarten Blühen . . . dem gelben Krokus, den ich „Sonneneierchen" getauft habe . . . die schwankenden Goldzweige der Forsythia, im Winde wehend, die rosig strahlenden Mandelbäumchen, die zarten, weißen Schleier über den Frühkirschen!

O du in Seligkeit blühende Welt . . . wie fühle ich dich bis ins innerste Mark!

Gertrud geht behutsam und etwas ängstlich mit mir um. Was sie von mir denkt, will ich nicht wissen . . . genug: sie mußte mir das Versprechen geben . . . und hat es gegeben . . . wohl mit schwerem Herzen, an Klaus keine Nachricht über meinen Zustand gelangen zu lassen. Sie scheint noch den altmodischen Begriff zu haben, einer Frau in diesem Zustand dürfe man nicht widersprechen oder sie zum Zorn reizen, das könne dem Kinde schaden . . . Ach, du armer Wurm, wenn all die schlimmen Gedanken deiner Mutter — wie unbegreiflich dieses Wort mir klingt! — dir nicht schaden, dann hast du starke Nerven. Zuweilen bin ich wirklich gespannt, was aus dir wird, und wünsche nicht mehr zu sterben. Fühle das Leben ganz stark und groß!

*

Jede werdende Mutter ist eine Gottesfrau . . . denn sie hilft ihm bei seiner Schöpfung. Nicht viele Frauen sind sich darüber klar. Und das ist gut. Die Welt wäre sonst voll von größenwahnsinnigen Weibern, und das wäre unerträglich für die Männer. Nicht umsonst hält uns die Heilige Schrift die Demut der Maria vor Augen. Wir sollen wohl in Schleiern gehen . . . unbewußt unsere höchsten Taten tun.

Warum sind heute so viele Mädchen reine Intelligenzmenschen? Können sie etwas dafür oder dagegen? Nein! Solche Weltbewegungen haben ihre tiefen Gründe. Der männliche Geist hat sich verrannt in Steingewölben von Prinzipien, an denen die Jahrhunderte bauten. Nun muß der weibliche Geist ihm wieder ans Licht helfen. Wenn nur die klugen Frauen diese neue Aufgabe, die der Weltgeist ihnen aufgetragen hat, richtig erkennen wollten . . . nicht, durch die Not der Zeit getrieben, gleichgültige männliche Arbeit tun müßten! Aber das sind wohl Lehrjahre . . . so denke ich mir das.

Es ist mir ganz klar: ich habe an Klaus und an mir selbst . . . ja auch an diesem kleinen werdenden Geschöpf gefrevelt, indem ich Klaus erlaubte, mich zu heiraten . . . von Begierde nach neuem Erleben . . . von Erkenntnisdrang getrieben statt aus tiefem Naturgefühl. Nun ist's geschehen und muß ausgelebt werden . . .

Neugier? . . . Wirklich nur Neugierde? In der ersten Zeit der Freiheit fiel der Mann gleichsam von mir ab . . . ich empfand nur die Erleichterung des „freigewordenen Seins". Warum träume ich jetzt so oft von ihm? Über Träume hat man doch keinen Willen!

*

In der Nacht von gestern geschah mir etwas Seltsames. Er war mir nahe, ganz nahe. Ich sah ihn nicht, wußte nur: er war es und kein anderer . . . er hauchte mich an wie mit einem Geisterkuß, ich hörte eine zärtliche Stimme, leise schwebend: „Sei gesegnet, süße Rena“ ... und spürte zarte Schauer, die mich beglückten, mir durch die Glieder rinnen, vom berührten Munde bis zu den Zehen. Alles glitt vorüber wie ein durchsonntes Schattenspiel ... aber als ich erwachte, war ich glücklich und froh.

Ob ich Klaus schreibe? Nein ... nein ... nein! Was werden soll, muß in der Stille reifen. Nichts unterbrechen.

Auch bin ich hin und wieder sehr beunruhigt, weil ich noch immer keine Bewegungen spüre. Ludo, die ich fragte, schüttelte den Kopf. „Wer so frisch aussieht wie du, mein Gutes, bei dem ist alles in Ordnung. Warte nur ab.“

Warten ... warten ... Monat für Monat warten in dieser Unruhe, diesem Gewissensbangen, ob dem Würmchen durch den Sturz etwas geschehen ... ob ich einen armseligen Krüppel ... eine Mißgeburt ins Leben stoße ... das ist furchtbar, ist wohl das Schwerste dieser Zeit! Geschieht es mir, so werden wir beide sterben. Ich darf nicht am Seeufer entlanggehen, weil das leise bewegte Wasser mich förmlich lockt und zieht. Da ist eine Stelle, wo das Ufer steil und felsig abstürzt in die Tiefe und das Wasser stilldunkel darunterliegt. Abends stehle ich mich oft weg, geh dorthin ... stehe am äußersten Rande, starre hinunter in das Dunkle, erschrecke furchtbar, laufe eilig wieder heim und habe das Ende gesehen. Klaus ... Klaus ... es ist eine große Not, daß ich dich nicht so liebhabe, wie ich es zu Zeiten innig wünsche und so glaubensvoll erhoffte!

*

Nun ist alles gut . . . das Kindchen lebt. Süßes, wonniges Empfinden . . . Lauschen . . . ahnungsvolles Wissen um Geheimnisse des Werdens! Kleiner Bergmann, was wirst du mich noch lehren?

Nachts liege ich viele Stunden wach. Stehe zuweilen auf, trete hinaus auf die Veranda, in den Garten, atme die Düfte der Sommernacht, gebe meine Brust dem Mondlicht preis. Zuweilen steigt das sonderbare Verlangen in mir auf, mich gerade in meinem entstellten Körperzustand Klaus zu zeigen, und ich fühle tief den Begriff: Gatte . . . Ehe! . . . Nicht Liebhaber, nicht Leidenschaft! . . . Gatte und Gattin . . .

Das Mädchentum liegt als etwas Fernes, Abgelebtes hinter mir. Ich kann es mir kaum noch vorstellen. Das gegenwärtige Sein ist ein vorsichtiges, ängstliches Vorwärtsschreiten auf schmalem, schwankendem Steg über einem Abgrund zwischen zwei Existenzen . . . Kleiner Bergmann, führe mich!

*

Ob ich an Klaus schreiben soll? Nein! Habe ich ihn beraubt, an dieser ganzen verzauberten Zeit teilzunehmen, darf ich ihn jetzt nicht launenhaft rufen. Er würde nicht kommen. Ich weiß es. Heut nacht, als ich vor Hitze, Beklemmungen, Unruhe nicht schlafen konnte und schreckliche Furcht mich quälte, bin ich aufgestanden, nahm meinen Kimono, ging durch den Garten, den breiten Kiesweg hinunter, den ich oft mit Klaus gewandert bin, setzte mich auf die Bank unter der Hängeweide. Der Mond bildete eine zitternde Silberbrücke weit hinaus ins graue Wasser. Eine unsagbar stille, gläserne Welt! Blaßblaues Licht, wie aus einer anderen Wirklichkeit. Der Mond und die Frauen sind geheimnisvolle Gefährten . . . lieben einander in zitternder Sehnsucht.

Ich ging nahe ans Ufer. Tauchte meine nackten, heißen Füße ins Wasser. Es leckten die kleinen Murmelwellen und streichelten mich zärtlich. Meine Zehen wurden versilbert unter ihren Liebkosungen. Plötzlich wurden die zarten Klopftöne unter meinem Herzen heftig und beinahe zornig. War der kleine Bergmann eifersüchtig auf meinen Flirt mit dem Monde? Es muß ein Knabe sein!

Als ich mich umwandte, wieder hinaufzugehen, weil Kühle mich durchschauerte, und an der Bank vorüberstreifte, wurde mir klar, warum Klaus mir dort die Geschichte seiner Schwester erzählt hatte, und ich fühlte die Unbedingtheit, das Schicksalhafte in seiner eigenen Liebe zu mir. Ob fern oder nah . . . niemals komme ich von diesem Manne los! Hilflos bin ich in der Gewalt seiner Leidenschaft! . . .

Häufig besucht mich Geheimrat Kapeller. Was will er nur von mir? Er fragt mich besorgt nach meinem Befinden, er bringt mir erlesene Delikatessen, fragt aber niemals nach Klaus und wann er etwa zurückkehre. Seine Blicke bitten nicht mehr, sein Gang ist natürlich, etwas lässig. Er spricht von seiner Arbeit . . . jedes Zeichen von Verliebtheit ist verschwunden. Tut mir das leid . . . oder erleichtert es mich?

Faul bin ich . . . unermeßlich faul . . . liege am liebsten, ohne irgendeinem Gedanken nachzuhängen, auf dem Leinenstuhl. Manchmal gehe ich hinauf an den Waldrand, wo es so gut aus den geschlagenen Fichtenstämmen duftet, und fühle die Wehmut, wenn ich mich meiner letzten Stunde mit Klaus an jener Stelle erinnere. Verrückt, daß ich mir immer wieder dieses Leid antun muß.

Heute habe ich mich aufgerafft, bin hinübergeschlichen zum Beerenfeld, wo die Ernte beginnt. Hier waltet Gertrud für den Bruder. Nie spreche ich zu ihr von allen Schwankungen, die mich zerrütten und heilen ... sie vermeidet mich in gleicher Weise. Wenn sie ihn liebt ... und sie liebt Klaus in einer bebenden Schwesterliebe ... so muß sie mich ja hassen. Und ich bin eifersüchtig auf das Vertrauen zwischen ihnen beiden. Es gehen viele Briefe hin und her ... ich spüre es, trotzdem die Post auf Gertruds Befehl im Eisenbahnwagen abgegeben wird.

„Hast du dein Versprechen vergessen?" fragte ich sie neulich böse.

„Ich pflege zu halten, was ich versprochen habe", antwortete sie herrisch, ganz mit der Stimme von Klaus ... ich glaubte ihn zu hören.

Nachdem wir ein paarmal hart aneinandergeraten und ich dann bei der Arbeit ohnmächtig geworden war, bin ich nicht wieder hinübergegangen. Jetzt ist die Ernte schon in vollem Gang. Natürlich nicht so ergiebig, wie sie sein müßte, um Gewinn zu versprechen oder nur einen Teil der Kosten zu decken. Im ersten Jahr und noch im nächsten Sommer kann man das nicht erwarten. Immerhin ... es gab ein hübsches Bild der Üppigkeit, wie die Mädel mit den bunten Kopftüchern und die lustigen Schulbuben Körbe auf dem Kopf herbeischleppten und die roten Beeren in die großen mit grünen Blättern ausgefütterten Spankörbe leerten. Die Himbeeren dufteten berauschend. Ich konnte nicht anders, ich mußte zugreifen und ein paar Händevoll hinunterschlingen, worauf mir ein kecker Zwölfjähriger zurief: „Das ist verboten, Frau!" Alles kicherte, und ich wurde lustig mit der jungen Bande, während Gertrud ernsthaft in ihrem großen Buch Notizen eintrug und mit dem alten Aufseher die Packungen beaufsichtigte.

„Geh, Rena", mahnte sie, ein bißchen lehrerinnenhaft, „wir müssen uns beeilen. Die Körbe müssen zum Nachtzug an der Bahn sein, um im Kühlen zu reisen."

Als ob ich das nicht selbst wüßte! Mit der Erfahrung, daß der Transport zu der Fabrik sich als zu weit und gefährlich für die Beeren erwiese, steht und fällt ja das ganze Unternehmen. Zugreifen konnte ich doch nicht ... was mich böse kränkte ... Ich zog mich zurück. Mir war schon dieses Unternehmen zuviel für meine Kräfte.

Renachen, du bist ein braves Kind geworden und hast schön warten gelernt. Aber bald wird es mir doch zu lang!

Doch am Ende ein Herz, das so erbärmlich zittern kann in heimlicher Not?

Dann lege ich mich am Waldrand in das feine, warme Gras, drücke mich fest, fest in den lieben Mutterboden, höre auf das eifrige Gesumse in der Luft, lasse Käfer, Ameisen, zahlloses Getier über mich fortklettern in mühevollster Arbeit. Oh, wie schwer wird es den Tierchen, an den furchtbaren glatten Bergen meiner Arme emporzuklimmen, um ein Blättchen in ihre Behausung zu schleppen für die junge Brut. Eine Libelle hat sich vom Seerand bis hier herauf verirrt . . . schillert und schwankt blau-grün durch die Lüfte . . . Nein . . . es sind ja zwei, innig grausam verschlungen in der allmächtigen Liebesvereinigung . . . Wird sie einem von ihnen das Leben kosten? Oder beiden? Argo neben mir, mein kleiner Ritter, wird unruhig, springt auf, schnappt nach den schönen Flatterwesen . . . ich wehre ihm heftig, er springt . . . sie sind schwerfällig, blind, taumeln . . . da wittert der Hund plötzlich ein vorüberhüpfendes Kaninchen, und nun geht eine andere wilde Jagd an bis tief in den Wald. Ist das Liebespaar beglückt über seine Rettung . . . ahnte es auch nur die Gefahr? Es läßt sich brünstig ermattet auf meine Knie nieder . . . ich lasse sie gewähren . . . schließe zufrieden die Augen . . . werde eins mit allen Wesen um mich her . . . ein Kreatürchen unter allen Kreaturen Gottes, ein Stück seiner Erde, in der Er sich spiegelt und ewig, unendlich grausam, brünstig, selig zu neuem Leben erwacht.

Was habe ich gefühlt an jenem Tage, als ich die Libellen belauschte? Eine süße Welle, in der mein Blut sich bewegte, fast wie in einer beglückten Hingabe meines Leibes, die ich nie bisher kannte . . .

Gehe nicht wieder nach jenem Waldrand . . . dort sprechen heimlich-unheimliche Gewalten!

Oh, ich wollte . . . ich wollte so oft, Klaus wäre nahe bei mir, mich zu schützen vor allen Zaubermächten der Natur und vor dem Tode, der oft wie mit kalten Händen um mein Herz krallt. Nicht mehr Gier nach Erlösung, nein, furchtbare Angst, ich könnte sterben, ehe ich mein Kind gesehen, im Arm gehalten hätte.

Kleiner Bergmann, höre ... das tust du mir nicht an? Bist ja so rührig! Deine Gliederchen zappeln und stoßen mich, ungeduldig, ans Licht zu kommen! Stoß nur zu ... holdester der Schmerzen! Soll ich hoffen oder fürchten, du hast deiner Mutter freiheitsdurstiges Temperament geerbt?

Mir flog eine Druckschrift ins Haus: Aufforderung zum Kampf gegen die bekannten Paragraphen!

Nicht gerade zur gelegenen Zeit! Gott, mit welchem Eifer haben wir Mädel auf der Universität über das Problem debattiert. Und wußten nichts davon ... nichts ... nichts!

Natürlich weiß ich, daß Hunderttausende von Kindern für den Hunger geboren werden, und daß es unendlich viel besser und vernünftiger wäre, sie würden nie geboren. Was kümmert das mich, wenn mein einer, kleiner, ungeduldiger Bergmann nur mit gesunden, geraden Gliedern und hellen Augen der Sonne entgegenzappelt?

Gott hat der Mutter geboten, einen Menschen zu bilden ... Warum ... weshalb ... wozu? Sie hat nicht über Ursache und Gründe nachzudenken. Es ist eine Arbeit, die ohne jeden Verstand, aus reinster Intuition getan werden muß ... eine Arbeit für die Ewigkeit ... nahe am Herzen des Schöpfers vollbracht ... von ihm gesegnet oder ...: als verfehlt aus seiner allmächtigen Hand in die Unendlichkeit des Vergehens fallen gelassen ...

Was sollen dagegen oder dafür menschliche Gesetze? Scheinen mir armselig, zweifelhaftes Pfuschwerk!

Arme Hilaria! Arme, irrende Prinzessin von Byzanz... warum hast du Gott gesucht zwischen Felsen und Todesstarre? Da konnte er sich dir nicht offenbaren, der Blühende, der Bildende, der ewig in der Gewalt der Liebe Schaffende!

*

Der Geheimrat brachte mir statt Kaviar und köstlicher Pfirsiche ein Buch . . . ungewöhnlich geschmackvoller Einband-Titel: „Die Erlösung im wunschlosen Nichts." Als Verfasser war ein schwer auszusprechender indischer Name genannt. Das kleine Werk, das zuerst in französischer Sprache in Paris und dann erst in deutscher Übersetzung in Deutschland erschienen ist, wird gewissen Eigenheiten im Stil zufolge dem Baron Rock zugeschrieben.

Die wunderliche Geheimniskrämerei paßt ebenso zu dem guten Baron, meinte der Geheimrat, wie die barocken Vergleiche und die gesucht geistreichen Antithesen.

Ich hatte inzwischen in dem Bande geblättert. Zweifellos war es von Rock geschrieben und berührte mich wie ein Gruß von ihm aus überlebter Zeit.

Plötzlich überkam es mich, daß ich die Arme in die Höhe warf und laut rief:

„Erlösung im Nichts? Nein . . . nein . . . nein! Erlösung vom Sein im ewigen Werden!" . . . Und ein Strom von so starkem Glück rauschte in mir auf . . . ich werde den Augenblick nie vergessen!

Es war, als hätte ich ein dunkles Tor durchschritten, und das Licht umtönte mich hell und laut.

Der liebe Geheimrat nahm meine Hand und ließ mich niedersitzen.

Der Gute! Besorgt um meine Gesundheit. Ich sei so erregt. Sollte nicht durch Denken über philosophische Probleme den Kopf anstrengen. Ich war erstaunt. „Ja, lieber Freund, ich habe ja doch gar nicht nachgedacht. Der Ausruf ist mir grade so eingefallen. Er ist gewiß nicht von der Philosophie geboren, er ist ein ‚erfühltes Leben'. Niemals mehr brauche ich über den Sinn meines kleinen Daseins und des Weltalls zu grübeln."

Ich werde das Buch von Baron Rock nicht lesen. Was geht es mich an? . . .

An demselben Abend bin ich sehr gedemütigt worden. Der Geheimrat sprach noch etwas weitläufig über das Denken des Mannes und das Ahnen der Frau. Ich hörte nicht mehr zu . . . es war mir gleichgültig. Mitten hinein in sein kluges Dozieren rief ich unbedacht: „Glauben Sie nicht, daß jeder Vater ein Vertreter Gottes auf Erden ist?"

Grausam . . . grausam! Ich weiß doch, wie sehr der Mann sich Kinder gewünscht hat. Sein feiner Mund preßte sich zu einer dünnen Linie zusammen, ehe er ruhig-traurig sagte: „Diese Frage kann ich nicht beantworten. Ich durfte niemals Vater werden."

Er tat mir so grenzenlos leid. Ich sagte ihm, was ich längst im Sinne hatte: „Wollen Sie der Pate meines Kindes werden? Ich möchte, daß Sie Ihre liebe, schützende Hand über meinen Sohn halten, wenn er ohne Vater aufwachsen müßte."

Er nahm meine beiden Hände und küßte sie, war sehr

bewegt. Ein wenig näher mich an sich ziehend, sprach er leise und wie ein guter Vater zu mir: „Wollen Sie ihn noch nicht rufen?"

Und da ... plötzlich ... unerwartet ... schloß mein Herz sich wieder zu ... wie wenn in einem Haus die Türen von innen fest verschlossen werden, um niemand einzulassen. Ich schüttelte stumm den Kopf.

Dies waren die letzten Worte, die Rena in ihrem Tagebuch niederschrieb. Es begannen die großen Schmerzen, die sie Tag und Nacht folterten, bis sie nur noch ein leidender Erdenwurm war und die Ärzte nicht mehr glaubten, ihr Leben retten zu können.

## XXX

Rena trug in leise wiegenden Armen ihren Sohn durch den herbstbunten Garten. Sie hatte den leichten Mädchenschritt wiedergewonnen. Ein Lachen war auf ihrem Gesicht.

„Fanatische Mutter", war sie vorhin von Gertrud genannt worden, als Ludo listig fragte, ob sie den Jungen nun mit hinübernehmen dürfe, die Kinder freuten sich schon auf das Brüderchen? Zu Krallen hatte Rena die Finger gekrümmt und empört gerufen: „Kein Wort weiter, wenn dir deine Augen lieb sind!"

Nein ... fanatisch war sie nicht ... Fanatismus macht eng und verbissen ... aber sie hätte die ganze Welt umarmen mögen. Die furchtbare Leidenszeit lag hinter ihr wie etwas Unbegreifliches, schon halb Vergessenes. Neues, frisches Blut strömte durch ihre Adern, ihr Herz klopfte in starken, ruhigen Schlägen. Eingereiht fühlte sie sich mit ihrem Kinde in die Kette aller Wesen, die in ewigem Werden und Vergehen Gottes Schöpferkraft darstellen.

Die junge Mutter trat in das niedere, warme Zimmer. Sie löste dem kleinen Klaus die Windeln, wusch das rosenrote, warme Knabenkörperchen, betrachtete seine starken, gesunden Glieder, seine kräftigen Bewegungen mit immer neuem Staunen des erlösten Gefühls. Die Augen des Kindes, bisher in einer dunklen Bläue schwimmend, schauten groß und klar zu ihr auf, die Nase stand schon kühn geschnitten, viel zu groß über dem weichen, roten Mäulchen, das sich jetzt heftig zum Schrei nach Nahrung öffnete, so weit, daß man das Zünglein hilflos in ihm zittern sah.

„Du mordsgarstige kleine Himmelswonne, du Engelsfrätzchen . . . du schönstes aller Menschenkinder", flüsterte die Mutter ihm zu, küßte trotz des Geschreis die Wänglein, die Stirn, die Seidenhärchen, und während sie ihn zur Nacht herrichtete, liefen ihre Lippen küssend über das ganze kleine, heilige Kinderkörperchen, von dem ein zarter Duft von Milch und Blumen zu ihr aufstieg.

Während Rena den Kleinen aufhob, ihr Kleid öffnend, drückte der Bub den Kopf schon an ihre Brust, das Mäulchen biß, die Händchen tasteten gierig nach der Quelle. Nach dem Geschrei und aller Eile friedvolles, leises Schlucken der Sättigung, beruhigte Stille des Behagens.

Vorsichtig erhob sich Rena, legte das schlafende Kind in

sein Bett, stand mit tiefen Atemzügen über das holde Bild geneigt. Aus ihren Augen stahlen sich Tränen, liefen an ihren heißen Wangen herab.

Heftig wandte sie sich, stand im Arbeitszimmer von Klaus ... hob mit zitternden Händen den Hebel vom Telefon ... „Ferngespräch."

Neben dem jetzt von Gertrud benutzten Schreibtisch hing am Apparat ein Streifen Papier mit der Adresse von Klaus. Rena hatte sie oft gelesen, hin und wieder davor gestanden und sich immer wieder abgewandt. Er arbeitete in der Fabrik, die sie mit ihm besucht hatte, für die sie und Gertrud die Früchte lieferten. Sie hatte nie gefragt, womit er seinen Lebensunterhalt verdiene ... das alles waren Gertruds Angelegenheiten geworden.

Bunte Kreise tanzten vor ihren Augen, während sie stand und wartete. Nie ... nie würde dieses Warten ein Ende nehmen, und sie mußte verdursten in ihrer Sehnsucht.

„Hallo ... wer ist dort?"

„Klaus ... Klaus ... hier ist Rena! Komm und sieh unsern Sohn" ... Und dann folgte ein leises, kindliches: „Bitte, komm zu mir!"

„Ja, Rena, ich komme!"

Dies war alles. Der Hebel war schon niedergelegt, die Verbindung abgebrochen.

Die Frau setzte sich erschöpft und enttäuscht auf den Stuhl am Apparat. Hatte sie je zuvor gefühlt, wie dies Verlangen nach dem Mann zur Qual werden konnte?

*

Renate saß im Sonnenschein vor ihrem Haus, wo man den breiten Weg hinunter bis zur Gartentür und darüber hinaus bis zum Dampferlandeplatz schauen konnte. Über ihr ein Himmel so rein, so leuchtend dunkelblau, wie er zuweilen als ein Abschiedsgeschenk des Sommers den Menschen verliehen wird. Neben ihr, auf einer Decke im kurzen, warmen Grase, lag der kleine Klaus, mit einem Hemdchen bekleidet, strampelte vor Behagen mit den Beinchen oder blickte still-zufrieden in die hohe Bläue über sich.

Rena wartete auf das letzte Schiff, das am frühen Nachmittag eintreffen sollte. Das Schiff rauschte heran, hielt kurze Minuten und rauschte weiter. Es hatte Klaus nicht gebracht.

Keine hohen Augenblicke des Lebens gleichen den Träumen, die wir uns von ihnen machen.

Klaus kam im Auto, tief in der Nacht. Er gab das Signal und fand die Diele erhellt. Im Rahmen der Haustür stand Rena im bunten Kimono. Gertrud aber eilte verschlafen und erschrocken herbei und sah, was sie in das äußerste Staunen versetzte: die zurückhaltende Schwägerin in den Armen ihres Mannes, so fest an seine Brust geschmiegt, so schweigend hingegeben, daß sie den Willkommensgruß unterdrückte und sich sachte zurückzog.

Rena führte Klaus an der Hand zum Bettchen des Sohnes . . . und in dieser Nacht wurde das Kinderzimmer zum Brautgemach.

Acht Nächte . . . acht schöne lange Tage durften die Liebenden genießen. Und sie empfingen die Gabe mit demütiger Inbrunst. Wußten sie doch beide gut genug, daß es für keine irdische Wonne eine Ewigkeit gibt. Sie genossen innig die Freude, sich gegenseitig zu ergründen.

„Wie ist die Wandlung in dir vorgegangen ... wie ist das Wunder geschehen?" forschte Klaus, in dämmernder Morgenstunde an der Brust seines jungen Weibes ruhend. „Hast du zuweilen an mich gedacht?"

„Ich sah dich sehr oft im Traum ... das ist wohl der beste Beweis! Und als das kleine Untier mich so schrecklich leiden machte ... schon halb in der Narkose ... hörte ich deine Stimme ... so deutlich ... dicht hinter der Tür ... und es war so beruhigend! Mein letzter Gedanke war: Nun ist er da! Und alles wird gut! Dann kam die tiefste, schwarze Nacht!"

„Ich war bei dir, Rena ... wie hätte ich dich allein lassen können in der schwersten Stunde!"

„Du ...? Ja, wer hatte dich benachrichtigt? Hat Ludo? Nein ... Ärzte verstehen zu schweigen. Also Gertrud! Man kann doch keinem Menschen vertrauen", rief Rena rauh.

„Das läge wenig in ihrem Charakter. Der Geheimrat hat mich auf meine Bitte hin über dein Befinden und deine Stimmungen unterrichtet. Rena, in dem Mann haben wir einen treuen Freund!"

„Wenn aus dem Liebenden ein Freund wird, das gibt Edelmetall", sagte Rena gerührt. „Der alte Fuchs", lachte sie, „darum hat er sich stets so eingehend nach Dingen erkundigt, die Männer sonst nichts angehen ... darum also warst du nicht erschütterter, als ich dich anrief ... ich war so enttäuscht, als du es so kühl aufnahmst ..."

„Kühl?" fragte Klaus und preßte seine Frau fest an sich.

Sie gab ihm später ihr Tagebuch, das ihm ihr inneres Ringen der vergangenen schweren Zeit enthüllte.

„Der kleine Bergmann hat mir das Türchen geöffnet ... zur Welt und zu dir!" Dieses Wort verstand er nicht ganz ... aber er dachte, man solle in der Liebe nicht zu viel fragen.

Sie neigte sich zu ihm, küßte ihn leise und flüsterte ihm ins Ohr: „Nun bleiben wir immer zusammen!"

Klaus nahm die liebkosende Hand von seiner Wange und hielt sie fest in der seinen.

Sein scharfer, ernster Blick suchte ihr Auge. „Hör mir zu, damit du mich nun ganz verstehst. Wir sind eins geworden während der Trennung ... und während dieser letzten acht Tage ... das wissen wir beide?"

Rena neigte lächelnd den Kopf.

„Aber sieh, Rena ... beisammen dürfen wir nicht bleiben. Du könntest die Alltäglichkeiten der Ehe nicht ertragen ... und ich vielleicht auch nicht. Du bist ein freier Vogel, Rena, und gerade das liebe ich an dir ... ich möchte es nicht zerstören. Nein ... unterbrich mich nicht, und sieh mich nicht so erschrocken an, Liebes! Ich habe in diesen Monaten vieles überdacht. Für uns Menschen von heute ist dieses alte Aneinandergeschmiedetsein der Eheleute nicht mehr möglich. Wir haben jeder zu viel Kämpfe mit uns selber auszutragen, als daß wir es leiden könnten, wenn ein anderer Tag und Nacht dabei zuschaut und dreinredet. Jedes Wiedersehen soll ein Fest werden und ... du weißt doch, ich bin ein wunderlicher Kauz ... ich will dich nicht umarmen, ohne daß ich spüre, du hast dich nach mir gesehnt!"

„Und du?" fragte Rena mit bebendem Munde.

„Ach ... ich ... ich bin an Entsagen gewöhnt ... und ich habe meine Arbeit, die mich grade jetzt sehr in Anspruch nimmt. Du weißt, was diese Arbeit mir in der Zeit bis heute hat bedeuten müssen! Sie ist im Wachsen ... die hochmögenden Herren fangen an, meine Ideen anzuerkennen ... also muß ich zurück, und weiter schaffen! Bist du einverstanden?"

„Laß mir Zeit, Klaus ... ich muß mich in deine Gedanken erst einleben. Ich ahne, es ist ein Experiment, dem du nachhängst ... und fühle deine Liebe darin! Ehe du fortgehst, will ich dir Antwort geben."

Der Urlaub war zu Ende. Klaus mußte in seinen Wirkungskreis zurück.

Am letzten Morgen nahm Rena seinen Kopf in beide Hände und sagte ernsthaft mit bebenden Lippen: „Du weißt besser Bescheid um uns beide. Wie sollte ich mich dir nicht fügen?"

„Ich habe dich lieb, Rena, und darum kenne ich dich auch bis in den Grund deiner Seele. Wir sind und bleiben eins ... das weißt du doch? Du kannst nur in der Freiheit leben. Ich lasse dir und Gertrud genug Arbeit hier, und so schaffen wir immer füreinander!"

„Ich werde mich totsehnen!"

„Nein ... nicht tot ... lebendig. Ich will eine Frau haben, die sich immer wieder nach mir sehnt!"

Er küßte sie, die durstig an seinen Lippen hing.

Rena sah die Tränen in seinen Augen, als er von dem Kinde Abschied nahm. Wild warf sie ihre Arme um seinen Hals und rief: „Gott sei Dank . . . es gibt Schnellzüge . . . Fern-D-Züge . . . Flugzeuge . . . du böser . . . du geliebter Mann — sei nicht zu sicher, daß wir dich nicht bald überfallen!"

* *

*

www.ingramcontent.com/pod-product-compliance
Lightning Source LLC
Chambersburg PA
CBHW060805310726
48980CB00002B/241

* 9 7 8 3 8 4 6 0 6 1 8 4 8 *